西北民族大学科研创新团队"我国多民族文学诗学研究"（项目编号：10014601）

中国少数民族语言文学国家级一流本科专业建设项目（项目编号：2019GJYLZY-01）

汉语言文学国家级一流本科专业建设项目（项目编号：2021GJYLZY-02）

甘肃省教育教学成果培育项目

"对标师范类认证的汉语言文学专业实践教学模式改革研究"（项目编号：2021GSJXCGPY-07）

共同资助

# 中国
# 现当代小说
# 经典导读

ZHONGGUO
XIANDANGDAI XIAOSHUO
JINGDIAN DAODU

李小红　著

社会科学文献出版社
SOCIAL SCIENCES ACADEMIC PRESS (CHINA)

# 目　录

## 上编　中国现代小说

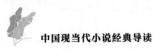

# 下编　中国当代小说

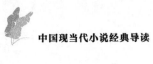

# 导　论

中国现当代小说，顾名思义，包括中国现代小说与中国当代小说两个部分。这两个时段的划分，本身就显示出了整个 20 世纪中国小说的重要特征。

在中国古代文学发展的长河中，小说历来被认为是不能登大雅之堂的"小道"，是"街谈巷语"。直到清末民初之际，小说的地位开始从边缘向中心位移。1902 年，梁启超发表《论小说与群治之关系》，正式提倡"小说界革命"。他从维新革命与文学的关系出发，认为"欲新一国之民，不可不先新一国之小说"，大力提倡"新小说"创作。虽然梁启超小说创作的实绩远远不及他的理论倡导，但是毕竟对提高小说在文坛的地位起到了推动的作用。20 世纪初期，东南沿海城市规模的逐步壮大，报业、出版业的发展，使小说获得了前所未有的传播途径和速度，稿费制度的出现，也催生了一大批职业小说家。谴责小说、狭邪小说、爱情小说可谓风起云涌，在民间有着庞大的阅读群体，这是"五四"小说出现之前的状况。

在与传统旧文学的决绝"断裂"和外国文学的猛烈"撞击"中，中国现代小说以蓬勃之势登上了文坛。"五四"文学革命赋予它现代化的契机，这次思想、文化的启蒙大潮对于小说的推动是非常深刻的。因此，中国现代小说不仅是文学或者文体方面的革新，它同样具有深广的文化价值。以鲁迅的《狂人日记》为例，1918 年 5 月，《新青年》第 4 卷第 5 号发表了此篇小说，以"表现的深切"与"格式的特别"揭开了中国现代小说发展的崭新篇章。中国现代小说自觉担负起"启蒙"与"救亡"的使命，并且在反映中国的社会历史进程，表现现代中国人的思维方式和生活方式等方面发挥着巨大的作用。中国现代小说的独创与新颖是毋庸置疑的，可是，这并不代表它是孤立的，它的发展得益于其多个角度、多个层面兼收并蓄地吸收养分。以鲁迅为代表，现代小说的创作者筚路蓝缕开创出了中国现代小说发展的绚烂图景。就题材选择而言，出现了以农民题材和知识分子题材为代表的两大题材领域，打破了"古之小说，主角是勇将策士、侠盗赃官，妖怪神仙，佳人才子"①的局限。就表现手法而言，20世纪初大量涌入中国的外国文艺理论、文学思潮、艺术流派，都被中国现代小说共时性地融合和吸收。而且，第一代现代小说作家都是学贯中西的学者，早年受过正统的传统教育，有着深厚的国学功底，因此，革故鼎新的同时，古典诗词、散文、小说的某些创作方法，不可避免地进入他们的视野，使现代小说与古典文学有着千丝万缕的联系。正是在多方的继承与创新中，中国现代小说以现代的思想意识、现代的表现手法呈现了全新的面貌。

"五四"文学对"人的文学"的倡导，俄国现实主义文学的译介和易卜生社会问题剧的影响，让"问题小说"得以萌芽并很快进入了创作的高潮。"问题小说"的创作涉及当时社会各个层面的问题，家庭、礼教、婚姻、劳工、青年人的出路，这是"五四"一代知识分子以启蒙者的身份对中国社会现实投入的深切关注。此后，"文学研究会"的作家开启了"为人生而艺术"的小说创作，叶圣陶、许地山、王统照都从不同的层面表现社会人生。稍后，在鲁迅的影响下成长起来的"五四"乡土小说流派，对封闭、保守、落后的宗法制乡村社会的表现中，融入了作家深切的乡村生活经验，写出了在风景画、风俗画、风情画中的乡土中国，由此形成了现代乡土小说的第一次创作高潮。与文学研究会的创作主张不同，1921年6月在日本东京成立的"创造社"提倡"为艺术而艺术"。郁达夫的自叙传抒情小说，以石破天惊的大胆、叛逆的姿态崛起于文坛，《沉沦》中的"忧郁症患者"的"零余者"形象的塑造，引起无数留学异国他乡青年学子的共鸣。在一个个性解放的时代，"五四"文学中出现了一大批女作家，冰心、庐隐、冯沅君、凌

---

① 鲁迅：《〈总退却〉序》，《鲁迅全集》第4卷，人民文学出版社，1981，第621页。

叔华，她们以各自独具风采的创作，成为现代小说第一个十年发展的重要力量。

　　30 年代的小说界，"左翼小说""京派""海派"形成了三足鼎立的局面，这是现代小说逐渐成熟并日趋发展丰富的表现。起步期的"左翼小说"，以胡也频、蒋光慈为代表，他们的小说创作，有明显的模式化、概念化的创作倾向，但是因为革命与爱情的结合，在当时很能吸引追求进步青年的阅读兴趣。稍后出现的柔石，他的《为奴隶的母亲》《二月》的创作，标志着"左翼小说"开始向着纵深方向发展。丁玲、张天翼、艾芜、沙汀等作家将"左翼小说"的创作成就推向了第一个高峰。而"社会剖析派"的鼻祖茅盾，作为 30 年代最具代表性的作家，对长篇小说体式与题材的发展，具有区别于鲁迅的另一种开创之功。带有浓郁人文气息和理想色彩的"京派"作家，他们在小说创作上追求文学的独立性与审美性。沈从文、萧乾、师陀在乡土中国的"常"与"变"中书写静美、和谐的乡土人生，在小说中构建出了美轮美奂的乡土世界，他们的小说具有浓厚的牧歌和挽歌情调。伴随着上海现代消费文化环境的形成和市民阶层的出现，上海出现了迥异于传统"鸳鸯蝴蝶派"的新的通俗文学的样式，这就是海派小说。整个 30 年代，在上海市民中最风靡的作家群体就是"新感觉派"，这是中国最完整的一支现代小说流派。它的出现，意味着西方现代主义文学被引入中国之后，开始以独立的姿态立于文坛。而对海派小说而言，这意味着它们与世界新潮文学同步，让通俗文学冲破传统的藩篱，具有了某种先锋文学的色彩。在这些文学流派之外，老舍与巴金也是 30 年代小说家群体的重要组成部分。老舍将自己关于北京的全部生活、情感、生命体验融入创作，形成了对北京市民世界的整体呈现。巴金前期的创作，在对封建大家庭猛烈的抨击和对进步青年的歌颂中，形成了青春感伤的风格；后期的创作，则是深沉的悲剧艺术。

　　40 年代，整个中国的国土被分为不同的区域。小说创作时段、区域性的特征非常明显。抗战前期的激愤情绪渐趋平静之后，国统区的小说创作，主要以讽喻型、追忆型为主，张天翼的《速写三篇》、沙汀的《在其香居茶馆里》以及钱锺书的《围城》都是暴露讽喻型的名作。而"七月派"作家路翎的《财主底儿女们》、冯至的《伍子胥》则表现出了现代心理小说的特质。沦陷区的小说创作，以张爱玲、苏青、徐讦、无名氏为代表，在通俗与先锋之间，他们找到了平衡。以张爱玲为代表，在对世俗日常生活的书写中，表现出对人生和人性洞若观火的审察，其中弥漫着浓重的悲凉色彩。解放区的小说创作，则又是另一番明朗的景象。赵树理是在"大众化"的道路上走得非常远的作家，他的评书体现代小说的写作，为他赢得了广泛的农民读者群体。而以他为代表的"山药蛋派"和以孙犁为代表的"荷花淀派"对当代农村题材的小说创作产生了深远的影响。

时代赋予现代小说新的使命，使之出现了一大批代表性的作家、文学流派及其作品，并形成了各自特有的风格。鲁迅的深沉犀利，叶圣陶的平实冷静，许地山的通透豁达，郁达夫的激愤慷慨，冰心的清丽婉约，庐隐的自伤自怜，凌叔华的温柔敦厚，废名的清朗禅趣，茅盾的冷峻理性，老舍的幽默温和，巴金的青春激昂，沈从文的唯美雅致，穆时英的摩登现代，萧红的潇洒明慧，张爱玲的市井悲凉，钱锺书的犀利睿智，赵树理的朴拙自然……在短短的三十年之中，现代小说作家们在自己的创作中形成如此异彩纷呈的文学风格，与他们的责任感、使命感以及对艺术精益求精的精神是分不开的。

中国现代小说的文学价值和意义，不仅局限于自身，它对当代文学也产生着深远而持久的影响。正是在中国现代小说提供的文学资源、精神范式以及艺术品格的基础上，中国当代小说在继承中创新，形成了蔚为大观的文学态势。

随着1949年7月第一次文代会的召开，中国文学的发展进入当代。文学创作整体上表现出鲜明的阶段性特征，一般做如下划分：1949年至1966年为第一个阶段，称为"十七年"文学；1967年至1977年为第二个阶段，称为"文革"文学；1978年到1989年是第三个阶段，称为"新时期"文学；1990年至2000年为第四个阶段，称为"90年代"文学；按照惯例，2000年之后，进入第五个阶段，称为"新世纪"文学。当然，这种阶段的划分，不是绝对地泾渭分明，在每一阶段，都有对前一个阶段的继承和对后一个阶段的开启，中间也有必要的过渡。

　　"十七年"的小说创作，从题材上来看，主要集中于农村题材和革命历史题材；在文学表现手法上，强调吸收民间的文艺因素和文艺样式，用通俗易懂的形式来达到"大众化"的目的。这一时期，农村题材创作中比较成功、产生较大影响的小说有柳青的《创业史》，周立波的《山乡巨变》，赵树理的《锻炼锻炼》《三里湾》。作家在写作过程中，着力塑造农村的"新人"形象，而实际上，因为受现代小说中非常成功的旧式农民形象塑造的影响，这一时期农村题材的小说中，落后的、因袭着传统小农思想重负的旧式农民反而比作家用心塑造的"新人"形象更成功，典型的代表就是《创业史》中梁三老汉的形象。革命历史题材的小说，主要讲述"中国共产党发动、领导的'革命'的起源，和这一'革命'经历曲折过程之后最终走向胜利的故事"①。"史诗性"成为这一时期作家的普遍追求，宏阔的时空跨度和英雄主义基调的奠定，让这一时期的革命历史小说洋溢着乐观、明朗的色调。当然，还有一些小说是上述两类题材之外的创作，比如书写日常生活、表现人情人性、针砭现实的小说，影响较大的有萧也牧的《我们夫妇之间》、茹志鹃的《百合花》和王蒙的《组织部新来的青年人》等。

　　"文化大革命"时期，比较有价值的小说是当时广为流传的"手抄本小说"，以张扬的《第二次握手》最为著名。除此之外，赵振开的《波动》、礼平的《晚霞消失的时候》、靳凡的《公开的情书》都是其中比较重要的作品。

　　"文化大革命"结束之后，新时期以来，文学的发展与"五四"时期有异曲同工之处。"新时期"的文学，首先接续了"五四"新文学传统，作家们以复活的政治热情和勇气直面现实人生，小说从最初对"文化大革命"的审视、揭露、反省继而上升至对现实人生中种种弊端的揭示，"五四"新文学传统的战斗精神再度高昂。在艺术表现手法上，80年代前期，主要以批判现实为主。在"伤痕小说""反思小说""改革小说"等创作潮流中，

---

　　① 　洪子诚：《中国当代文学史》，北京大学出版社，2007，第94页。

回顾历史、揭露罪恶、反思原因的现实主义创作占据了主流位置。80 年代中后期，"寻根小说"的作家纷纷潜入原始、蛮荒之地，书写特定地域的风俗民情和日常生活，并将对个体命运、民族历史、社会现实的书写熔为一炉。在表现方式上，西方魔幻现实主义与古典小说的表现技巧被共时吸收。"现代派小说"与"先锋小说"在内容与形式上都不断进行着探索和突破，残雪的《山上的小屋》、刘索拉的《你别无选择》、马原的《冈底斯的诱惑》等成为代表作品。与"先锋小说"几乎同时出现的小说潮流，是"新写实小说"，以池莉、方方、刘震云等为代表作家，他们关注平凡生活和世俗人生，在写作手法上，强调作家对原生态生活的"零度叙述"，因此，形成了与传统现实主义截然不同的美学风貌。在这样一个充满思考、张扬个性的时代，女作家也迎来了创作的春天，这与"五四"时期非常类似，女作家的创作，在与当代小说主旋律保持同频共振的同时，又能以女性特有的敏感把握时代节奏、社会现实和自我情感的变动，因此，小说创作呈现出另一种区别于男性作家的风采。

进入 90 年代之后，市场经济体制改革目标的确立和大众文化的流行，让小说创作在题材的选择、主题的凝练、艺术追求以及审美品格的确立上表现出更为多样化的趋势。90 年代历史小说的创作，令人瞩目的文学现象是"新历史小说"。延续 80 年代后期的创作路向，莫言等人的笔下尽可能地表现出了对民间历史真实面貌的描摹。此类代表性的作品有余华的《活着》《许三观卖血记》，陈忠实的《白鹿原》，莫言的《丰乳肥臀》，苏童的《我的帝王生涯》，张炜的《古船》，阿来的《尘埃落定》，王安忆的《长恨歌》，等等，不一而足。"历史"之外，90 年代出现的新的社会现象也引起作家的关注，在"现实主义冲击波"之中，刘醒龙、谈歌、何申、关仁山等作家首先在小说中对以乡镇、工厂、城市现实生活和经济生活为核心的社会矛盾进行书写，进而扩大到对社会改革进程及其面临的问题与冲突的揭示，以及对官场和遍布社会各个角落的"腐败"现象的揭露和抨击。刘醒龙的《分享艰难》，谈歌的《大厂》《车间》《天下荒年》，何申的《信访办主任》，关仁山的《大雪无乡》《九月还乡》，周梅森的《绝对权力》，陆天明的《苍天在上》等都是其中的代表性作品，有些小说还被改编成影视剧上映，引起了比较强烈的反响。

进入 21 世纪，中国的政治、经济、文化整体上依然沿着 90 年代的路向继续向前发展，不同年龄层次、不同地域的作家均贡献出了自己的杰作。在题材的选择上，新世纪以来的小说开始向不同层面拓进，城市、乡土、边地、史诗、神话、民俗、方言等皆可入小说。在表达方式上，20 世纪 90 年代以来的"表意的焦虑"得到了舒缓，作家逐渐停止了小说中频繁的文体实验，表现出一种向传统小说形式回归的趋势。尤其是长篇小说创作，出现了"井喷"的局面。

总体而言，作为 20 世纪中国文学的有机组成部分，20 世纪中国小说与中国文学同步发展，整个 20 世纪中国文学的百年历程，最醒目、最坚实地伴随着中国现当代小说兴起、发展、深化的坚实而辉煌的脚步。新世纪的中国小说，正在与时代变迁同步，奏响着新的乐章。

本书在作家作品的甄选上，主要以中国现当代文学史课程中涉及的主要小说家及各种流派的代表作家、作品为主。除了对个体作家的介绍之外，对中国现代文学史上以文学流派的风貌展示出共同美学特征的作家群体，侧重以群体的形式介绍，诸如"五四"乡土小说流派、京派、新感觉派等。而对于虽以群体出现，但个性特征突出的作家，诸如左翼作家、"五四"女作家，则还是侧重对作家个体的介绍。在作品的选择上，除了文学史上涉及的作品外，有部分作品是当年引起较大反响，或是 21 世纪出现的新作品，这些作品以茅盾文学奖的获奖作品为主。

上编　中国现代小说

# 第一章　鲁迅的小说

## 一　作者介绍

作为 20 世纪中国杰出的思想家与文学家，鲁迅以其深邃的思想影响着一代又一代的中国人，而他极富创造力与想象力的文学创作，为中国现代文学的发展奠定了坚实的基础，开拓了广阔的天地。几乎所有的中国现当代作家都或多或少地受到过鲁迅的影响，并在鲁迅创作的基础上，开拓出新的题材模式与文学风格体式，因此，鲁迅是当之无愧的中国现代文学之父。

1881 年 9 月 25 日，鲁迅出生在浙江绍兴一个没落的封建大家庭。幼年时期，鲁迅受到系统的传统文化的教育以及民间文化的熏陶。1898 年，鲁迅与其弟周作人赴南京求学，1902～1909 年，又赴日本留学，在这期间，他广泛地接受了西方文化以及日本文化。20 世纪初期中国社会思想文化的剧烈变化，不断冲刷着鲁迅的思想、文化观念，他逐步形成了自己的文学观。从他发表首篇论文《人之历史》，到 1936 年 10 月 19 日去世，鲁迅留下了大量的著作。他的一生是笔耕不辍的一生，也是战斗的一生，他以笔为武器，向传统的旧道德、旧思想宣战，想要通过文学"揭出病苦，引起疗救的注意"[①]。他的著述，就体裁而言，主要为小说、散文诗、杂文和学术著作。主要有小说集《呐喊》《彷徨》《故事新编》，散文诗集

---

① 　鲁迅：《我怎么做起小说来》，《鲁迅全集》第 4 卷，人民文学出版社，1981，第 512 页。

《野草》，散文集《朝花夕拾》，杂文集《热风》《坟》《华盖集》等，以及书信集《两地书》，同时，还有《中国小说史略》《汉文学史纲要》等学术著作。

在 1918 年 5 月发表《狂人日记》之时，鲁迅就以"表现的深切"① 与"格式的特别"② 开创了中国现代白话小说创作的新气象。在小说的选材上，鲁迅打破了中国古典小说书写神魔鬼怪、帝王将相、绿林好汉、才子佳人的窠臼，开创了农民题材和知识分子题材。在小说形式上，他既自觉地借鉴外国小说的形式，同时也将中国传统文学的艺术经验融入其中，由此建立起中国现代小说的新形式。《呐喊》与《彷徨》成为中国现代小说开端与成熟的标志："中国现代小说在鲁迅手中开始，又在鲁迅手中成熟，这在历史上是一种并不多见的现象。"③

作为 20 世纪世界文化巨人之一，鲁迅对中国文学、文化的发展都做出了独特的贡献。拥有鲁迅，我们的民族何其有幸！

## 二　作品导读

### 《阿 Q 正传》

《阿 Q 正传》是鲁迅创作的中篇小说，最初连载于 1921 年 12 月 4 日至 1922 年 2 月 12 日的《晨报副刊》，后收入小说集《呐喊》。④ 小说共分为九章，从第一章"序"开始至第九章"大团圆"结束。小说以辛亥革命前后的农村为背景，描写了一个生活于未庄的底层民众，他无名无姓，无固定

---

① 钱理群、温儒敏、吴福辉：《中国现代文学三十年》（修订本），北京大学出版社，1998，第 35 页。

② 钱理群、温儒敏、吴福辉：《中国现代文学三十年》（修订本），北京大学出版社，1998，第 40 页。

③ 严家炎：《〈呐喊〉〈彷徨〉的历史地位》，《世纪的足音》，作家出版社，1996，第 64 页。

④ 钱理群、温儒敏、吴福辉：《中国现代文学三十年》（修订本），北京大学出版社，1998，第 51 页。

居所，无固定职业，只能居住于土谷祠中，依靠打短工生存。阿Q可以看作旧中国最广大农民的典型代表。

　　然而，鲁迅的高超之处不仅在于他塑造出了阿Q作为"被侮辱被损害"的群体中的一员，更重要的是，他在对阿Q生活困境、恋爱悲剧以及革命悲剧的书写中，刻画出了阿Q自尊自大、自轻自贱以及自欺欺人的性格特征和这种性格特征中隐藏的"精神胜利法"。所谓"精神胜利法"，是指阿Q虽然一直处于未庄社会的最底层，在跟未庄人的较量中，他永远处于劣势，但是他对自己的失败和被奴役的命运，一直采取令人瞠目结舌的欺骗和粉饰的态度。要么不承认或在臆想的自尊之中掩饰伤痛，要么"忘却"或者将伤痛、屈辱转嫁到比自己更为弱小的人身上，总之，阿Q通过自欺欺人来求得精神上的自我满足。鲁迅经由阿Q人物形象的塑造，传达出他对国民劣根性的认知，通过"画出这样沉默的国民的魂灵来"① 完成对民族的自我批判和国民精神的改造，以期促进中华民族的觉醒与振兴。

　　在艺术手法上，首先，鲁迅采用了"杂取种种人，合成一个"② 的手法来塑造阿Q的人物形象，即鲁迅所说的："所写的事迹，大抵有一点见过或听到过的缘由，但决不全用这事实，只是采取一端，加以改造，或生发开去，到足以几乎完全发表我的意思为止。人物的模特儿也一样，没有专用过一个人，往往嘴在浙江，脸在北京，衣服在山西，是一个拼凑起来的脚色。"③ 这种将众多不同人物的突出特点综合起来，然后进行化合，从而创造出全新的形象的手法，让阿Q的形象成为半殖民地半封建社会下旧中国国民的典型代表。其次，鲁迅采用了现实主义的创作方法，将阿Q放置在20世纪初期风雨飘摇的社会环境中，通过阿Q所生活的具有高度代表性的环境，读者可以窥见辛亥革命之后中国社会的基本面貌。最后，在语言上，鲁迅一贯犀利的幽默与讽刺贯穿小说的始终，富有个性化的人物语言与精

---

① 鲁迅：《俄文译本〈阿Q正传〉序及著者自叙传略》，《鲁迅全集》第7卷，人民文学出版社，1981，第82页。

② 鲁迅：《〈出关〉的"关"》，《作家》月刊第1卷第2期，1936年5月。

③ 鲁迅：《我怎样做起小说来》，《鲁迅全集》第4卷，人民文学出版社，1981，第512页。

练、简洁的叙述融为一体，从而立体、多面地塑造人物，使阿 Q 成为超越时代、民族而存在的永恒的人物形象。

《阿 Q 正传》是中国现代小说成熟的标志，作为最早被介绍到世界的现代小说，成为中国现代文学屹立于世界文学之林的代表作品。

### 《伤逝》

《伤逝》是鲁迅 1925 年创作的短篇小说，收入小说集《彷徨》①，这是鲁迅唯一以爱情为题材的小说。"五四"时期，追求个性解放，冲破封建包办婚姻的束缚成为一代青年人的共同追求。这一鲜明的社会风潮自然影响到了文学创作，以 20 世纪 20 年代的小说为例，书写男女恋爱婚姻的小说占据了半壁江山。与这些小说不同，鲁迅的《伤逝》虽然也以"五四"时期新式青年的男女爱情为切入点，但作者能更为敏锐深刻地意识到青年追求婚姻恋爱自由背后的危机，尤其是对冲破封建婚姻包围、寻求婚恋自由的女性命运投去格外关注的目光。《伤逝》借子君人物形象的塑造及其悲剧命运的书写，探索了妇女解放的道路以及青年知识分子的出路问题。

小说中的涓生和子君，是"五四"时期青年一代冲破封建婚姻、寻求自由恋爱的典型代表。他们在恋爱的初期，有过志同道合的甜蜜时光。他们一起谈天说地，对新的思想观念、文学乃至人生追求的相同认知让他们产生了结合的想法。子君于是决绝地与旧式家庭断绝了关系，开始了与涓生的同居生活。然而，涓生很快发现陷入日常生活中的子君逐渐失去了往日的魅力，缺乏精神沟通的二人渐行渐远。涓生失去工作后，二人的生活陷入窘境，这一生活的困窘更加深了涓生对自己已经不再爱子君的真相的认知。在生活的重负之下，他将这残酷的真相告知子君，子君回到父母身边，最后悲惨死去。涓生意识到子君的死与自己有莫大的关系，在悔恨与痛苦中写下了此篇手记，表达自己的哀思。

---

① 钱理群、温儒敏、吴福辉：《中国现代文学三十年》（修订本），北京大学出版社，1998，第 51 页。

小说从表面来看，通篇有涓生的忏悔之意。小说开篇写道："如果我能够，我要写下我的悔恨和悲哀，为子君，为自己。"①事实上，小说中涓生的忏悔之意是有限的，因为根据小说的叙述，与涓生同居的子君，实际上已经成为涓生生活重负的主要来源。因此，当他把不爱子君的真相告知子君时，他觉得"轻松"。这也从另一方面揭示了婚姻生活的本质——"人必生活着，爱才有所附丽"，以及人性自私的本质特征。

在艺术特色上，《伤逝》最典型的特征就是通篇以内心独白的方式、诗意的语言叙述故事情节，塑造人物形象。除此之外，在整体爱情悲剧发展的过程中，灌注着强烈的抒情成分。涓生与子君热恋时的欣喜，新婚的甜蜜，感情转淡后的惶恐与纠结，分离后的痛苦以及子君去世后涓生的悔恨，都以抒情的方式表现出来。鲁迅擅长借景抒情，《伤逝》通过对环境的细节描写抒发物是人非的感慨，加深对沉重哀伤情感的表达。鲁迅还善于运用反复重叠的手法，比如开头与结尾的相似语句的使用，让小说的字里行间洋溢着浓郁的哀伤。

### 《铸剑》

《铸剑》是鲁迅创作于1926年的中篇小说，原刊载于1927年的《莽原》第2卷第8~9期，最初题作《眉间尺》。1933年《自选集》出版时易名为《铸剑》，收入《故事新编》。②《故事新编》是鲁迅生命后期创作的一部小说集，带有很强的实验性，鲁迅通过对古代神话、传说、史实中的古人进行新的阐释，将原本属于古代神话中的英雄与圣贤人物还原到日常生活之中，褪去他们身上神圣的、英雄主义的光环，将他们还原为凡人与常人。鲁迅将故事"新编"的意义在于，他力图打破古与今、历史与现实、圣贤与常人之间的界限，借古喻今，从而找到它们之间的深刻联系。《铸剑》讲述的是一个复仇的故事，取材于《搜神记》中"眉间尺复仇的传说"，但小说

① 鲁迅：《伤逝》，《鲁迅选集》第1卷，人民文学出版社，1983，第229页。
② 钱理群、温儒敏、吴福辉：《中国现代文学三十年》（修订本），北京大学出版社，1998，第336页。

叙述的重点不在复仇的结果，而在于复仇的过程，其中传达出了鲁迅对于生命、友情的认知和评价。

《铸剑》从开篇起，就贯穿着鲁迅创作《故事新编》一以贯之的思想，那就是在"古今杂糅"中以现代人的思想烛照古代，以油滑的姿态讽喻现实。小说一开始写眉间尺与老鼠的战争，写出复仇之前眉间尺日常生活的无聊与乏味。接着写母亲告知眉间尺父亲铸剑的故事，此故事与《搜神记》中的故事一般无二。眉间尺的父亲用王妃所孕之铁铸雌雄二剑。剑成之日父亲去向大王献剑，他预感自己可能有去无回，所以叮嘱妻子等遗腹子出生后找到他藏起来的雄剑为他复仇。果不其然，眉间尺的父亲献上宝剑后被王所杀。眉间尺 16 岁时，在母亲讲明真相后找到宝剑踏上了复仇之路。

然而，还没有等到眉间尺到达都城，他要复仇之事已经被大王得知，他由复仇者变成了被通缉者，复仇的愿望即将落空。这时，出现的神秘黑衣人宴之敖答应帮助眉间尺复仇，前提条件是要求眉间尺交出自己的头颅与宝剑，眉间尺用宝剑割下自己的头，黑衣人带着眉间尺的头颅与宝剑去替眉间尺复仇。

在王宫中，眉间尺的头被置于金鼎之中，宴之敖请王立于鼎边观看人头跳团圆舞，借机砍下王的头。王的人头与眉间尺的头在鼎中撕咬，眉间尺渐落下风。见此情况，宴之敖砍下自己的头帮助眉间尺，三个头颅在鼎中撕咬搏斗，最终面目全非，不分彼此。最后，大臣们只能将三个头与王的身体一起合葬于金棺之中。

从表层来看，《铸剑》讲述的是一个"复仇"的故事，这个故事与传统武侠小说中的"复仇"故事在情节上有相同之处，诸如眉间尺的选择，他对陌生的黑衣人的信任；诸如黑衣人的一诺千金，以身相酬；还有眉间尺的母亲向眉间尺讲述宝剑铸成之日奇谲壮观的场面等。但就主题而言，《铸剑》无疑更具丰富和多义性：眉间尺复仇过程中的犹疑与惶惑，三头灭亡后的"辨头"的闹剧，百姓万人空巷送丧的场面，鲁迅在书写复仇的同时也质疑着复仇。因此，小说全篇交织着悲壮与嘲讽、崇高与荒谬，表达着晚年的鲁迅对于个体命运和人生悖论的极具个性色彩的思考和感悟。

从艺术特点上来说，《铸剑》充满了奇谲夸张的想象力与内蕴诗意的语言。在生命的最后时期，他用从容、幽默、洒脱又不乏鲁迅式的悲凉文字，将他对人世间诸种体验诉诸笔端，这无疑是他在思想与艺术上最后的创新之作。

## 三 课后习题

1. 鲁迅笔下的阿 Q 对中国现当代小说人物画廊的构建产生了深远的影响，请以小说为例，谈谈这种影响。

2. 相较于"五四"小说中的爱情书写，《伤逝》表现出怎样的异质性？

3. 通读《故事新编》，你认为本部小说集中鲁迅将"故事"如何"新编"，"新编"的意义何在？

# 第二章　叶圣陶的小说

## 一　作者介绍

中国现代文学发展初期，继鲁迅的《狂人日记》之后，小说创作领域形成了"问题小说"创作的热潮。冰心、王统照、罗家伦等都是写作"问题小说"的中坚力量，但是，诞生于"五四"新文学运动中"只开药方，不问病源"的"问题小说"，大多存在着只从一般的社会问题出发，缺乏真正的生命体验，概念化、简单化的弊病。真正摆脱"问题小说"的稚气，以冷静的现实主义笔法书写小知识分子灰色生活，标志着人生派写实小说走向成熟的作家，是叶圣陶。

1894 年 10 月 28 日，叶圣陶出生于江苏苏州，原名叶绍钧。1907 年进入草桥中学读书，1911 年改名为叶圣陶，并于中学毕业后，任小学教员。1914 年，叶圣陶开始用文言创作小说，他起笔之始，就显示出中国知识分子关注现实、关注底层民众的责任感，最初的文言小说侧重书写下层普通百姓的苦难生活。1918 年起，他开始用白话创作小说。1919 年，他参加新潮社，开始"问题小说"的创作。1921 年，他与周作人、沈雁冰、郑振铎等人发起成立"文学研究会"，倡导"为人生而艺术"。1919 年至 1923 年，叶圣陶创作了 40 多篇短篇小说，多收入小说集《隔膜》《火灾》。1928 年起，叶圣陶在商务印书馆从事编辑出版工作的同时，发表了长篇小说《倪焕之》。

1930 年起，他开始在开明书店工作，九一八事变后，发起成立"文艺界反帝抗日大联盟"并主办《中学生》杂志。1949 年，他抵达北平，担任华北人民政府教科书编审委员会主任，后任全国文联委员。1949 年后，他先后出任教育部副部长，人民教育出版社社长和总编，中华全国文学艺术界联合委员会委员，中国作家协会顾问，中央文史研究馆馆长，全国政协副主席。[①]

1988 年，叶圣陶于北京逝世，享年 94 岁。

叶圣陶不仅是文学家，也是杰出的教育家和出版家，同时他还是我国第一位童话作家，他创作的《稻草人》《古代英雄的石像》成为中国童话的经典之作。他孜孜不倦的一生，为我国的文学、教育和出版事业做出了卓越的贡献。

## 二 作品导读

### 《潘先生在难中》

1925 年 1 月，叶圣陶的《潘先生在难中》发表于《小说月报》第 16 卷第 1 号。[②] 小说创作的时代背景是 20 世纪 20 年代军阀混战的中国，主要讲述了在上海附近一个叫让里的小镇上，小学校长潘先生在战争之前带着一家老小逃难到上海，继而自己因为工作原因返回小镇，随之战争结束的故事。小说的故事情节虽然比较平淡，但是潘先生这一人物形象塑造得相当成功，诚如茅盾所言："要是有人问道：第一个'十年'中反映着小市民智识分子的灰色生活的，是哪一位作家的作品呢？我的回答是叶绍钧！"[③]

---

① 参见刘增人《叶圣陶传》，东方出版社，2009。
② 钱理群、温儒敏、吴福辉：《中国现代文学三十年》（修订本），北京大学出版社，1998，第 336 页。
③ 茅盾：《〈中国新文学大系·小说一集〉导言》，《茅盾全集》第 20 卷，人民文学出版社，1990，第 480 页。

　　小说中的潘先生，是一个典型的小知识分子。他在让里的一所小学里任职校长。这是一个"体面的大家知道的人物"，家中有妻有儿，还有一个仆人，生活比较宽裕舒适。但是，军阀混战的战火打破了潘先生平静的生活，当得知战争马上要来临时，他踏上了惊慌失措的逃亡之路，带着妻子和儿子去上海避难。潘先生战战兢兢、如履薄冰地护着一家人来到上海，住进了旅馆。不料，刚刚安顿下来的潘先生，第二天一早就发现报纸上刊登的教育局局长要求照常开学的消息，他怕教育局局长斥责他临危失职而丢掉饭碗，于是只能将妻儿留在了上海，独自返回了让里。返回之后，他发现教育局局长果然不准停学，同时对于那些临阵脱逃的教员要趁机辞退，潘先生心中窃喜自己的聪明决断，于是提笔给家长写通稿，要求学生继续上学。但是当他得知铁路不通，很多人都逃难去上海之后，他又紧张万分，只好赶到红十字会分会的办事处，愿意缴纳会费做会员以求庇护。小说的最后，所谓战事只是一场虚惊，潘先生庆幸自己躲过一难，接受了别人的推荐，心甘情愿地为军阀写歌功颂德的字幅。小说用诙谐、幽默又极具讽刺意味的笔法，将一位胆小怕事、苟且偷安的小知识分子的形象淋漓尽致地刻画了出来，潘先生既是战火纷飞中典型的灰色的小人物中的一个，也是这一类人物的代表。因此，"潘先生"诞生之后，就引起了评论界的高度重视。茅盾认为"这把城市小资产阶级的没有社会意识，卑谦的利己主义，precaution，琐屑，临虚惊而失色，暂苟安而又喜，等等心理，描写得很透彻。这一阶级的人物，在现文坛上是最少被写到的，可是幸而也还有代表"[①]。与此相对的一种观点认为："从抽象的道德原则上看，潘先生的一切举动是可笑可鄙的，但是一切又是无奈的，是人的生存的需要也是人的生存的权利。作为潘先生他有权利生活得更安定、更完整……他与妻儿的离散是人生的最大悲剧，求得家庭的完整是人最低的生活愿望，而这些努力和巴结是不应该受到谴责的……潘先生的行为和心理深刻地表现了军阀混战给底层人民带来的动荡和苦难，而作者嘲讽的对象却错位地转移到了受害者身上。潘先生是受害者，在和平的环境

---

　　① 茅盾：《王鲁彦论》，《茅盾全集》第 19 卷，人民文学出版社，1991，第 169 页。

里，他肯定是一位尽职尽责的好教师……不能把人对最基本的生存需要的渴望和努力视为一种堕落，更不能把战争中的责任归罪于懦弱的知识分子。"①

就艺术手法而言，叶圣陶能够在深入细致的细节描写中，娴熟地运用对照的手法揭示人物心理，塑造人物性格。同时，幽默、冷静又客观的叙述语言，又增加了其小说思想的深度。总体而言，叶圣陶以《潘先生在难中》为代表的一系列短篇小说，成为 20 世纪 20 年代人生写实派小说的完型之作，其贡献是令人瞩目的。

### 《倪焕之》

《倪焕之》是叶圣陶创作的一部长篇小说，小说依然选材于作家熟悉的教育界，讲述了一位想要投身社会改革的青年倪焕之奋斗的一生，他的人生经历和奋斗历程，清晰地折射出从辛亥革命到第一次国内革命战争时期，小资产阶级知识分子的生活与心路历程。倪焕之的人物形象，也是在"五四""五卅"运动影响下成长起来的一代青年知识分子的真实写照。小说于 1928 年 1 月起在《教育杂志》第 20 卷第 1~12 号连载，②《倪焕之》的问世，是中国现代长篇小说开端的标志。

小说情节主要围绕着倪焕之的事业、爱情追求展开。1916 年冬，怀着献身社会改革理想的青年倪焕之，从家乡来到上海附近的一所乡镇小学当教员。幸运的是，在这所学校里，他遇到了与他有着共同追求的领导、朋友——校长蒋冰如，这是一个资产阶级改良主义者。共同的教育改革的理想把他们的命运紧紧联系在一起。不久，师范毕业生金佩璋也来到这里，她与倪焕之志同道合，很快结婚组建了小家庭。三个人在学校里决心进行教育改革，他们将学习与务农、做工结合起来教育学生，想要培养能够兼具理论与实践能力的新人。但是，同事们对他们的教育改革不支持，群众舆论反对，

① 张福贵：《错位的批判：一篇缺少同情与关怀的冷漠之作——重读叶圣陶的小说〈潘先生在难中〉》，《文艺争鸣》2004 年第 5 期。

② 钱理群、温儒敏、吴福辉：《中国现代文学三十年》（修订本），北京大学出版社，1998，第 284 页。

更为雪上加霜的是，当地的一个地痞无赖蒋士镖借机煽动群众，说学校办农场的土地是他们家所有，这使得教育改革面临着举步维艰的境地。这时，金佩璋因为孩子的出生，对教育改革的热情渐渐变淡，转而投入家庭，开始做起了贤妻良母。倪、蒋的教育改革以失败而告终，倪焕之也陷入了忧郁苦闷之中。革命者王乐山的出现，重新点燃了倪焕之的希望之火，在他的帮助下，倪意识到单纯走资产阶级教育改良的道路是行不通的，决定参加社会革命。于是他来到了上海，积极投身"五卅"爱国运动和大革命中。然而，面对大革命结束后血腥镇压的残酷，他又一次陷入悲观失望之中，最后患病去世。

小说中的倪焕之，有抱负、有追求，是20世纪前半期青年知识分子的典型代表。他们怀揣着"教育救国"的理想，也身体力行地寻找机会践行自己的理想。然而，诚如小说中的革命者王乐山所言，他的教育改革由于脱离了群众，脱离了社会革命，终究"不过是隐逸生涯中的一种新鲜把戏"。他意识到真正想要获得成功，必须"要转移社会，要改造社会，非得有组织地干不可"。于是，他跟随王乐山来到上海，真正投入社会革命的洪流之中。虽然他在疾病与现实的双重打击之下，过早地失去了生命，但是，倪焕之从乡镇到都市，从学校到社会，从个人主义到集体主义的人生历程，都说明他的一生，是不懈奋斗的一生。因此，这个人物形象的成功刻画，对后来左翼小说家革命者形象的塑造有重要的启示意义，倪焕之的奋斗历程，对当下的读者也依然具有很大的震撼力量。诚如茅盾《读〈倪焕之〉》所言："把一篇小说的时代安放在近十年的历史进程中的，不能不说这是第一部；而有意地要表示一个人——一个富有革命性的小资产阶级知识分子，怎样地受十年来时代的壮潮所激荡，怎样地从乡村到都市，从埋头教育到群众运动，从自由主义到集团主义，这《倪焕之》也不能不说是第一部。在这两点上，《倪焕之》是值得赞美的。"①

在艺术表现上，叶圣陶在塑造人物形象时，依然擅长以对照法描写人物

---

① 茅盾：《读〈倪焕之〉》，《茅盾全集》第19卷，人民文学出版社，1991，第207页。

的性格特征，诸如面对教育改革困难之时，倪焕之的坚持不懈与蒋冰如的妥协退让形成鲜明对比。而且，作家生动细腻的心理描写，也让人物形象更加立体丰满。整部小说的语言凝练、严谨，在并不长的篇幅之内，能够完整地反映出从辛亥革命到第一次国内革命时期，时代风云的变化以及人物的生活、精神历程的变迁，这对于处于起步时期的现代小说作家而言，实属不易。

## 三 课后习题

1. 你如何看待"五四"文学中的"小人物"形象，《潘先生在难中》中"潘先生"形象的塑造有何文学史意义？

2. 你认为《倪焕之》中"倪焕之"人物形象的塑造有何特点，结合小说谈谈你的认识。

# 第三章　许地山的小说

## 一　作者介绍

在中国现代文坛上，许地山是兼作家、宗教学家以及翻译家于一身的人物。作为"文学研究会"的缔造者，他的文学创作，在坚持"为人生而艺术"的文学追求的同时，能够将自己的人生经历、宗教情怀和异域风情融入其中，形成了其兼具现实与传奇的独特风格。

1893 年 2 月，许地山出生于台湾台南，三岁时，他随父亲在漳州定居。四岁开始接受传统的私塾教育。1913 年，他来到缅甸仰光，在华侨创办的中华学校任职，这一生活经历对他的文学创作有着极其重要的影响，他早期的代表作《命命鸟》中故事发生的地点就是仰光，书写贵族子弟加陵和平民女子敏明的爱情悲剧，在"五四"时期婚姻自由与封建专制矛盾的惯常主题表达中，小说将青年的反抗与达天知命的宗教理想相结合，表现出许地山小说创作的独特风格。1916 年，他回到国内；1917 年考入燕京大学文学院；1920 年毕业后留校任教；1921 年，作为"文学研究会"的发起人之一，他参与了"文学研究会"筹备与成立的诸多工作。此后，他开始文学创作，先后出版了《缀网劳蛛》《商人妇》《解放者》《春桃》等短篇小说集和散文集《空山灵雨》。

1937 年七七事变后，他发表文章、演讲，宣传抗日救亡，同时担任中华全国文艺界抗敌协会的理事，为抗日救国事业奔走呼号。1938 年，大批的文化人士和青年学生流亡到香港后，成立了"中华全国文艺界抗敌协会香港会员通讯处"，许地山任常务理事兼总务。1941 年 8 月，许地山积劳成疾，病逝于香港。[①]

在 20 世纪群星闪烁的中国文坛，许地山也许算不上最为璀璨的明星，但是，他小说中神秘的异域景观、富有传奇性的宗教色彩以及独特的生命体验，都使他的作品成为区别于同时期作家创作的独树一帜的存在。

# 二　作品导读

## 《商人妇》

《商人妇》于 1921 年 4 月发表于《小说月报》第 12 卷第 4 号。[②] 小说讲述了一位名叫惜官的女性，出嫁以后与丈夫别离、寻夫、被卖、出逃、再寻找的人生经历。惜官的人生遭遇，其苦难程度似乎可与鲁迅《祝福》中的祥林嫂比肩，但惜官对待苦难的方式，与许地山 1922 年发表的另一篇小说《缀网劳蛛》中的女主人公尚洁非常相似，都持有一种只管织网而不论网破的人生观和伦理观。并且，许地山将这种人生观上升至哲理层面，因此，他笔下拥有宗教人生信仰的女性人物，与"五四"时期其他作家笔下遭受苦难的女性形象在对待苦难的态度、方式上有着明显的区别。

小说采用第一人称的叙述视角，写"我"在轮船上遇到一位带着一个印度孩子，服饰装扮是印度式但行为举止却不像印度人的妇女，这位妇女引起了"我"的好奇，"我"遂暗中观察她，不料被她发现后，她用闽南土话向"我"打招呼，熟悉之后，这位女性向"我"讲述了她令人扼腕的人生经历。

---

① 参见宋益乔《许地山传》，海峡文艺出版社，1998。
② 钱理群、温儒敏、吴福辉：《中国现代文学三十年》（修订本），北京大学出版社，1998，第 74 页。

惜官 16 岁嫁给开糖铺的商人林荫乔为妻，两人过了三年平静又不乏甜蜜的生活。林荫乔因为赌博，败光了生意，依靠着惜官存下的钱度日。他想要借钱重新做生意，但因为赌钱的事无人信任他，他便萌生了去南洋讨生活的想法。惜官变卖自己的首饰凑足路费送丈夫从厦门去了南洋，临别之前二人订下来日相见的诺言。然而，林荫乔一别之后，除了两封来信之外，再无其他音信。惜官在家乡等了他十年，终于踏上了去南洋的寻夫之路。

到了新加坡之后，惜官才知道林荫乔生意做得风生水起，而且，他已经另外娶了妻子。林荫乔看到惜官到来，非但没有高兴反而恶语相向。更为可怕的是，他们欺负惜官不懂马来语，竟然把她卖给印度商人阿户耶，惜官成了阿户耶的第六个妻子。在这个陌生的新家庭中，阿户耶的第三个妻子教会了惜官读书、写字。在这期间，惜官生下了阿户耶的孩子，在阿户耶去世之后逃了出来并在印度定居。因为邻居是虔诚的基督徒，惜官也受到基督教的感染。当她得知林荫乔因为卖掉结发妻子的事情被人知道，生意受到影响，只能搬到别处生活时，惜官原谅了曾经卖掉她的林荫乔，踏上了去新加坡寻找林荫乔的旅途。

小说以对话、回忆的方式展开故事情节的叙述，在惜官娓娓道来的讲述中，她在异国他乡寻夫、被卖、生子、逃亡的经历如一幅幅画卷徐徐在读者面前展开，每一幅画卷中都饱含着常人难以承受的苦难。然而，这种苦难却在小说的最后得到了升华，惜官说："人间一切的事情本来没有什么苦乐底分别：你造作时是苦，希望时是乐；临事时是苦，回想时是乐。我换一句话说：眼前所遇的都是困苦；过去、未来的回想和希望都是快乐。"[①] 惜官内心的善良与宗教信仰给予她的达天知命合而为一，使她成为许地山传达自己宗教理想与文学精神的完美载体。

### 《春桃》

《春桃》是许地山 20 世纪 30 年代创作的短篇小说，最初发表于 1934 年

---

① 许地山：《商人妇》，《许地山选集》（上），人民文学出版社，1958，第 135 页。

7月《文学》第 3 卷第 1 号①，后收入小说集《危巢坠简》中，于 1947 年由商务印书馆出版。面对 20 世纪 30 年代中国内忧外患、民不聊生的社会现实，许地山的创作逐渐发生了转变，由早期作品注重浪漫、传奇的文风转向现实主义创作，小说中的批判意味也愈加明显。

相比于 20 年代的《命命鸟》《商人妇》《缀网劳蛛》，《春桃》的显著特色是其小说原有的异域风情、传奇、浪漫的特点明显减弱，故事发生的地点也由原来的南洋回到了北方市镇，故事情节较为平淡却发人深思。小说的主人公依然以女性为主，讲述的是一个名叫春桃的女子，她在新婚之日就遇上兵匪之劫，与新婚的丈夫分离。在逃亡的路上，她遇到了刘向高，一起走了几百里路之后分开，春桃一人流落北京。最初，她当过仆妇，后来主要以捡纸为生。她在找房子的过程中又遇上刘向高，两人一起合作捡纸，过着平静简陋的同居生活。不料，有一日春桃在什刹海后门捡纸的时候，竟然碰见早已失散的丈夫李茂。李茂与春桃失散后，当了几年兵，后来在战场被敌人打伤了腿，因为治疗延误为保命只好锯掉了腿，他无处可去，只好以乞讨为生。春桃当机立断带李茂回到她和向高的住处。李茂和向高二人，由于传统的伦理观念，相处得并不好。一方面，向高觉得李茂与春桃有婚姻在身，自己有夺妻之嫌；另一方面，李茂觉得自己拖累了二人，心中愧疚。于是两个人商量后立了契，约定春桃归向高。春桃不同意二人的约定，提出三个人合作"开公司"的想法。就在这天晚上，向高突然出走，遍寻不见。春桃回家，发现李茂试图自杀，将他及时救下。几天之后，向高舍不得春桃终于回家，三人协商共同生活。

相比于早期的小说，《春桃》在艺术表现方式上有所突破。首先，突破了早期小说人物形象塑造的单一性，通过人物行动、人物语言、人物关系塑造人物形象。春桃的泼辣、善良、聪慧、仁义的性格特征在情节的逻辑发展中逐渐完善。其次，小说中的浪漫、传奇元素减弱，现实主义的创作方法占

---

① 钱理群、温儒敏、吴福辉：《中国现代文学三十年》（修订本），北京大学出版社，1998，第 287 页。

据创作的主流，许地山将苦难的人物命运、复杂的人物关系、激烈的心理斗争和矛盾冲突都隐藏在日常生活的衣食住行中。这既符合 20 世纪 30 年代兵荒马乱的中国社会现实，也表现出生存道德大于伦理道德的主题。最后，许地山早期的小说，善于在叙述的过程中加进具有宗教意味的语言，小说的说教色彩略显浓厚，而《春桃》中无论是小说的叙述语言还是人物语言都鲜活生动，我们能够在作家行云流水的叙述和朴实无华的对话中，洞悉底层民众的坚忍不拔与生存大义。因此，《春桃》成为标志着许地山现实主义创作深化的力作。

## 三　课后习题

1. 有评论家认为，爱情故事、异域情调、宗教氛围构成了许地山早期小说创作的三元素，根据具体小说，谈谈你对此的认识。

2. 对比许地山 20 年代小说中的女性形象，说说"春桃"形象的塑造有何创新性。

# 第四章　郁达夫的小说

## 一　作者介绍

　　他是富春江畔走出的才子，是在异国他乡发出弱国子民呐喊之声的作家，是愿意拿生命的三分之二换取故都的秋天的散文家，也是为抗日救国奔走呼号的革命者，最终，他的生命定格在 1945 年，在苏门答腊的丛林中不知所终。他的一生，是富丽悲壮的史诗。

　　1896 年 12 月 7 日，郁达夫出生在浙江富阳县的一个知识分子家庭。在他三岁时，父亲去世，家中经济情况日渐窘迫。1903 年，他进入私塾学习，五年之后，进入富阳县立高等小学就读。1911 年，他与徐志摩等一起，考入杭府中学，后来又到嘉兴府中学和美国教会学堂等学校学习。1912 年，他考入之江大学预科，后因为参加学潮被学校开除。1913 年，他跟随兄长郁华东渡日本，开始了留学生涯。1921 年 6 月，他与志同道合的朋友郭沫若、成仿吾、张资平、郑伯奇等人成立了"创造社"，开始小说创作。同年，他的短篇小说集《沉沦》出版，这是中国现代文学史上第一部现代白话短篇小说集。其中的大部分作品，因为对自我心境、生活不加掩饰的书写，尤其是对个人私生活中灵与肉冲突以及变态性心理的暴露而引起极大轰动。1922 年，郁达夫回国并于次年在北京大学任教。此后，他辗转于武昌、广州等地，先后在武昌师范大学、广东大学任教。1926 年，他辞职返回上海，主持创造社的出版工作，在此期间，他发表了《小说论》《戏剧论》等文艺论著。

1930年，中国左翼作家联盟成立，他为发起人之一，后又退出。1933年，他由上海移居杭州，在此期间，他创作了大量的游记。1937年，郁达夫走出书斋，积极参加抗日救亡运动。1938年，他来到新加坡，出任《星洲日报》的主笔，发表了400余篇文章分析抗战形势，鼓励民众积极投身抗战。1942年，新加坡沦陷后，郁达夫与当时的文化界人士一道流亡至印尼苏门答腊岛中西部的巴爷公务市，他受日军胁迫为其做翻译，在此期间利用职务之便，传递情报，营救文化界的流亡人士和当地侨民。1945年6月，在日本宪兵大肆屠杀开始前，他掩护一些爱国人士先行离开，自己却在8月29日晚失踪于南洋的一个市镇，一般认为是被日军杀害。①

作为中国现代文学的先驱，郁达夫的早期作品既对外部世界的社会现实人生投去关注的目光，又能够本着内心的要求，抒发内在真实的情感。30年代以后，感应着时代风云和社会政治的变动，他又能够以自己的创作走进左翼文艺运动和抗日战争，中国传统知识分子"天下兴亡，匹夫有责"的责任感与"五四"个性解放的精神不仅表现在他的个体生命中，也集中表现于他的文学创作中。

## 二　作品导读

### 《春风沉醉的晚上》

《春风沉醉的晚上》发表于1923年7月《创造》季刊第2卷第2期，②是郁达夫早期小说代表作之一。郁达夫在日本读书期间，广泛阅读欧美及日本的文学作品，尤其受当时日本流行的"私小说"的影响甚深。他将这种

① 参见郁云《郁达夫传》，福建人民出版社，1984。
② 钱理群、温儒敏、吴福辉：《中国现代文学三十年》（修订本），北京大学出版社，1998，第75页。

影响自然而然地带进自己的小说写作中，因此形成了其"自叙传"抒情小说的独特风格。

"自叙传"抒情小说的主要特征是长于用第一人称"我"展开叙述，而且小说叙述的主要故事情节与作家本人的生活经历类似，作家写作的目的就是要"赤裸裸地把我的心境写出来"，以求"世人能够了解我内心的苦闷就对了"。① 因为要写出作者内心的体验、情绪和情感，"自叙传"抒情小说并不注重小说情节的曲折完整以及缜密的构思，而是通篇以强烈的情感抒写取胜，间或在叙述中做自我解剖，让读者可以在小说浓烈的抒情氛围中感知人物的生命与灵魂。

《春风沉醉的晚上》讲述的故事情节非常简单，主要叙述"我"——一个贫困潦倒的文学青年与一个烟厂女工"陈二妹"相识、相知继而产生"同是天涯沦落人"的惺惺相惜情感的故事。小说伊始，写"我"在沪上闲居半年，因为失业的缘故，不得不搬到贫民窟居住。在这里，"我"认识了邻居陈二妹，因为"我"对陈二妹礼貌而客气，所以不久之后，陈二妹赠予"我"面包，并邀请"我"到她房中吃香蕉。在吃水果的过程中，"我"了解了陈二妹可怜的身世，遂生出惺惺相惜之情。由于"我"晨昏颠倒的生活，让陈二妹对于"我"的谋生方式产生了怀疑。而"我"因为晚上经常出去散步身体逐渐好了起来，因此写了几篇文章投了出去，有一天，"我"接到了邮差送来的书局寄来的稿费，这令"我"欣喜若狂。"我"用稿费买了零食请陈二妹吃，得知她在烟厂里加班，工作非常辛苦，还时时受人骚扰。在同情、怜悯以及自伤自怜等诸种复杂的情感中，"我"拥抱了陈二妹，并答应她戒烟。但二人的关系"发乎情，止乎礼"，在陈二妹回自己的房间休息之后，"我"又陷入对未来的迷茫和焦虑之中。

1922年，郁达夫回国之后，一度因为工作不顺利经历了一段颠沛流离的生活，这让他切实地感受到生存的艰辛，因此，他小说的主人公由以前的

---

① 郁达夫：《写完了〈茑萝集〉的最后一篇》，《郁达夫文集》第 7 卷，花城出版社，1983，第 155~156 页。

留学生、知识分子开始转变为下层平民，车夫、女工的形象出现在他的小说中。并且，作为知识分子的"我"与下层平民因为相同的境遇而更能够对他们生活的苦难感同身受，再加上郁达夫小说一贯具有的强烈的抒情性特征，这使《春风沉醉的晚上》具有了震撼人心的魅力。

在艺术表现手法上，《春风沉醉的晚上》显然比《沉沦》更为圆熟。虽然小说中依然有主人公的大量的内心独白与情感宣泄，但总体能够服臻于故事情节的叙述而没有泛滥。小说的结尾部分尤其精彩，入夜之后贫民窟满蕴哀愁的景物照映着主人公的心境，哀景与哀情相互映衬，恰是"这次第，怎一个愁字了得"！

### 《迟桂花》

《迟桂花》写于 20 世纪 30 年代，发表于 1932 年 12 月《现代》第 2 卷第 2 期，[1] 是标志着郁达夫小说创作风格转型的一篇小说。从它发表之初，就受到读者的喜欢，被誉为郁达夫在艺术上最精致成熟的小说，也被认为是中国现代文学史上不可多得的具有浓郁抒情味的小说之一。[2]

《迟桂花》讲述的是"我"受邀参加朋友翁则生的婚礼，受到翁家人的热情招待的故事。翁则生的妹妹翁莲带"我"游览翁家山的美景，"我"被翁莲纯净、善良、率真的性格吸引，知道她年纪轻轻就失去丈夫，只能回娘家暂住的遭遇后，更是满心的同情与疼惜。但是，翁莲乐观坚强地面对生活的创伤，反而安慰"我"，让"我"觉得翁莲就是翁家山的美景孕育出的大自然的女儿，是一枝悄然绽放的迟桂花。

郁达夫的小说，一贯不注重情节的跌宕起伏而是以情感取胜，《迟桂花》也不例外。小说的成功，在于抒情主体（"我"的感受、心境）与抒情形象（翁莲的性情与翁家山的景色）的完美结合。在《迟桂花》中，郁达夫一改前期作品中抒情主人公情感的无节制宣泄，而为情感的表达找到了合

---

① 钱理群、温儒敏、吴福辉：《中国现代文学三十年》（修订本），北京大学出版社，1998，第 286 页。

② 朱卫国：《"迟桂花"形象之我见》，《西北师大学报》（社会科学版）1999 年第 5 期。

适的载体，翁家山自然景物的秀美与翁莲的天真、纯朴、坚强相互映衬，翁莲如同一枝经历过风霜的迟桂花，这是作家用满腔情感塑造出的丰满独立的生命体，她承载着作家对于美与爱的理想，可以说，在《迟桂花》中，郁达夫的审美感受与审美理想达到了高度和谐的状态。

《迟桂花》另一为人所称道的地方在于其高超的景物描写技巧。作为一篇小说，《迟桂花》对幽静的山居和变幻的山色出神入化的描绘，常常让人不由自主地想起他另一篇写景的散文名篇《故都的秋》，二者有异曲同工之妙。郁达夫以工笔细描的手法写翁家山的美景，暮时、月下、清晨，随着光影声色变化，各不相同。而随着景色的变化，人物的心境也各不相同，人物心境、情感与自然景物相互融合，自然美映衬人物的形象美和心灵美，人物的精神美又增添了自然环境之美。人生的不幸、坎坷的遭遇、郁闷的情绪都融化在自然美景之中，整部作品都洋溢着明亮乐观的氛围。这种写景的手法堪比唐代诗人张若虚的《春江花月夜》，男女相思的离愁别绪，都融化在春江花月夜的美景之中，给人一种哀而不伤的美感体验。

因此，纯熟而无造作，精美而去伪饰的《迟桂花》，的确称得上中国现代小说的圆熟之作。

## 三　课后习题

1. 结合具体小说，谈谈你对郁达夫"自叙传"抒情小说中主人公形象的认识。

2. 简述《迟桂花》的结构特色。

# 第五章 "五四"乡土小说

## 一 作者介绍

在中国现代文学史上，最先显示出流派风范，并以自己的创作为中国现代小说的确立贡献出自己力量的作家群体，是"五四"乡土小说流派。这一流派具有如下明显的特征。

首先，从作家群体的构成上来说，这些作家都非常年轻，他们受到"五四"新文化运动的感召，从故乡来到北京，因此，他们是"侨寓文学的作者"。这些作家主要包括浙江的王鲁彦、湖南的彭家煌、安徽的台静农、贵州的蹇先艾等。

其次，他们虽人在北京，但是小说的选材基本都是围绕故乡，尤其是受鲁迅乡土小说的影响，他们对宗法制旧中国农村的闭塞、愚昧、残忍和麻木进行批判式的书写，因此他们的创作往往能够把"土气息泥滋味透过了他的脉搏，表现在文字上"[①]。

再次，因着对故乡的熟悉，他们在书写乡土时，尤其善于书写不同地域的经济生活、地方风物和风俗民情。周作人认为："我相信强烈的地方趣味也正是'世界的'文学的一个重大成分。"[②]"五四"乡土小说流派践行了周作人的这一理论主张，他们带有浓厚乡土气息的创作，形成了鲁迅之后现

---

① 周作人：《地方与文艺》，《谈龙集》，河北教育出版社，2001，第12页。
② 周作人：《旧梦》，《自己的园地》，江苏人民出版社，2018，第140页。

代乡土小说的创作高潮。

最后，处于中国现代小说起步阶段的"五四"乡土小说流派在艺术质量上虽然处于稚拙阶段，但是，他们的创作标志着"五四"青年作家逐渐从狭小的书斋走向了广阔的社会，从关注一己情感到开始关注民众，尤其对下层平民的精神世界投去深层次的关注。在艺术表现手法上，他们加重了小说中的现实主义成分，注重对乡土社会的整体环境、民俗风情、生活状况的书写；注意塑造典型环境中的典型人物，力图改变旧小说中以情节为中心的叙事方式，强调小说以人物为中心推进情节的发展。在小说的语言上，他们注重将方言俚语融入小说创作。应该说，他们在小说题材选择、主题表达以及审美追求上的独特性，对此后的乡土小说创作产生着深远的影响。

# 二　作品导读

## 《菊英的出嫁》

《菊英的出嫁》是王鲁彦创作的短篇小说，收入 1926 年 10 月北新书局出版的短篇小说集《柚子》，[①] 是王鲁彦乡土小说创作走向成熟的标志。王鲁彦是"五四"乡土小说流派的重要成员之一，原名王衡，浙江镇海人，因仰慕鲁迅，遂以"鲁彦"为笔名。早期的代表作有短篇小说集《柚子》，30 年代，是他创作的黄金期，出版了短篇小说集《黄金》《童年的悲哀》《屋顶下》，长篇小说《野火》。王鲁彦主编的大型文学刊物《文艺杂志》是抗战时期大后方最有影响力的文学刊物之一。1944 年，王鲁彦病逝于桂林。

王鲁彦的小说创作的独特之处在于，他比较早地关注到地方习俗对人的生活、性格产生的影响，因此小说在倾力描绘风俗画的同时，也写出了这些

---

① 钱理群、温儒敏、吴福辉：《中国现代文学三十年》（修订本），北京大学出版社，1998，第 77 页。

风俗背后隐藏的落后、愚昧的生活方式，继而揭示中国乡土社会向现代转型的艰难，此类小说最典型的代表就是《菊英的出嫁》。

小说以菊英母亲的视角展开叙述，开头设下巨大的悬念，为什么菊英离开她娘已经十年了？为什么这十年中菊英音信全无？带着这样的悬念，小说继而讲述菊英母亲对菊英的思念以及她为菊英准备出嫁的事。为了菊英的出嫁，菊英母亲可谓耗尽心力，先是冒着风雨跋山涉水找到可心的女婿，继而用自己省吃俭用的钱为菊英准备了非常丰厚的嫁妆。作家细致地描写了菊英出嫁的场景，徐徐展开了一幅江南水乡的婚嫁风俗画。直到小说的结尾，读者才明白，菊英八岁时已经患"白喉"病夭折了，所谓的婚礼，不过是一场冥婚。

周作人认为："若在中国想建设国民文学，表现大多数民众的性情生活，本国民俗研究也是必要，这虽然是人类学范围内的学问，却和文学有极重要关系。"[1] 应该说，在现代文学发展初期，周作人即意识到文学中民俗书写的重要性，是非常具有前瞻性的。难能可贵的是，王鲁彦在小说创作中践行了周作人的倡导，通过一场声势浩大的冥婚，充分表现出古老的中国乡土社会落后于时代的缓慢步伐。对"冥婚"场面细致具体的叙述，也使人对这种落后性深感震惊和悲哀。

就艺术风格而言，王鲁彦非常注重对人物心理的挖掘，往往能够在揭示动荡社会中人物心理剧烈变动的同时，完成对国民性的批判。《菊英的出嫁》中，从菊英母亲对菊英出嫁前的思念，准备出嫁的喜悦，出嫁中的难过到最后回忆中的悔恨等心理描写，不仅更加鲜活地刻画出了人物形象，也使这一场"冥婚"更具真实感，从而完成了作家对停滞、沉重的乡土社会与乡土文明的批判。

### 《活鬼》

《活鬼》是彭家煌创作于 20 世纪 20 年代的短篇小说，收录于 1925 年 8

---

① 周作人：《在希腊诸岛·译者后记》，《知堂序跋》，岳麓出版社，1987，第 249 页。

月开明书店出版的《怂恿》集。① 彭家煌出生于湖南湘阴一个没落的地主家庭，1919 年毕业于湖南省立第一师范学校，1924 年进入上海中华书局工作，1926 年开始创作。作为受鲁迅影响走上创作之路的文学青年，彭家煌小说喜剧性、讽刺性的特征得鲁迅真传，因此，他比同期的乡土小说作家在写作上显得更为圆熟。成名作《怂恿》，全篇充满了令人捧腹的幽默场景，人物语言也极具地方特色，在喜剧性的叙述中将老中国悲剧和盘托出，被茅盾认为是"那时期最好的农民小说之一"②。1930 年他加入"左联"，后出版了小说集《喜讯》。1931 年 7 月被国民党当局逮捕，两个多月后被营救出狱。1933 年因病去世，时年 35 岁。

《活鬼》的故事情节大致如下。学校里来历不甚清晰的厨师咸亲，因为容貌俊美，性格温和，处世圆滑，颇得教师、家长和学生的喜欢。学校里有一个名叫荷生的少年，与咸亲建立了亲密无间的友谊。荷生来自一个畸形家庭，祖父是勤俭起家的老农，因怕去世后几百亩田产无人继承，因此希望祖母能够多生孩子。祖母生育无望之后，只能过继一个孩子顶门立户，媳妇生了一个孙女、一个孙子之后，儿子去世。祖父为了后继有人，替十三四岁的少年荷生娶了一个大他十岁的妻子。荷生少年心性，对自己的妻子多有挑剔。相反他的朋友咸亲对妻子非常客气，有时还会帮其干家务。荷生的祖母、母亲和姐姐相继去世后，荷生家中时常闹鬼，荷生请咸亲居住在家中捉鬼，在咸亲的法术和桐油灯的作用下，鬼消失了踪迹。咸亲返回学校的翌日晚上，荷生家中又闹起了鬼，荷生鼓足勇气冲黑暗中的"鬼影"开了一枪，等到第二天他到学校准备告知咸亲他捉鬼的英雄壮举时，发现咸亲已远走他乡了。

《活鬼》的故事情节颇引人入胜，但更为人所称道是小说的结构和语言。在小说中，作者对"咸亲与荷生嫂偷情"这一核心情节淡化处理，小说无一字一

① 钱理群、温儒敏、吴福辉：《中国现代文学三十年》（修订本），北京大学出版社，1998，第 77 页。
② 茅盾：《〈中国新文学大系·小说一集〉导言》，《茅盾全集》第 20 卷，人民文学出版社，1990，第 488 页。

句对此事件的叙说，而是用大篇幅的笔墨写核心情节的外围事件，诸如咸亲夏夜给孩子们讲的鬼故事，荷生畸形的家庭，咸亲捉鬼的过程，等等。在对这些事件细致入微的叙写中，作者运用暗示性的语言，引导读者的想象，最后推导出核心情节，小说的最后，读者才明了"鬼"的真实面目，继而会心一笑。在小说语言上，彭家煌充分发挥了鲁迅式的"含泪的微笑"，运用喜剧性的语言将乡间一出不合伦理道德的闹剧恰如其分地展现出来，对老中国"不孝有三，无后为大"的扭曲的生育观以及为了生育而衍生出的年龄极不对等的婚姻予以批判，在幽默的叙述中闪烁着讽刺的锋芒。难怪评论者认为彭家煌的小说"比20年代一般乡土作家的更为活泼风趣，也更加深刻成熟"①。

### 《水葬》

《水葬》是蹇先艾创作的短篇小说，发表于1926年1月《现代评论》第3卷第59期，② 后被鲁迅编入《中国新文学大系》。蹇先艾是贵州遵义人，文学研究会后期的青年作家，与朱自清、王统照、徐志摩多有来往，作品发表于《晨报副刊》《小说月报》《现代评论》等刊物。蹇先艾一生出版了多部小说集和散文集，近70首新诗，共计350万字，是"五四"以来卓越的小说家、散文家和诗人。1994年病逝于贵阳。

《水葬》讲述的是在贵州一个名叫桐村的小山村，一个名叫骆毛的青年因为偷盗被村里人处以水葬的故事。小说采用第三人称叙事，用客观而内敛的叙述语言将骆毛水葬的过程，周围看客的神态、语言，以及骆毛临死之前对母亲的牵挂，骆毛耳聋的母亲对儿子的殷殷期盼都纤毫毕现地表现出来。小说中的水葬既是宗法制乡土社会的一种刑罚，也是偏远之地的一种习俗。小说中的骆毛仅仅因为偷窃就被处以极刑，的确非常残忍。但更令人感到恐怖的是，普通乡民们对这一刑罚所表现出的"看客"的姿态，他们携家带口，蜂拥而至来看骆毛被水葬，一致认为对骆毛的处置天经地义。看客们嬉

---

① 严家炎：《论彭家煌的小说》，《彭家煌小说选》人民文学出版社，1987，第3页。
② 钱理群、温儒敏、吴福辉：《中国现代文学三十年》（修订本），北京大学出版社，1998，第77页。

笑观赏的态度与小说末尾骆毛母亲对骆毛的期盼形成鲜明对比，作品的悲剧由此彰显出多义性——儿子的惨死与母亲无望的等待，事实上，不难想象，失去儿子的母亲最终也难逃一死。古老的习俗变成一种杀人的工具，乡村的残忍与愚昧在此呈现。当然，比习俗更可怕的是隐藏于其后的人性，看客们在观赏骆毛被水葬的同时，获得了心理上的满足，假正义之名而逞施虐之快——以群体强大的力量在个人无安全之虞的情况下毁灭了一个从生理上和心理上无从反抗的个体。这种对看客人性冷漠、残忍的揭示，让我们不由自主地想起鲁迅小说中庞大的"看客"群体，谁能知道，他们之中会不会有人是下一个骆毛？因此，《水葬》的深刻之处就在于，它不仅是对旧习俗、对麻木精神的批判，更是对人性的深层揭示和批判。

从艺术手法上说，蹇先艾非常善于通过场景的刻画烘托气氛，塑造人物。小说对骆毛水葬之前看客们"看"的场景有着细致的描写，老少男女各有各的情绪、样态，相同的是，他们共有的麻木不仁。更值得称道的是，蹇先艾在小说中用两个形成鲜明对比的场景——白天行刑的热闹与夜晚母亲盼儿归的凄凉来加强悲剧的深度，由此，《水葬》不仅成为蹇先艾的代表作，也是20年代乡土小说中的佼佼者。

### 《拜堂》

《拜堂》是台静农创作的短篇小说，发表于1927年6月《莽原》第2卷第11期。[1] 台静农是安徽霍邱人，中学毕业后在北京大学文学系做旁听生，1925年与鲁迅结识，是鲁迅发起成立的未名社中的成员。台静农的早期创作以短篇小说为主，作品多收入《地之子》《建塔者》两部小说集。鲁迅评价台静农，说他"能将乡间的死生，泥土的气息，移在纸上"[2]。抗日战争胜利后赴台，任台湾大学教授。台静农治学严谨，在文学、艺术、经史

---

① 钱理群、温儒敏、吴福辉：《中国现代文学三十年》（修订本），北京大学出版社，1998，第78页。
② 鲁迅：《〈中国新文学大系〉小说二集序》，《鲁迅全集》第6卷，人民文学出版社，1981，第255页。

等领域均有涉猎。1990 年，病逝于台北台大医院。

　　《拜堂》讲述的是一个"叔娶嫂"的故事。夜半子时，年轻贫穷的汪二偷偷地买香表、蜡烛，请了同村的田大娘、赵二嫂做"牵亲人"，与已有身孕的寡嫂草草拜堂成亲。小说的选材特殊，"拜堂"作为传统婚姻习俗中的一个重要环节，理应是喜庆而热闹的。但小说中的"拜堂"无论时间、地点还是人物、氛围，都透露出一种不合常理的阴冷与凄清。究其原因，这一场"叔娶嫂"的拜堂在当时社会看来是有悖于传统伦理道德的。但作家关注的重点显然不是它合不合传统，而是通过"拜堂"这一行为反映出当事人复杂、压抑、痛苦的心理状态，由此表现出了旧中国农村贫苦乡民黯淡凄楚的生存状态以及他们对生存与繁衍子嗣的渴望，揭示出了人性与伦理道德的冲突。

　　小说结构严谨，主要采取了以场景展示为主的结构方式，"请牵亲"与"拜堂"的场景是小说结构的中心。场景的描绘中作家巧妙地用凝练的白描手法将汪大嫂与汪二成亲的凄清、孤寂的氛围渲染得淋漓尽致，细腻的景物描写与人物的心境相互映衬，以悲景写喜事，更透露出一种刻骨的悲凉，小说由此形成了一种沉郁凄婉的艺术情调。

# 三　课后习题

　　1. 根据周作人的《地方与文艺》的观点，谈谈你对"五四"乡土小说艺术特色的认知。

　　2. 结合鲁迅的《呐喊》与《彷徨》，说说"五四"乡土小说作家"师法"鲁迅的具体表现。

# 第六章　废名的小说

## 一　作者介绍

20世纪20年代，以鲁迅为代表的作家，在对旧中国停滞、凝重的乡村生活图景的书写中，传达着比乡村生活表象更为严峻理性的思考——如何在解剖保守扭曲的"国民性"的基础上，探寻民族与国家的新生。同时期的作家中还有一位，他的创作呈现出与鲁迅和"五四"乡土小说作家迥然不同的风貌，他笔下的乡村是充满着诗意与隐逸气息的田园牧歌般的"世外桃源"，是承载作家"爱与美"的人性与人情、具有特定文化意义的虚实相间的审美空间。这位作家，就是废名。

废名，原名冯文炳，废名是他1926年用的笔名。1901年11月9日出生于湖北黄梅，他自幼家境殷实，受到比较完备的私塾教育。1916年，进入武昌湖北第一师范学校就读，并逐渐接触新文学。1922年考入北京大学预科英文班，师从周作人，开始走上文学创作之路。1925年，出版了第一部短篇小说集《竹林的故事》。1928年到1945年，先后出版短篇小说集《桃园》《枣》，长篇小说《桥》《莫须有先生传》，诗文集《招引集》。1946年，受聘于北京大学国文系，任职副教授。1952年，调往长春东北人民大学（后更名为吉林大学）中文系任教。1967年病逝于长春。[1]

废名的小说，善于用质朴、冲淡的笔调书写乡土世界中平凡的民众。

---

① 参见中国现代文学馆编《中国现代作家大辞典》，新世界出版社，1992，第109~110页。

与鲁迅擅长剖析国民的劣根性不同，废名侧重挖掘普通乡民身上善良、质朴的品性和流淌在乡民血液中的中华民族的传统美德。废名对这种人情与人性美的观照，是将其放置在命运无常与悲剧人生之中的书写。正如刘西谓所言："废名早期小说中的人物身上的善良也生存在一个巨大的命运阴影中而隐含着不可名状的悲哀，而这个命运就是一种无缘无故的苦难。"①

纯美的人性，孤寂的乡土灵魂，无常的命运底色，废名在表现如上主题时，没有鲁迅"哀其不幸，怒其不争"的锋芒，也没有郁达夫痛彻心扉的呼喊，废名用充满诗意与禅意的笔触，将诸种况味的乡土人生与静谧、优美的田园风光交织在一起，透露出一种哲人式的人生态度和对普通生命的独特体悟。自此，中国的乡土小说，沿着鲁迅与废名开创的写作路向向前发展，在不同的历史文化语境中，乡村具象与作家的心象、想象抵牾交融，生息消长，共同衍化出乡村世界的绚烂画卷。

## 二 作品导读

### 《竹林的故事》

《竹林的故事》是废名创作的短篇小说，发表于 1925 年 2 月《语丝》第 14 期，1925 年 11 月收入新潮出版社的小说集《竹林的故事》。②它是废名的成名作，也是"五四"文学中极富有生命活力与青春气息的作品。废名携一支翠竹制成的牧笛，吹奏出传统乡土中国远离喧嚣的田园牧歌。

在《竹林的故事》中，废名以优美凝练、饱含诗意的笔触，描绘了在汤汤流水和茂林修竹中三姑娘一家的生活。老程夫妇靠着捕鱼、种菜为生，

---

① 丁熠燚：《废名早期乡土小说中哀愁的内蕴解读》，《神州》2013 年第 35 期。
② 钱理群、温儒敏、吴福辉：《中国现代文学三十年》（修订本），北京大学出版社，1998，第 78 页。

他们的女儿——三姑娘，聪慧伶俐，小小年纪就能帮助父母干农活。生活的贫穷，让三姑娘的两个姐姐早夭，因此老程夫妇对三姑娘格外疼爱。小说的前半部分，主要写三姑娘一家贫穷却闲适、和谐的生活。打破这首牧歌的不和谐音符出现在三姑娘八岁那年，老程去世了，翠林深处多了一座小小的坟茔。虽然关于老程去世的原因，小说没有交代，但终究离不开贫病等因素。父亲去世之后，三姑娘与母亲相依为命，三姑娘越发懂事，端午、元宵等节日，她都不去看热闹，而是陪在母亲身边。废名以作画的笔法写小说，用中国传统山水画的技法展开一幅清丽秀雅的田园生活画卷，秀美的田园、纯美的人性、质朴的生活却因为贫穷与疾病而笼罩着淡淡的哀愁与感伤。

小说着力塑造出了一个健康纯朴、乖巧善良又承担着生活苦痛的少女"三姑娘"的形象。小说在塑造人物时，不以情节的曲折变化取胜，而是通过不同的场景烘托出人物形象。小说中的"三姑娘"，父亲在世时她唱歌嬉戏，不谙世事，一派纯真的小女儿姿态；父亲去世后，她体贴母亲，善解人意；卖菜时她言语活泼，认真大方。三个不同场景凸显出三姑娘性格特征的发展变化，但居于人物性格深处的单纯善良却是永恒不变的。同时，废名描绘三姑娘的生活场景时，加进大量具有象征意味的景物描写，小说中具有旺盛生命力的青青翠竹与生机勃勃的三姑娘相映成趣。在小说的语言上，废名用语简洁利落，常用白描的手法塑造人物形象，营构唐人绝句式的诗一般的小说意境，在诗境画意中传达出作者带着苦味和涩味的人生体悟。因此，有人认为他的小说"尤其是《竹林的故事》所特有的水的情致、诗的意趣，对于五四运动退潮后'醒来而无路可走'的青年，不能不是一种心灵的慰藉"[1]。

### 《浣衣母》

《浣衣母》是废名创作的短篇小说，相比于他同时期的《竹林的故事》

---

[1]　陈方竞：《水的情致　诗的意趣——读废名〈竹林的故事〉》，《名作欣赏》1990年第6期。

《桃园》等小说，《浣衣母》的写实倾向更为突出。虽然人物生活的环境依然是未经现代社会污染的宗法制乡村世界，小说语言依然以冲淡质朴为主，然而，小说中勤劳的浣衣母由被人尊敬到被流言蜚语所伤害的悲剧，传达出的是废名特有的带着苦涩的乡土生活的体悟。

《浣衣母》的主人公是一个叫作李妈的劳动妇女，小说对她的出身、家庭背景以及婚姻状况并没有完整的交代，但读者可以在作家叙述浣衣母生活的字里行间读出她人生的大致样貌。她的丈夫败光家产后死去，她由高大瓦屋中的富妇沦为为他人浆洗衣服的浣衣母，对于生活加诸她的苦难，她表现出的是中国劳动妇女特有的忍辱负重的精神，她从不怨天尤人，以一己之力养活着三个孩子。她乐于助人，她的屋前屋后成为孩子、脚夫以及兵士们的乐园，当然，这些人也都竭尽所能地帮助着浣衣母。应该说，小说的前半部分，古老乡村世界中的古道热肠、乐天知命被淋漓尽致地表现出来。然而，这样勤劳朴实的浣衣母，依然难逃命运的困局，先是两个儿子，一个死了，另一个逃了；继而驼背的姑娘也夭折了。浣衣母的生命出现了巨大的空缺，她的生活变得空虚、寂寞。这时，一个年轻的单身汉出现了，他在浣衣母的门前摆了一个茶摊。他的出现，只是偶尔填补浣衣母生命的虚空，让她觉得生活有些盼头。可是，流言蜚语四起，单身汉不得不远走他乡，浣衣母的生活又回到了从前。

废名在平凡的日常生活中塑造浣衣母的形象，浣衣母身上所具有的温婉和顺、与世无争、任劳任怨的性格特点，是传统文化孕育出的美好品德。这种美德与农村纯净、质朴的社会环境合而为一，以环境美衬托人性之美，这也是废名小说一贯的艺术特点。然而，小说中浣衣母被误解的悲剧，又在废名一以贯之书写的乡村纯朴美德、寂静之美之外，增添了现实主义色彩。这一清醒的现实认知表现出的是他对传统乡土社会人生与生命的体悟与感受，由此可见，废名的乡土世界，不仅是浪漫的、唯美的，同样也是现实的、苦涩的。

## 三　课后习题

1. 试述废名小说中风景描写的作用。

2. 废名自述："写小说乃很像古代陶潜、李商隐写诗。"结合他的小说，谈谈你对这句话的理解。

# 第七章 "五四"女作家的小说

## 一 作家介绍

### 冰 心

作为中国现代最早的女性作家，冰心的文学创作，可谓全面开花。她是"五四"时期以"问题小说"的写作闻名的小说家，她借小说探讨家庭教育问题、青年人出路问题，在当时引起了极大反响。她也是"冰心体"散文的作者，能够在行云流水的文字中，书写美好的自然、童心以及母爱，文笔清丽雅致，其散文《往事》《寄小读者》《山中杂记》等有非常广泛的影响。她还是风靡"五四"的"小诗"的创作者，以诗集《繁星》《春水》奠定了她在中国新诗史上的地位。

冰心，原名谢婉莹，1900 年出生于福建福州。1903 年，因父亲受命为海军训练营营长，举家前往烟台。在烟台，冰心度过了幸福多彩的童年并开始接受私塾教育，饱览群书，这段生活经历不仅成为她其后文学创作的资源，也为她走上文学之路奠定了坚实的基础。1913 年，她随父迁往北京，在北京教会学校贝满女中就读。1918 年，她进入协和女子大学，1919 年开始发表文学作品。1921 年，成为"文学研究会"的成员，并出版小说集《超人》、诗集《繁星》等。1923 年，冰心毕业于燕京大学，毕业后前往美国波士顿的威尔斯利女子大学研究院攻读英国文学，从事文学研究。在前往美国的途中，她将旅途和异邦的见闻写成散文寄回国内发表，结集为《寄小读者》，成为影响数代中国人的儿童文学作品。1926 年获文学硕士学位后回国，先后在燕京大学、清华大学等学校任教。1946 年至 1951 年在东京大学中国新文学系执教，讲授中国新文学史，1951 年回国。"文化大革命"期间，她在湖北咸宁的五七干校劳动。十一届三中全会之后，她重新迎来了创作高潮，其短篇小说《空巢》获 1980 年全国优秀短篇小说奖。晚年时期的冰心，作品数量之多，内容之丰富，风格之多样，令人惊叹。1999 年，冰心病逝于北京医院，享年 99 岁。[①]

作为世纪老人，冰心是中国近现代历史的见证者和书写者，然而，冰心对历史与现实的书写，是从"爱的哲学"出发的，她笔下有人间至真至善的友情、亲情，有至纯至美的大自然，有她对"理想的人世间"的认知和体会，她教会读者如何体会爱，并在爱中成长。

## 庐 隐

列夫·托尔斯泰说："幸福的家庭都是相似的，不幸的家庭各有各的不幸。"这句话如果用来形容中国现代文坛上诸位才华横溢的女作家的人生，也颇为恰当。有的女作家，出身优渥，幼年受到良好的教育，青年成名，一生虽有波折但终得圆满，如冰心、凌叔华、杨绛等。而有的作家，幼年即尝尽人间疾苦，成年后受包办婚姻所累，成名后也难逃厄运，或因贫病交加或因难产而香消玉殒，留下了永恒的遗憾，庐隐、萧红等都属于此类。

庐隐，原名黄淑仪，又名黄英，1898 年生于福建闽侯县，与冰心、林徽因并称为"福州三大才女"。庐隐出生时，恰逢外祖母去世，因此为母亲所不喜，她由奶妈抚养。六岁时父亲去世，遂被母亲带到外祖父家生活，因受母亲厌恶而不得入学，跟随姨母开始接受启蒙学习。1909 年进入教会学校学习，1912 年，考入女子师范学校，1917 年中学毕业后，先后在北平公立女子中学、安庆省立安徽女师附小任教。1919 年考入北京高等女子师范国

---

① 参见卓如《冰心全传》，河北教育出版社，2002。

文系。受到"五四"新文学的影响，她加入文学研究会并开始"问题小说"的创作，但早期的作品并不出色。1921 年之后，她根据自己与朋友的生活经历创作了中篇小说《海滨故人》，短篇小说《丽石的日记》《或人的悲哀》，引起强烈反响。1925 年，她的第一部小说集《海滨故人》出版。1927 年开始，她陆续创作了《归雁》《女人的心》《象牙戒指》等中长篇小说。在文学创作上，庐隐勤奋而刻苦，产量也颇为可观。

1934 年，她因难产而英年早逝，时年 36 岁。[①]

庐隐的一生是不幸的，幼年被忽略、被漠视的经历，造成了她倔强敏感的性格。成年后坎坷的爱情，又加剧了她对世态炎凉的认知。她将自己的性格特征与人生经历融入小说创作中，形成了具有浓郁感伤色彩的抒情风格。她的小说，主要以青年女性爱情、婚姻生活为主题，表现青年女性追求自由与幸福的艰辛，以及"梦醒了无路可走"的迷茫与惶惑。在艺术手法上，她喜欢不加修饰的直白叙述，叙述中常穿插书信、日记等增加小说的情感容量，小说在结构上稍显散漫。庐隐的小说，是典型的"五四"的产物，因此脱离开具体的时代环境，小说的光彩就略显黯淡。

## 淦女士

在中国近现代历史上，作为文学家的淦女士也许不如作为学者的冯沅君有名，但在"五四"时期，她凭借《隔绝》《隔绝之后》《慈母》《旅行》等小说，以抒情独白的方式，大胆地书写青年女性对爱情的追求与感悟，得到鲁迅的认可，认为她的小说是"'五四'运动之后，将毅然和传统战斗，又不敢毅然和传统战斗，遂不得不复活其'缠绵悱恻之情'的青年们的真实的写照"[②]。的确如此，淦女士的小说，带着"五四"特有的青春气息，为当时的青年知识女性冲破传统、自由追求爱情的勇气唱响了一曲赞歌。

---

① 参见中国现代文学馆编《中国现代作家大辞典》，新世界出版社，1992，第 318 页。
② 鲁迅：《〈中国新文学大系〉小说二集序》，《鲁迅全集》第 6 卷，人民文学出版社，1981，第 245 页。

淦女士，原名冯沅君，生于 1900 年。其父非常重视教育，曾在家中开设书房供子女读书，而且教授范围极广，古文、算学、写字、作文均有涉及。冯沅君及两位哥哥——著名的哲学家冯友兰以及地质学家冯景兰，兄妹三人日后的成就，与其父对他们的教育有很大关系。冯沅君喜读古文，尤爱唐诗。1917 年，她离家赴京，考入北京女子高等师范学校文科专修班学习。1922 年毕业后，考入北京大学研究所读研究生，主要研究中国古典文学。1923 年，冯沅君开始以"淦女士"为笔名发表小说，以对女性心理大胆直露的书写和对传统礼教的反抗精神引起轰动，先后出版了《卷葹》《春痕》《劫灰》等小说集。1925 年，她先后在金陵大学、复旦大学、北京大学任教。1932 年随丈夫前往法国，在巴黎大学攻读文学博士学位，1935 年毕业回国。1949 年起，冯沅君在山东大学任教，出任过山东大学副校长，1974 年病逝。逝世前留下遗嘱，将全部积蓄与珍贵藏书捐献给山东大学。①

冯沅君的小说，主要表现年轻一代的知识女性对封建包办婚姻的反抗和对自由恋爱的追求，以及在这一过程中她们隐秘幽微的心理感受。在艺术手法上，她的小说具有很强的个性化特征，深厚的古典文学的学养使其小说无论写景、抒情还是叙事，都能恰当地引用古典诗词来烘托环境，雕刻人物性格。她的小说有浓烈的浪漫色彩，同时，"五四"特有的时代特征也淋漓尽致地体现在其创作中。总而言之，读冯沅君的小说，不仅可以让我们领会到"五四"青年女性的独特风采，也能反映出青春中国特有的魅力。

## 凌叔华

受"五四"新文化运动的影响，中国现代文坛的女作家的创作大都显示出与时代合流的趋势，书写要求个性解放而又遭受社会压制的青年心态，尤其是知识女性所承受的精神之苦成为其小说创作的应有之义。然而，在这当中，有一位女作家却反其道而行，她小说中的主人公，多是高门巨族中的

---

① 参见中国现代文学馆编《中国现代作家大辞典》，新世界出版社，1992，第 113 页。

旧式女性，小说通过对她们生活方式、心理状态、人生际遇的描述，展示了封建家庭影壁、屏风后的生活内幕，以其独特的视角为我们讲述处于新旧时代交替中的旧式女性不能自主把握人生命运与婚姻爱情的悲剧，为我们留下了20世纪前半期时代生活的一面侧影。

凌叔华，1900年出生于北京一个仕宦与书画世家，其父凌福彭，出身翰苑，与康有为是同榜进士。他精于辞章、酷爱绘画，与齐白石等著名画家有着密切往来。幼年的凌叔华，受到家庭氛围的熏陶，也喜欢绘画，并逐步展现出绘画的天赋，曾拜缪素筠、王竹林、郝漱玉等著名画家为师。凌叔华在天津第一女子师范学校读书时，即展露出写作才华。1922年考入燕京大学预科，开始发表作品，处女作《女儿身世太凄凉》发表于1924年1月13日的《晨报副刊》。此后，她陆续发表了《绣枕》《酒后》等作品。1926年6月，凌叔华燕京大学毕业后与陈源结婚。1928年，她的第一部短篇小说集《花之寺》由新月书店出版。1929年，她陪同丈夫前往武汉大学任教。1930年至1935年，她陆续出版了短篇小说集《女人》《小哥儿俩》。1946年，陈源受国民政府委派，前往巴黎出任常驻联合国教科文组织代表。第二年，凌叔华与女儿陈小滢到伦敦与陈源团聚，此后，凌叔华一直旅居海外，曾在伦敦大学、牛津大学、爱丁堡大学举办讲座，讲述中国近代文学及书画艺术，并在巴黎、伦敦、波士顿等地博物馆和新加坡举办个人画展，她的画作得到许多著名书画家的赞誉。1990年，凌叔华逝世于北京。①

作为"五四"时期最早登上现代文坛并产生重要影响的小说家，凌叔华的创作，与同时期的女性作家冰心、庐隐、淦女士的小说显然存在着极大的差异，她关注的焦点在于高门巨族内的旧式女性或者中产阶级家庭中的知识女性，她擅长以温婉动人的笔触描写女性隐秘的内心世界，书写女性自我生存的体验与感悟，探寻女性悲剧命运的成因。凌叔华的小说，让我们看到处于新旧交替时代女性生活的又一面相，反映出"五四"小说的丰富多彩。

---

① 参见朱映晓《凌叔华传》，江苏文艺出版社，2012。

## 二 作品导读

### 《超人》

《超人》是冰心"问题小说"的代表作，1921 年 4 月发表于《小说月报》第 12 卷第 4 号。① 小说提出了当时青年普遍感兴趣的一个问题：支配人生的，到底是"爱"还是"憎"？小说通过何彬这样一个"冷心肠"青年人心路历程的转变，回答了这一问题。《超人》发表之后，在青年人中引起较大反响，很多读者写文章表示共鸣，作者与读者相互感兴，充分体现出"问题小说"的特点，也反映出"五四"青春昂扬的时代特色。

小说中的主人公有两位，一位是名叫何彬的知识青年，按照小说中的表述，这是一个"冷心肠"的青年，他租住在公寓里，没有家人，没有朋友，每天独来独往，过着与世隔绝的生活。小说中的另一位主人公，是一个叫作禄儿的生活于底层社会的孩子，他上街的时候摔坏了腿，因为无钱医治，整夜呻吟。禄儿痛苦的呻吟唤活了何彬冷漠的心，让他忘掉了他所信奉的"爱和怜悯都是恶"的"超人哲学"，他想起了母亲的爱、天上的繁星、院子里的花等一系列美好的事物，因此，他留下钱让禄儿治伤。在何彬的帮助下，禄儿的腿伤很快就好了。小说的结尾，何彬准备离开的时候，禄儿送他一篮子花，并希望与何彬成为朋友。何彬本已开始融化的"冷心肠"至此彻底回暖，他泪流满面，给禄儿留下信后离开。他决定从此忘掉他的"超人哲学"，重回爱的怀抱。

这篇小说有极强的现实意义和时代特色，"五四"落潮时期，有一部分青年由乐观入世急遽地变为悲观恨世，又从悲观恨世陷入厌世自戕。冰心敏感地触摸到这一社会问题并意识到它的严重性，因此，她通过"何彬的故

---

① 钱理群、温儒敏、吴福辉：《中国现代文学三十年》（修订本），北京大学出版社，1998，第 74 页。

事"想要唤起青年人心中对爱与善的追求。小说以诗意、细腻的笔触描写何彬心理转化的过程，事实上，在何彬内心深处，他对爱的认知是天然的，是心之所向的，因此也是真实的。而他的冷漠却是外在的，是矫饰的，因而非常脆弱。冰心清楚地意识到当时青年人所信奉的"超人哲学"的虚浮与脆弱，因此，"爱的哲学战胜尼采憎世的超人哲学乃是一个反本复初、重赌真心的心理过程"①，也是一个必然的过程。在艺术手法上，《超人》虽然有着早期"问题小说"概念化的弊病，但是小说中浓郁的情感介入、诗意清新的语言以及精巧的结构都让《超人》成为"问题小说"的代表之作。

### 《海滨故人》

《海滨故人》是庐隐发表于 1923 年 10 月的中篇小说，最初连载于《小说月报》第 14 卷第 10~12 号。② 此篇小说标志着庐隐由"问题小说"转向自叙传体小说的写作，成为庐隐的成名作与代表作。小说以露莎及其同窗好友玲玉、莲裳、云青、宗莹等五位青年女性求学、进入社会的生活经历为线索，书写了"五四"知识青年由对人生满怀热望到追求幻灭的过程。庐隐纤微细腻的笔触，将女性知识青年对爱情的渴望、对自由民主的向往以及最终饱尝辛酸的结果完整地呈现出来，让小说的字里行间充盈着哀伤的气息，形成了主观浪漫的"庐隐风格"。

《海滨故人》塑造的核心人物是露莎，这个人物带有浓厚的庐隐的个人印记。小说开篇写露莎的身世：她出生的时候，祖母死了，母亲便把思念祖母的热情变成了憎恨露莎的心。露莎在奶妈家生活到四岁，六岁时才回到父母身边。露莎早年的家庭生活与庐隐的经历极其相似。等到露莎在女高师范读书时，她与几位好友度过了一段无忧无虑的日子。在"五四"精神的感召下，她们产生了反对封建礼教，追求自由爱情的强烈渴望。她们希望走出校门之后，能够成为对社会有用的人。然而，她们一踏入社会，梦幻即破

---

① 杨义：《中国现代小说史》第 1 卷，人民文学出版社，1986，第 238 页。
② 钱理群、温儒敏、吴福辉：《中国现代文学三十年》（修订本），北京大学出版社，1998，第 76 页。

灭，小说中的所有女性，都陷入了"生的苦闷"与"爱的苦闷"之中。露莎与梓青在交往之中，结下了深厚的友情，后来由知己变成爱人。可是他们的爱情因为梓青是有妇之夫而不被世人所容。虽然梓青数次向露莎表示想要携手共度余生的愿望，但露莎一直没有回应。小说的结尾，玲玉与云青共游海滨，想起一年都未曾联络的露莎，心生惆怅与感慨。小说中露莎的爱情很容易让人联想起庐隐与郭梦良的爱情悲剧，因此，《海滨故人》中投射着庐隐的人生，可以看作庐隐前半生的写照。

茅盾在《庐隐论》中评价其创作："我们现在读庐隐的全部著作，就仿佛再呼吸着'五四'时期的空气，我们看见一些'追求人生意义'的热情的然而空想的青年们在书中苦闷地徘徊，我们又看见一些负荷着几千年传统思想束缚的青年们在书中叫着'自我发展'，可是他们的脆弱的心灵却又动辄多所顾忌。这些青年，是'五四'时期的'时代儿'。"① 作为这些"时代儿"中的一员，庐隐能切实地感受他们对人生追求的热望，以及"梦醒了，无路可走"的彷徨和无助。因此，她的小说感情丰沛，少雕琢，能够通过大量的抒情语言营造出哀切动人的环境氛围，同时小说中穿插的书信、日记又增强了小说情感的容量，但这也使其小说拖沓冗长。然而，不可否认的是，庐隐虽然早逝，但是她的小说曾经引起过无数青年人的共鸣，她自己也成为历史的见证者和记录者。

### 《隔绝》

如果说"五四"时期，郁达夫的《沉沦》以石破天惊的笔调率直地写出了男性灵与肉激烈冲突的病态情感，震惊了当时无数青年的心，那么冯沅君的短篇小说集《卷葹》则以清新隽永的文笔坦露了青年知识女性对自由爱情的追求以及与礼教抗争的心态，在当时也激起了很多青年的共鸣。她以"淦女士"为笔名创作的处女作《隔绝》，最初发表于1923年7月《创造》季刊第2卷第2期，后收入《卷葹》集于1927年由北新书局出版②。《隔

---

① 茅盾：《庐隐论》，《茅盾全集》第19卷，人民文学出版社，1991，第109页。
② 钱理群、温儒敏、吴福辉：《中国现代文学三十年》（修订本），北京大学出版社，1998，第75页。

绝》着力书写青年女性追求自由爱情的过程，以及在这一过程中女性种种复杂的心理变化。小说通篇充满"五四"时期追求婚姻、爱情自主，反抗封建礼教、包办婚姻的时代精神。

《隔绝》取材于冯沅君表姐吴天的恋爱故事，冯沅君对于表姐的爱情悲剧深表惋惜和同情，也意识到表姐的悲剧并非个例，因此，她写下这篇小说以示鼓励与警醒。《隔绝》以第一人称的书信体形式，描述了一个名叫缤华的女性，她与名叫士轸的男青年相爱。当她回家去看望六七年未见面的母亲时，母亲却将她幽禁在一间小屋中，守旧的母亲指责他们的恋爱是大逆不道的，准备几天以后将她嫁去刘家。她用表妹偷偷送来的纸笔给恋人写信，在信中，她以焦灼急迫的口吻叙述目前的处境和心情，回首两人在一起度过的甜蜜和温馨的时光，吐露"不自由，毋宁死"的爱的誓言，叮嘱恋人速来救其逃走。小说将主人公当下的紧急窘迫的处境与往日甜蜜的爱的时光作对比，由此更进一步真切地体现出"五四"青年反对封建礼教的不屈的精神。

小说中的女主人公缤华，名字来源于汉朝张衡《思玄赋》中"缤幽兰之秋华"之句，以佩幽兰比喻人物品行的高洁。她是一个典型的时代新女性，自由地追求真诚的爱情使其陷入两难境地。淦女士在塑造这一人物形象时，没有对她做简单化、概念化的处理，而是生动真实地再现了她在母亲与情人之间挣扎的心路历程。这个人物形象极具代表性与典型性，通过这一人物形象塑造，我们不仅能够看到"五四"新女性在亲情与爱情、自由与羁绊中挣扎的过程，更为她们蔑视、反抗封建礼教的叛逆精神所折服。

在小说的艺术追求上，淦女士受到创造社浪漫主义文艺观的影响，她认为文学创作应偏重主观抒写心灵，她的小说以细腻率真的心理描写大胆地坦露女性隐秘幽微的恋爱心理，其间夹杂着大量抒情意味浓郁的风景描写，将主人公对甜蜜往事的回忆与美丽的风景相互映衬，让小说具有了抒情诗的清丽隽永意境。

《绣枕》

《绣枕》是凌叔华的代表作，最初发表于 1925 年 3 月《现代评论》第 1

卷第 15 期。[1] 小说发表后反响热烈,曾受到鲁迅的赞赏。不同于"五四"时期其他作家笔下时代新女性形象的塑造,凌叔华匠心独运,她写作的重点落在了未受"五四"洗礼的旧式女性人物身上,书写她们对爱情、婚姻乃至个体命运不能自主把握的悲剧。

《绣枕》中的主人公是一位美丽温柔的深闺小姐,小说以工笔描绘的手法写她在闺房中如何精心地绣一对靠枕。为了完成这对靠枕,这位大小姐竟然耗费了半年的时间,用了三四十种丝线才完成了一只翠鸟和一只凤凰的刺绣工程。大小姐如此煞费苦心地准备这件礼物不仅是为了给白总长贺寿,更重要的是,她想让当天参加寿宴的上层人物能够通过靠枕认识自己,从而得到一门好的婚事。然而,绣枕送到的当晚,还没来得及让人观赏,就被醉酒的客人吐脏踩坏,最终丢给家中的仆人。小说借"绣枕"隐喻大小姐的人生际遇,集中体现了旧时代中国女性难以掌握自己婚姻与命运的苦闷心境与悲哀处境,描绘出在传统文化中成长起来的温柔贤淑的女性孤独寂寞的灵魂。如果说庐隐和淦女士的小说为"五四"时期的青年知识女性冲出人生的种种藩篱唱响了一曲高亢嘹亮的反抗之歌的话,那么凌叔华的创作,则如一首清新忧郁的小夜曲,奏响了旧时代女性的婉约悲歌。

小说对大小姐人物形象的刻画,主要从心理与情态两个方面入手,开篇写仆人张妈的夸赞,写她害羞的神情,一个心灵手巧、待字闺中、对婚姻充满向往的女性形象跃然纸上。小说的结尾,大小姐精心绣制却被丢弃的绣枕,暗示出女主人公的悲剧。整篇小说中"绣枕"作为一种器物,不仅在结构上起到贯穿全篇的作用,同时也是一个象征物,以器物之命运暗合人之命运,器物与人同构,共同完成了主题表达。

在艺术手法上,凌叔华文笔洗练流畅,擅长通过心理、语言、行动描写刻画人物形象,小说的整体风格清新秀丽,是典型的"婉约"风格,体现

---

① 钱理群、温儒敏、吴福辉:《中国现代文学三十年》(修订本),北京大学出版社,1998,第 77 页。

出"闺秀派"的特色。因此，凌叔华的小说，其成就虽算不上绚丽辉煌，却也能自成一派，令人赏心悦目，在文学史上自有其独特的审美价值。

# 三 课后习题

1. 将"五四"以来女作家与新时期以来女作家的创作做历时性的对比，谈谈她们的作品如何体现时代特色。（可以选择两位做具体对比，也可以做综合评价。）

# 第八章　茅盾的小说

## 一　作者介绍

现代文学伊始，鲁迅的《呐喊》《彷徨》以"表现的深切"与"格式的特别"奠定了中国现代小说的基础。随着时代的发展，尤其是中国工业化、资本主义、半殖民地模式现代化进程的加剧，都市成为中国社会政治、经济、文化的中心，因此，反映城市以及市民物质生活与精神状态的创作成为时代的要求，都市文学成为 20 世纪 30 年代文学发展的新的生长点，新的文学题材、内容、主题的表达，需要探索新的文学表现形式，而完成这一文学重任的，是以茅盾为代表的诸位作家。

茅盾，原名沈德鸿，字雁冰，1896 年出生于浙江桐乡乌镇，从小受新式教育，1913 年考入北京大学预科，毕业之后进入商务印书馆编译所工作。1921 年，他发起成立文学研究会并接编《小说月报》。7 月，中国共产党成立后，由上海共产主义小组成员转为正式党员。1923 年他辞去《小说月报》主编之职，前往商务印书馆工作。1926 年被选为出席广州国民党第二次全国代表大会的代表。1927 年赴武汉工作，任《汉口民国日报》主编。南昌起义后与党组织失联，开始小说创作。[1] 1927 年 9 月，以"茅盾"为笔名发表处女作《幻灭》。1928 年，完成了三部曲《蚀》的创作后东渡日本，创作长篇小说《虹》（未完成）和论文《从牯岭到东京》等。1930 年回国后加入

---

① 窦应泰：《茅盾临终前的党籍问题》，《文史天地》2004 年第 12 期。

中国左翼作家联盟。1931 年至 1933 年，他先后完成了长篇小说《子夜》，农村三部曲《春蚕》《秋收》《残冬》，以及《林家铺子》的创作。1937 年初，开始与党组织取得联系。抗日战争爆发以后，他任中华全国文艺界抗敌协会理事，在广州创刊并主编《文艺阵地》。1940 年离开新疆，经西安、兰州等地前往延安，在延安鲁迅艺术学院讲学，完成了《白杨礼赞》《风景谈》等散文作品。1941 年，他创作了《腐蚀》《霜叶红似二月花》等长篇小说。1949 年后，他先后任中华全国文学工作者协会主席、中央人民政府文化部部长等职，并主编《人民文学》杂志。1981 年 3 月 27 日，逝世于北京。根据茅盾的遗愿，捐献其稿费 25 万元设立茅盾文学奖，鼓励优秀长篇小说创作。①

茅盾在其漫长的文学道路上，多次形成创作的高峰。他是现代文学第一个十年中现代文学批评的开创者之一，他的《春季创作坛漫评》是最早对一个时期创作潮流、倾向进行综合评论的文章。他的《鲁迅论》《冰心论》《徐志摩论》《落花生论》等文学评论不仅是我国现代文学批评史上最早的作家论，而且以强大的思想穿透力和艺术感受力为后世研究者提供了理论基础，成为文学评论的经典之作。他也是现代文学第二个十年中具有代表性的小说家，在小说内容与艺术形式上都表现出与鲁迅不同的追求，他对于中国社会全方位、多角度的书写使其小说呈现出气势恢宏的史诗风格。同时，他在散文、戏剧等领域都有卓越贡献。同鲁迅一样，我们的民族，因为拥有茅盾而倍感光荣与自豪！

## 二 作品导读

### 《子夜》

《子夜》是茅盾创作的一部长篇小说，1933 年 1 月由开明书店出版，②

---

① 参见孙中田《图本茅盾传》，长春出版社，2015。
② 钱理群、温儒敏、吴福辉：《中国现代文学三十年》（修订本），北京大学出版社，1998，第 203 页。

出版后引起强烈的轰动。瞿秋白给予《子夜》非常高的评价，认为"这是中国第一部写实主义的成功的长篇小说"，"一九三三年在将来的文学史上，没有疑问的要记录《子夜》的出版"。[①]《子夜》出版后多次重版，是革命现实主义里程碑式的作品，它开拓性的文学成就和意义主要表现在如下几个方面。

首先，在《子夜》中，茅盾大规模、全景式地对自己所处时代的中国社会做了全面呈现。处于帝国主义蚕食鲸吞下的中国社会，城市中，经济崩溃中的买办资产阶级、民族资产阶级之间上演着生死搏斗，市民阶层破产，工厂中工人罢工不断，知识分子找不到出路，陷入苦闷无法自拔；农村中，农业凋敝，农民破产，暴动不断。而日本帝国主义侵略不断加剧引发了民族意识的初步觉醒和抗日爱国运动。茅盾以小说家的敏锐眼光与科学家的严谨思维来构思小说，《子夜》在广阔的社会历史内容中有着巨大的思想深度，小说艺术与社会科学的完美结合，使《子夜》成为"社会剖析小说"的代表之作。

其次，茅盾在《子夜》中成功地塑造了第二次国内革命战争时期民族资本家吴荪甫的典型形象。相较于"五四"小说中出现的"老中国的儿女"或知识分子形象，吴荪甫无疑是 20 世纪 30 年代文学中的新人，茅盾重点描绘了他核心的性格特点——似强实弱，外强中干。但作家对他性格特征的刻画并没有作片面、简单化的处理，而是将他的性格放置在各种不同的关系中，诸如与官僚资本家和中小资本家的关系，与工人的关系，与下属的关系以及与父亲、妻子等错综复杂的关系中多方展示，由此，塑造出一个复杂多面的"圆形人物"形象。小说在吴荪甫性格刻画的过程中也展示出其必然的悲剧结局。他性格中果断勇毅之中的彷徨犹豫、充满活力自信背后的虚浮软弱、看似胸有成竹之后的张皇失措最终导致了他精神的崩溃。吴荪甫充满矛盾和多义的性格特征体现着中国社会的复杂性，他的悲剧结局说明半殖民地半封建社会的中国无法走上资本主义道路。

---

① 瞿秋白：《子夜与国货年》，《瞿秋白文集》文学编第 2 卷，人民文学出版社，1986，第 71 页。

最后，《子夜》探索了中国现代长篇小说新的结构和表现技巧。《子夜》中，茅盾采用多线索齐头并进的写法构置出蛛网式的密集结构。小说开篇即为序幕，随着吴荪甫父亲的去世，小说中的各路人马纷纷登场，云集于吴荪甫家中，平静的表象下面暗流汹涌；紧接着写吴荪甫在三条战线同时作战，获得暂时的胜利；最后写吴荪甫在工人与官僚资本家的双面夹击中以失败告终，小说纷繁复杂的内容与其结构相辅相成。在艺术表现上，茅盾擅长通过人物的心理活动刻画人物形象，将人物心理发展变化的过程与广阔的社会生活相联系，由此，心理描写成为中国现代长篇小说极富生命力的表现技巧，在这一点上，茅盾具有开创之功。

## 《春蚕》

《春蚕》是茅盾"农村三部曲"中的第一部短篇小说，最初发表于1932年11月《现代》第2卷第1期。① 小说主要以20世纪30年代处于社会变动中的江南农村为背景，描写在帝国主义入侵、国民政府的苛捐杂税以及地主的盘剥中苦苦挣扎的蚕农的生活，通过他们"丰收成灾"的故事，真实地反映了江南农村经济破产以及农民的悲惨处境。

《春蚕》中的核心人物是一个叫作"老通宝"的蚕农，他坚信只要通过认真劳动就能还清债务，过上好日子。然而，可悲的是，虽然他期待的丰收来了，可是因为蚕厂接二连三地倒闭，茧子卖不出去，旧的债务没还清，反而增添了新的债务。小说中的老通宝是一个典型的旧中国老一辈农民的形象，他的生活理想非常简单，想通过自己的辛勤劳动过上好日子。然而，他期待的丰收反而让他陷入更大的困境。同时他也守旧、迷信，他身上的落后性也具有代表性。作家通过塑造老通宝这一典型形象，深刻地揭示了旧中国农村经济破产，农民陷入贫困境地的社会根源，表明在旧中国农民不可能通过辛勤劳动摆脱贫困。小说中塑造的另一个主人公是名叫阿多的农民，作为

---

① 钱理群、温儒敏、吴福辉：《中国现代文学三十年》（修订本），北京大学出版社，1998，第203页。

年轻一代农民的代表，他充满了朝气，敢作敢为，不迷信、不保守、见识多，他已经意识到现实社会中人与人之间关系的不正常，不再相信单纯靠劳动就能翻身。他对于农民命运的思考具有现实意义，也显示出年轻一代农民身上蕴藏的革命力量。

在艺术手法上，相比于同时期写"丰收成灾"故事的叶圣陶、叶紫，茅盾善于通过在故事情节的跌宕起伏中塑造不同人物的性格，在两相对比和矛盾冲突中刻画人物形象。小说以现实主义的笔触，真实真切地描绘出江南水乡蚕农们劳动、生活的具体场景，构成了一幅幅江南水乡的风景图、风俗图、风情图，《春蚕》提供了与"五四"时期以鲁迅为代表的乡土小说迥异的另一种农村文学。

# 三　课后习题

1. 吴组缃认为："中国自新文学运动以来，小说方面有两位杰出的作家：鲁迅在前，茅盾在后。茅盾之所以被人重视，最大的缘故是在他能抓住巨大的题目来反映当时的时代与社会。"结合茅盾的具体小说创作，谈谈你对这段话的认识。

2. 对比《春蚕》中"老通宝"与《创业史》中梁三老汉的人物形象，谈谈二者的异同点。

# 第九章　老舍的小说

## 一　作者介绍

　　他生于北京、长于北京，北京融入他的骨血之中。当他提笔创作，北京的人和事首先进入他的视野。他执着地书写北京"城与人"的关系，在自己的文学世界中建构了绚丽多彩的北京。而他表现北京的视角非常独特，以"文化"为基点来书写北京城中的人与事，将北京的建筑、服饰、饮食、节日乃至婚丧嫁娶、人情往来的种种风俗、风情纳入小说之中。可以说，北京文化成就了他的文学创作，而他也使北京文化名扬四海，这位作家，就是老舍。

　　老舍，原名舒庆春，1899 年出生于北京一个贫民家庭。老舍在北京的大杂院中度过了他的童年和少年时期。因为父亲早逝，母亲以一己之力承担起全家的生活，所以老舍早年的生活非常艰辛。1908 年，老舍在别人的资助下进入私塾学习，1913 年考入公费的北京师范学校。1918 年毕业后，在北京东城区方家胡同小学任校长，两年之后，晋升为京师教育局北郊劝学员。1922 年，他在天津南开中学任教，1923 年发表了第一篇短篇小说《小玲儿》。1924 年，老舍远渡重洋去英国，在英国伦敦大学东方学院任讲师。在此期间，老舍畅读英国狄更斯等人的小说。从 1926 年起，他先后发表了《老张的哲学》《赵子曰》《二马》三部长篇小说。1929 年离开英国，转道新加坡做中学教师达半年之久，创作了童话《小坡的生日》。1930 年回国后，任职于齐鲁大学。从 1931 年起，老舍进入其文学创作的高峰期，先后创作了《猫城记》《离婚》《牛天赐传》等长篇小说。尤其是创作于 1936 年的《骆驼祥子》，不仅是他早期创作的代表作，也是中国现代文学史上优秀的长篇小说之一。抗日战争爆发后，他任中华全国文艺界抗敌协会的总务部主任。抗战进入相持阶段后，他从传统文化和民族性格入手反思战争，尤其是中华民族落后挨打的原因，写成了长篇小说《四世同堂》。1946 年，赴美讲学，1949 年回国。回国后，他继续文学创作，最有影响力的作品是话剧《茶馆》和长篇小说《正红旗下》。1951 年，北京市人民政府授予老舍"人民艺术家"的称号。"文化大革命"爆发后，1966 年 8 月 24 日，老舍自沉于北京太平湖。[1]

在中国现代小说史上，老舍拥有独特的地位与价值。他的选材多集中于北京中下层市民世界，能够形神兼备地写出北京市民的日常生活、社会氛围以及市井风俗，组成一个完整丰满的"京味"世界。在小说语言上，他能够在洗练流畅的白话文中恰当地加进北京方言，形成平易而不粗俗、精致而不雕琢的"京味"语言。老舍与茅盾、巴金的小说创作一起构成了中国现代长篇小说"一江春水向东流"的繁荣景象。

## 二　作品导读

### 《月牙儿》

《月牙儿》是老舍于 1935 年 4 月发表于天津《国闻周报》上的短篇小说。[2] 小说用散文诗般诗意优美的语言，写母女两代人的暗娼人生，在两代人生活道路的分离与相聚的背后，是她们精神上的相通与聚合。小说以女主人公韩月容的口吻，采用回忆的视角，将自己与母亲一生的

---

[1] 参见徐德明著，舒济供图《图本老舍传》，长春出版社，2015。
[2] 钱理群、温儒敏、吴福辉：《中国现代文学三十年》（修订本），北京大学出版社，1998，第 218 页。

悲惨际遇和盘托出。月容幼年时的平静生活被丧父与饥寒交迫的现实摧毁，昙花一现的美好生活和梦幻般的爱情很快如烟花寂灭，为了生存，她的母亲不得不走上暗娼之路。月容受过教育，是一个有知识、有理想的新女性，她想通过自己的双手改变她和母亲的命运，最终却被黑暗的现实吞噬，由新式知识分子沦为暗娼。在小说中，老舍坚持了他一贯文化批判的立场，在批判传统文明落后的同时，对外来的西方资本主义文明也保持警醒。小说中作为新式女性的月容，无论在思想上还是人生道路上与作为旧式女性的母亲靠拢、归一，充分说明了如果连基本的生存都无法维持，那么爱情只能是一笔买卖。

老舍以作诗的手法写小说，小说中的核心意象是"月牙儿"。在小说中，伴随着"月牙儿"的出现和隐没展开了主人公一生的悲剧。"月牙儿"不再是一个单纯的自然界的物象，而是主人公的朋友与见证者。饥寒交迫的现实生活、孤独寂寞无所归依的情感去向，月牙儿与她同呼吸，共命运，小说中的月容与月牙儿融为一体。同时，小说中的月牙儿不仅是表现主人公情感的载体，同时也起着结构全篇的作用。小说中三次写到月容看不到月牙儿的场景，一次是妈妈改嫁之后，月容与新父亲生活在一起，有过三四年衣食无忧的生活；第二次是她即将被赶出学校时，她"不敢去看"月牙儿；最后一次是她在狱中，感叹自己很久都没见月牙儿了。不难看出，月牙儿的三次隐没正好出现在月容人生发生转折的时刻，将小说分成三个部分，使小说的结构层次分明，井然有序。

《月牙儿》常被看作老舍短篇小说的代表作，主要在于它不但结构精巧，语言特点也非常突出。老舍被称为"语言大师"，主要在于他以幽默为底蕴的"京味"语言的使用。但在《月牙儿》中，老舍放弃了"京味"与"幽默"，用抒情的、诗意丰沛的语言写景状物，描摹人物的精神心理状态，由此可见，创新是文学创作生命活力的源泉，优秀的作家常常能够突破藩篱，创作出让人耳目一新的作品。

## 《骆驼祥子》

《骆驼祥子》是老舍创作的一部长篇小说，1935 年春天，老舍开始准备素材，酝酿写作。1936 年 9 月开始在《宇宙风》第 25 期至第 48 期上连载，1939 年 3 月由人间书屋出版。[①] 这部小说是老舍文学创作中的一座高峰，也是他的代表作。小说叙写一个普通的人力车夫，如何由对人生充满希望，到经历不断的打击后心灰意懒直至堕入城市流氓无产者的过程，并真实再现了这一过程中他所经历的精神毁灭的悲剧。通过这部小说，我们可以看到 20 世纪二三十年代中国城市底层社会生活的苦难与黑暗。然而，老舍并没有止步于书写个体命运的苦难与社会的黑暗，而是借助祥子的悲剧，表达了他对"城市文明病与人性的关系的思考"[②]。

小说中核心的主人公是名叫祥子的人力车夫，他从农村来到城市，带着农村小伙子的勤劳、朴实和干劲。他始终无法改变农民式的生活理想，就像他在农村想要自己的田地，进入北平城拉车之后，他把拥有一辆车作为人生的奋斗目标。三年风里来雨里去的辛苦，让他买下了人生中的第一辆车。然而半年不到，就遇上兵匪，不但车被抢去，他自己也被抓去。他趁乱逃跑，半路上捡到三匹骆驼，他卖掉骆驼得到 35 元钱，重新回到人和车厂租车工作，准备攒钱买第二辆车。

就在他一步步接近他的买车目标时，他遇上了孙侦探敲诈，辛苦挣来的钱打了水漂。在这期间，他偶然一次回到人和车厂，结果受到车厂老板女儿虎妞的诱惑，落入陷阱。尽管虎妞的形象不符合祥子对妻子的要求，可是在虎妞的软硬兼施下，他不得不与虎妞结婚。婚后，虎妞为祥子买下了车，就在祥子重新唤起对生活的憧憬时，虎妞难产，为救虎妞，他不得不卖掉车子。结果，虎妞死了，车也没了。小说通过祥子"三起三落"的买车经历，

---

① 钱理群、温儒敏、吴福辉：《中国现代文学三十年》（修订本），北京大学出版社，1998，第 218 页。

② 钱理群、温儒敏、吴福辉：《中国现代文学三十年》（修订本），北京大学出版社，1998，第 212 页。

将一个处于底层社会中人力车夫的苦难命运充分地表现出来。失去车子与虎妞的祥子一无所有，可是他对生活还没有完全绝望。直到他去"白房子"寻找他在大杂院中结识的小福子，他还幻想与小福子一起过日子，然而，小福子不堪屈辱自杀了。至此，祥子的生活理想完全破灭，他变得懒惰、贪婪，打架、使坏、逛窑子，彻底堕落了。

阅读《骆驼祥子》会发现，祥子的人生目标不可谓不简单，他的奋斗也不可谓不认真，只是他每一次的努力付出，不是朝着好的方向发展，而是渐渐走向地狱，这体现出老舍对不合理社会现实的批判。而在批判现实的写作背后，小说深层次的意蕴是对城市文明病与人性关系的探讨，简而言之，就是揭露一个健壮朴实的农村青年如何在城市中逐渐被腐蚀、堕落的过程以及这一过程中人性的沦落、丧失。祥子在不同的场景——人和车厂、大杂院以及最后的白房子中的内心感受都说明了丑恶的社会环境是如何扭曲人性、让祥子最后被物欲横流的城市所吞噬的。老舍以悲悯的情感塑造的祥子，成为中国现代小说人物画廊中的又一典型形象，祥子形象出现的文学意义，不仅指陈当时，更指向了未来。

## 三　课后习题

1. 赵园在《北京：城与人》中认为："老舍是使'京味'成为有价值的风格现象的第一人。"结合具体小说，谈谈你对老舍小说"京味"特色的认识。

2. 作为小说中较早出现的"农民工"形象，比较《骆驼祥子》中"祥子"的形象与新世纪"底层文学"中"农民工"形象有无共同点，如果有，请从"城市文明病与人性的关系"的角度予以阐释。

# 第十章　巴金的小说

## 一　作者介绍

他出身于封建旧式家庭，"五四"时代的感召，让他勇敢地走出家庭前往广阔的世界。年轻的他，信奉无政府主义，渴望通过革命建立一个公平、正义、自由的新社会。理想破灭后，他以笔为旗，借助文字宣泄他的失落与苦闷。早期的小说是一曲曲唱给青春的赞歌，他礼赞那些为青春的理想、爱情、自由而不惜飞蛾扑火的年轻人，诅咒那些窒息青年的专制制度、腐朽家庭。他的笔尖带着血与火般的热情，融化了无数青年人的心。后期的小说发生了转向，前期的激愤昂扬之情逐渐平息，他向文坛奉献出了深沉厚重的悲剧，一部部包含着平凡人血泪的作品，是平民的史诗，是苦难时代苦难生活的见证之作。这位作家，就是巴金。

巴金原名李尧棠，字芾甘，1904 年 11 月 25 日出生于成都一个旧式家庭。"五四"时期，他阅读了大量的《新青年》等进步刊物，接受了科学民主和反帝反封建的思想。1923 年，他离家前往上海、南京求学。1927 年开始留学法国。青年时期的巴金，受到无政府主义思想的影响，成为其狂热的追随者，1925 年至 1929 年，他曾翻译无政府主义者克鲁泡特金的五部作品。后来，随着无政府主义思潮的消退，巴金在思想上一度无所皈依，只能通过文学发泄心中的愤懑。1928 年，他在巴黎开始了长篇小说《灭亡》的创作，同年冬回国。30 年代是巴金早期文学创作的高峰期，先后出版了《复仇集》《光明集》

《将军》等短篇小说集，"爱情三部曲"（《雾》《雨》《电》）以及"激流三部曲"（《家》《春》《秋》）等长篇小说，完成了大量中篇小说和散文的写作。抗日战争期间，他和茅盾一起主编《呐喊》（后改为《烽火》）杂志。

40年代，巴金小说的艺术风格发生转变，由前期的热烈峻急转为后期的深沉圆融，创作了《寒夜》《憩园》《第四病室》等具有鲜明现实主义色彩的小说。50年代，巴金任平明出版社总编辑，上海市文学艺术界联合会副主席，中国作家协会上海分会副主席等职，创作主要以散文为主，出版了多部散文集。新时期以来，他继续散文创作，其《随想录》产生了非常深远的影响。1977年到1983年任中国作家协会主席，中国文学艺术界联合会副主席，上海市政协副主席。1983年任全国政协副主席。2003年11月，巴金被国务院授予"人民作家"的荣誉称号。2005年10月17日，因病在上海逝世。①

巴金的一生，笔耕不辍，留下了大量珍贵的文学作品。他记录与见证着一代青年人的青春理想与奋斗历程，他所创作的"青年世界"成为中国现代艺术画廊中具有恒久生命力的组成部分。他也记录、见证了国破家亡的民族危机，通过一个人、一个家庭，以小见大地折射出整个大时代的悲剧。巴金为整个现代文学的发展做出了不可替代的贡献。

## 二　作品导读

### 《家》

《家》是巴金创作的一部长篇小说，1931年4月18日起连载于上海《时报》，至1932年5月22日刊完，最初题为《激流》，1933年5月由开明书店出版时改名为《家》。② 1938年到1940年，巴金根据《家》的故事情

---

① 《巴金简历》，中国作家网，http：//www.chinawriter.com.cn，引用日期：2005年10月18日。

② 钱理群、温儒敏、吴福辉：《中国现代文学三十年》（修订本），北京大学出版社，1998，第233页。

节，将其延续发展，写成了《春》和《秋》，与《家》一起并称为"激流三部曲"。"激流三部曲"以长篇的形式，讲述一个封建大家庭如何在时代、社会的变动中走向衰落的过程，其中以青年人的出路、理想、爱情的探讨为主体内容，这是中国现代文学史上第一次以长篇系列小说的形式对封建家庭和封建礼教的崩溃做系统书写。"激流三部曲"中产生持久影响的，当属《家》。

"五四"以后，揭露封建大家庭的罪恶、封建礼教的荒谬似乎成为小说的应有之义。但是，从来没有一部小说像巴金的《家》一样，能够长久地引起青年人的共鸣，成为大家争相阅读的经典文本，究其原因，《家》的生命活力与作家本人的切肤之痛息息相关。大致创作到第七章时，巴金的大哥自杀，给予巴金极大的打击。他将这种沉痛的人生体会诉诸笔端，向扼杀青年人人生理想与爱情的社会、家庭宣战，这种强烈的情绪构成了《家》激情直露的风格。

小说以三对青年人的爱情故事为主线展开情节，觉新与钱梅芬、李瑞珏，觉民与琴，觉慧与鸣凤，几对青年人不同的爱情遭遇以及他们在生活道路上的选择构成了小说的主体。小说中的觉新与青梅竹马的表妹梅芬两情相悦，但是他的父亲却以抽签的方式让他娶了瑞珏，梅芬只能另嫁他人。觉民与表妹琴相爱，但是他们的祖父高老太爷却要他娶冯乐山的侄女，觉民反抗，逃到同学家躲了起来。觉慧与家中的丫鬟鸣凤情投意合，但是高老太爷却要把鸣凤送给冯乐山为妾。觉新娶了美丽善良的瑞珏之后，生活美满，生下了儿子。但是梅芬的到来让他自责不已，尤其是梅芬去世之后，他更加感到旧式包办婚姻的不合理，可是他无法反抗。鸣凤深爱觉慧，当她得知自己像个礼物要被送出去时，她在绝望中投湖自尽，她的死，让觉慧也陷入自责与悔恨之中。瑞珏即将临产，恰逢高老太爷去世，陈姨太以"血光之灾"为名把瑞珏赶到郊外的一间破房子中生产，瑞珏难产而亡。觉新终于醒悟，他认为这样藏污纳垢的家庭应该被推翻。觉慧在觉新的支持下离家出走前往上海开始新的生活。

小说中人物众多，但是在篇章安排上却有条不紊，布局合理，主要人物性格鲜明。专横腐朽的高老太爷，是封建大家庭的家长，他像统治者一样管理整个家庭。封建礼教和家长制度已深入他的骨髓，他的存在让整个高公馆笼罩着森严压抑的气氛。封建家族的叛逆者觉慧，身上具备了一切"新人"的特质，他敢于与封建家庭和家长对抗，积极投身革命活动；敢于突破门第观念，大胆追求自己的爱情。在热情叛逆的觉慧身上，有巴金自己的影子，觉慧也是"五四"青年的典型代表。小说中最见功力、塑造得最成功的人物形象是大哥觉新，他是封建大家庭中的长孙，被家长寄予厚望的同时也承担着更多的责任，因此，他虽然清醒地意识到自己的理想、爱情破灭的悲剧都与腐朽的封建家庭息息相关，可是，他被道德与责任牵绊，不敢反抗，只能委曲求全地周旋于封建家长与叛逆的弟弟之间。他的"作揖主义"间接导致了两位深爱他的女性的惨死。最后他觉醒了，支持弟弟出走，可是他付出的代价太大！

《家》充分体现着巴金早期小说的艺术风格，单纯明朗、热情坦率，行云流水的语言中裹挟着汪洋恣肆的情感，具有动人心魄的力量。这是年轻的作家发自心灵深处的歌声，对青春与生命的赞美是那样真挚，对专制与丑恶的恨也是如此鲜明，这也是《家》能够穿越时光，历久弥新感动读者的原因。

### 《寒夜》

《寒夜》是巴金 1944 年 6 月开始创作，1946 年完成的一部长篇小说，最初连载于《文艺复兴》第 2 卷第 1~6 期，1947 年 3 月由晨光出版公司出版。① 这部小说创作之始，巴金与妻子萧珊刚刚结婚，新婚宴尔的甜蜜之中，巴金却以抗日战争时期的"陪都"重庆为主人公生活的地域背景，书写小人物婚姻生活的悲剧，成就了一部平民的史诗。

小说以汪文宣与曾树生的爱情、婚姻为主线展开叙述，讲述一对新

---

① 钱理群、温儒敏、吴福辉：《中国现代文学三十年》（修订本），北京大学出版社，1998，第 234 页。

式知识分子由自由恋爱继而进入婚姻组建家庭的故事。汪文宣与曾树生结婚后，在现实生活的重压下，很快消磨了锐气，他只想躲在自己的小家中平安度日。可是，母亲与妻子频繁爆发的"战争"让他苦不堪言。妻子曾树生与丈夫曾经是志同道合的恋人，可是结婚后，复杂的婆媳关系、琐碎的日常生活、病入膏肓的丈夫都让她觉得家就像一个牢笼，最后，她离开家之后，丈夫去世，婆婆带着儿子远走，她一人徘徊在深夜的重庆街头。

《寒夜》塑造了懦弱善良、胆小怕事的汪文宣的人物形象。他的生活理想非常简单，就是想养家糊口，一家人和睦地生活在一起，可是，事与愿违，守旧的母亲与新潮的妻子之间矛盾不断，他无力解决，只能在婆媳之间的夹缝中生活。最后，妻子对他失望后离开了家，他也在贫病交加中离开了人世。巴金对汪文宣的悲剧命运寄予了深深的同情，小说中汪文宣对工作、家庭的无力感以及他对自己生命走向尽头的清晰预见，使整篇小说充斥着一种压抑与窒息感。与精神委顿、罹患重病的丈夫相比，小说中汪文宣的妻子曾树生，年轻貌美，活力充沛，因此受到上司的赏识。可是，她的内心深处有难以言表的痛苦和寂寞。婆婆的刁难、丈夫的软弱、家庭生活的一地鸡毛让她痛苦、压抑。她爱自己的丈夫，想要安分守己做个好妻子，可是，丈夫委顿的生命、儿子未老先衰的模样都让她无法燃起生命之火。面对年轻、身强力壮的陈主任的引诱，她想拒绝却惶惑不安。小说从多个层面展示她复杂矛盾的心理状态，将人物放置在生活的具体感受与体验中塑造其形象，因此，曾树生性格中自私、利己的一面也具有相对的合理性，巴金对于曾树生形象的塑造，理解大于批判。

在小说的艺术风格上，相较于前期小说激情直露的抒情风格，《寒夜》是内敛的、冷静的，是深沉圆融的悲剧艺术。整篇小说构思精巧，以"寒夜"这一具有象征意味的意象统摄全篇，这既是小说中整体的环境氛围，也是时代与人生的象征。

## 三 课后习题

1. 以《觉新传》为题，写一篇不少于 800 字的人物小传。
2. 谈谈对《寒夜》中"寒夜"意蕴的认知。

# 第十一章　沈从文的小说

## 一　作者介绍

　　20 世纪以降，在欧风美雨的侵袭中，延续千年的古老而静止的乡土社会难以为继，逐渐开始了以社会结构与乡土文化为主的转型。这一转型过程在文学中获得了理性与情感交织的表现，并逐渐生成了各具美学意蕴的乡土小说，乡土批判、乡村代言以及政治功利三种小说形态贯穿整个 20 世纪的文学历程。作为乡村社会代言人的沈从文，以"乡下人"自居，着力表现乡土社会静穆、优美的一面，在小说中建立起自己的"湘西文学世界"，让湘西成为具有独特审美意义的文化空间。沈从文与他的湘西，互相成就，成为中国现代小说中熠熠发光的存在。

　　沈从文，原名沈岳焕，字崇文，曾用笔名休芸芸、甲辰、上官碧、璇若等，1902 年出生于风光如画的湘西凤凰县的一个行伍之家。他的祖父沈宏富是汉族，祖母刘氏是苗族，母亲黄素英是土家族。因此，沈从文的身上流淌着苗、汉、土家三族的血液。少数民族独特的生活方式以及长期受到排挤打压的历史隐痛沉积在他的性格深层，形成了他自卑、敏感又富于幻想的性格特征。1917 年，他自县第一小学高小毕业以后，根据当地习俗进入部队，随当地部队流徙于湘、川、黔边境与沅水流域一带，后正式参军。1923 年，他脱下军装，不远千里跋山涉水来到北京，成为北京大学的旁听生。1924 年起，他开始陆续在《晨报》《语丝》《晨报副刊》《现代评论》上发表文学作品,出版了《鸭子》《蜜柑》等文集。1928 年从北京到上海,被胡适聘为中国公学的讲师。1929 年,他与胡也频、丁玲共同创刊了《红黑》《人间》。1931 年,他在国立青岛大学执教,教学期间,积极从事文学创作。30年代是沈从文创作的高峰期,他在小说中建构出了以《边城》为代表的"湘西文学世界",出版了 20 多部作品集。同时,沈从文与杨振声合编《大公报》文艺副刊,成为北方京派作家群体的领军人物。

抗日战争全面爆发后,他辗转到大后方,后又回湘西,1938 年 4 月离开湘西经贵州到云南昆明,任西南联大北京大学教授。40 年代,他出版了短篇小说集《主妇集》《绅士的太太》《如蕤集》《黑凤集》,长篇小说《长河》,以及散文集《湘西》《昆明冬景》《烛虚》《云南看云集》等。1946年,他离开昆明回到北京,任北京大学教授,参与编辑《大公报》等报纸副刊。1949 年秋,他进入中央革命大学研究班学习,由文学创作开始转向文物研究。在中国历史博物馆和中国科学院历史研究所工作期间,他主要从事中国古代服饰的研究。1969 年在湖北咸宁五七干校劳动,1971 年回京,1978 年调任中国社会科学院历史研究所研究员。1981 年,历时 15 年的《中国古代服饰研究》由香港商务印书馆出版。1988 年 5 月 10 日因病于北京逝世。[①]

在中国现代小说群星闪烁的天空,沈从文不是最为璀璨的一颗,但一定是具有独特光芒的明星。他和他所构筑的淳朴、自由、充满生命强力的"湘西文学世界"一起,成为中国现代小说中永恒的存在。

## 二 作品导读

### 《边城》

《边城》是沈从文创作的中篇小说,1934 年由生活书店出版。[②] 这是

---

① 参见凌宇著《沈从文传》,长江文艺出版社,2018。

② 钱理群、温儒敏、吴福辉:《中国现代文学三十年》(修订本),北京大学出版社,1998,第 251 页。

沈从文将自己的美学理想发挥到极致的一部作品，也是沈从文的代表作。小说的故事情节并不复杂，渡口撑船的老人与他的外孙女翠翠相依为命，过着清贫但和谐的生活。当地掌水码头船总顺顺的两个儿子同时爱上了翠翠，大儿子天保请人向祖父提亲，祖父揣摩翠翠喜欢傩送，没有答应。小儿子在夜里为翠翠唱歌，翠翠爱上了傩送。但是天保发生意外去世，傩送因为误会和自责也离开了茶峒。祖父在一个风雨之夜怀着遗憾离世，翠翠陷入"这个人也许永远不回来了，也许'明天'回来"的无望的等待中。小说将湘西的地域风情、人事命运与人物形象完美地结合，如同一首低回婉转的乐曲，又如一方晶莹剔透的美玉。《边城》当之无愧地成为中国现代小说牧歌传统中的顶峰之作。

《边城》塑造了一个纯净美好的少女翠翠的形象，这是湘西优美明丽的大自然孕育出的理想人物。翠翠的天真善良主要表现在她对待爱情的态度上，她毫无心机，没有世俗利益关系的计较，而她对傩送的感情，也是一种典型的少女梦幻式的情感。小说中写到她听到碾坊陪嫁、天保请人说媒、傩送为她唱歌等情节，都与她的爱情婚姻相关，可是她表现出的是一派天真纯然，直到她在梦中听到傩送的歌声，这可以看作翠翠情窦初开的表现。小说丝丝入扣地书写翠翠朦胧的少女情感，将一个浸染在淳朴民风中的小女子的形象、情感渲染得诗意盎然。然而，美好的翠翠依然难以逃脱悲剧的命运，这充分体现出沈从文的文学理想，在清新的故事后面隐藏着热情，在朴实的文字背后隐伏着悲痛。

《边城》中有大量的自然风景和乡土习俗的书写，这些充满灵性的风景与风俗，与洋溢着人性与人情之美的普通乡民一道，构成了小说的诗性特色。沈从文被称为"文体作家"，主要是因他的小说不以情节取胜，而是注重小说情感的灌注和意境的营造。《边城》起笔介绍茶峒，介绍河流，讲述翠翠母亲的故事，然后才是翠翠的登场。沈从文用水一般流动的抒情笔调，运用暗示、描摹、象征营造出现实与梦幻水乳交融的意境，加深了小说的文化内涵。

在语言上，沈从文认为自己的文字"一部分充满泥土气息，一部分文白杂糅，故事在写实中依旧浸透着一种抒情幻想成分"①。汪曾祺认为"边城的语言是沈从文盛年的语言，最好的语言。既不似初期那样放笔横扫，不加节制；也不似后期那样过事雕琢，流于晦涩。这时期的语言，每一句都'鼓立'饱满，充满水分，酸甜合度，像一篮新摘的烟台玛瑙樱桃"②。这个评价无疑是极为准确的。

《边城》有现代小说中最纯净的人物、最美好的情感和最遗憾的结局，值得我们一读再读。

### 《八骏图》

当我们论及沈从文，认为他是中国现代文学中的传奇人物，这种传奇，除了他的人生经历，同时也体现在他的创作之中。他神奇地掌握着两套笔墨，能够写出两种迥然不同的社会现实。因此，当他以"乡下人"的立场和视角来审视城市及城市文明时，他意识到城市各类文明病、知识病中存在的"阉寺性"的问题，他笔带讽刺锋芒，批判的力度尤显。1935 年 12 月，他的小说集《八骏图》由文化生活出版社出版③，其中同题的短篇小说可以看作沈从文城市题材的代表作。

《八骏图》讲述的是作家达士先生来到青岛的一所大学讲学，在这期间，他发现他的七个同事，物理学家教授甲、生物学家教授乙、道德哲学家教授丙、汉史专家教授丁，以及六朝文学史专家教授戊等都罹患了各种精神疾病，他以书信的形式，向自己远在两千里之外的未婚妻瑗瑗绘形绘色地描写了这些教授们的性压抑、性变态，淋漓尽致地刻画了他们的无聊与虚伪。而剩下的一位是经济学者庚，他极其健康的原因是有一个美丽的女子经常来拜访他，两人爱得极深，以至于达士先生无缘结识他。在小说中，达士先生站在道德的制高点上，对六位教授极尽嘲讽之能事。但是结尾之处，出现在

① 沈从文：《沈从文小说选集·题记》，人民文学出版社，1957，第 4 页。
② 汪曾祺：《又读〈边城〉》，《独坐小品》，河南文艺出版社，2017，第 210 页。
③ 钱理群、温儒敏、吴福辉：《中国现代文学三十年》（修订本），北京大学出版社，1998，第 251 页。

海滩上的黄色身影和莫名其妙的神秘纸条却让达士先生改变了行程，准备在青岛再逗留一天。由此可见，达士先生并不比其他几位高明多少！

沈从文在《八骏图》中提出了都市"阉寺性"的问题，他从人性的缺失和人性的冲突入手，指出都市中普遍存在的一种文化现象。他以湘西的普通乡民对照城市的文明人、知识分子，将性爱当作人生命存在和生命意识的一种符号，充满血性与生命强力的湘西水手"柏子"们，能够把用生命换来的钱花在吊脚楼的一个妓女身上，求得一种生命的畅快。而城市中的文明人，虽然与乡民们一样，也有强烈的情欲，但是他们却用各种规则束缚自己，以致陷入性压抑与变态的更不文明的怪圈之中。

沈从文提出的"阉寺性"的问题与他从改造民族的角度寄托的文学理想是一脉相承的。他希望把湘西的血性和野性注入老态龙钟的中国身上，以换取民族的新生。因此，他对都市的批判也是一种使人性与文明趋于健康的警示。然而，在三四十年代的中国社会，他的文学理想注定难以被人理解，因而是寂寞的。

## 三 课后习题

1. 汪曾祺称："《边城》的生活是真实的，同时又是理想化了的，这是一种理想化了的现实。"根据小说内容，谈谈你如何看待《边城》中的"现实"与"梦幻"。

2. 以《沈从文的城市书写》为题，写一篇小论文。

# 第十二章　左翼小说

## 一　作者介绍

中国左翼作家联盟于 1930 年成立。它成立之后，形成了革命现实主义小说的潮流。其中，影响最深远的当属以茅盾为首的社会剖析小说。20 世纪 30 年代的文坛上，左翼小说家群体与京派、"新感觉派"形成了三足鼎立的态势。左翼小说家群体的成员主要有蒋光慈、柔石、丁玲、张天翼、沙汀、吴组缃、叶紫、艾芜以及"东北作家群"等。

### 蒋光慈

蒋光慈原名蒋如恒（儒恒），又名蒋光赤、蒋侠生，1901 年出生于安徽霍邱。高小毕业之后，先进入固始中学，后考入安徽芜湖省立第五中学就读。"五四"运动之后，他主编校刊《自由花》，并积极投身于芜湖地区学生运动。1920 年，经陈独秀介绍，他到上海参加社会主义青年团。1921 年 5 月，他到莫斯科共产主义劳动大学学习。1922 年正式加入中国共产党。1924 年秋天回国后，在上海大学社会学系任教，并开始发表文学作品。1925 年 1 月，他出版了自己的第一部诗集《新梦》。1926 年，他根据自己的生活、工作经历写成了中篇小说《少年飘泊者》，引起极强的反响。1927 年，他根据上海工人武装起义写成了中篇小说《短裤党》，这是中国无产阶级革命文学的早期成果之一。1928 年，他与孟超、钱杏邨等人成立革命文学团体"太阳社"，主编《太阳月刊》《时代文艺》等文学刊物。1929 年 4 月，出版长篇小说《丽莎的哀怨》。11 月，因病去日本疗养，回国后与鲁迅等人组成了中国左翼作家联盟筹备小组，"左联"成立时蒋光慈被选为候补常务委员。1930 年 11 月，他创作完成了《咆哮了的土地》（后改为《田野的风》），这是蒋光慈所有作品中最成熟的一部。1931 年 4 月，肺病加剧。1931 年 8 月 31 日病逝于上海同仁医院，年仅 30 岁。[①]

　　蒋光慈是左翼小说家群体中较早走上文学创作之路的，他早期的作品基本与他的生活经历合拍，在急剧变动的时代中，抒写对革命的热情，但是由于对革命生活尤其是对工农大众生活的体验与认识不足，容易形成概念化、模式化的倾向。蒋光慈的早期小说就有"革命加恋爱"的模式特征，却分外吸引知识青年的阅读兴趣，我国早期的一些无产阶级革命家都曾经是蒋光慈小说的读者，可见其在当时的影响还是极广的。如果不是因病早逝，假以时日，蒋光慈应该可以写出更为成熟的作品。

## 柔　石

　　柔石本名赵平复，1902 年出生于浙江宁海。1917 年秋，柔石高小毕业之后考入台州省立第六中学，不久之后退学，1918 年夏进入浙江省立第一师范学校就读。1921 年 10 月，他参加了由著名新文学作家叶圣陶、朱自清、潘漠华、冯雪峰等人组织成立的"晨光文学社"，开始从事文学创作。1925 年初，他自费出版了第一部短篇小说集《疯人》。2 月，前往北京，成为北京大学的一名旁听生。1926 年春，柔石离京南下，为生计奔波于沪、杭之间。1927 年春，前往宁海中学任教，担任教务主任一职，在此执教期间，柔石参加了党领导的一些革命活动。1930 年初，自由运动大同盟筹建，柔石为发起人之一。3 月，中国左翼作家联盟成立，柔石任执行委员、编辑

---

① 参见中国现代文学馆编《中国现代作家大辞典》，新世界出版社，1992，第 204 页。

部主任。5月，以"左联"代表资格，参加全国苏维埃区域代表大会。1931
年1月17日，他在上海参加会议时，因叛徒出卖，遭国民党军警逮捕。2
月7日，他与殷夫、欧阳立安、胡也频、李伟森、冯铿等人被国民党反动派
秘密杀害，年仅29岁。[①]

柔石短暂的一生中留下了大量的著述，从1925年出版第一部短篇小说
集开始，到1931年牺牲，他出版了短篇小说集《疯人》《奴隶》，创作了中
篇小说《三姊妹》《二月》，长篇小说《旧时代之死》，诗歌《战》《血在
沸——纪念一个在南京被杀害的湖南小同志的死》，报告文学《一个伟大的
印象》以及杂文《个人主义与流氓本相》等。在创作之余，他还参与编辑
出版了《语丝》等刊物。

柔石的小说创作，可以分为前后两期，前期的创作主要以知识分子革命
恋爱的故事为题材，以浪漫的笔致描写他们的生活以及精神的苦闷。后期的
作品开始发生转向，侧重于探讨青年知识分子的出路问题以及表现中下层劳
动人民的苦难命运，短篇小说《为奴隶的母亲》和中篇小说《二月》是他
这一时期的代表作。小说中鲜明的现实主义色彩、浓厚的人道主义情怀显示
出作家卓尔不群的创作才华，这些作品，都完全脱离了左翼小说概念化的弊
端，成为革命文学的力作。

# 丁 玲

丁玲原名蒋伟，字冰之，1904年10月12日出生于湖南临澧佘市镇
高丰村。1918年至1919年，丁玲在湖南桃源第二女子师范学校预科、长
沙周南女子中学、岳云中学就读，受到"五四"新思潮的影响，1922年
前往上海，在陈独秀、李达等人创办的平民女子学校学习。1923年进入
上海大学中国文学系学习。1924年前往北京，在此期间结识了胡也频。

---

[①] 古帆：《一代才俊生命永恒——革命先烈柔石生平简介》，《人民日报·华东新闻》2002年
9月25日，第4版。

1927 年，她在《小说月报》发表了处女作《梦柯》。1928 年，她的代表作《莎菲女士的日记》发表，引起文坛的反响，并出版第一部短篇小说集《在黑暗中》。1929 年，与胡也频、沈从文等人在上海合办《红黑》杂志并创作长篇小说《韦护》。1930 年，丁玲加入"左联"，一年之后，任"左联"机关刊物《北斗》主编，成为鲁迅旗下一位具有影响力的左翼作家。1932 年，她加入中国共产党。1933 年 5 月，被国民党特务绑架，拘禁在南京，经过国内外著名人士多方营救，于 1936 年 9 月逃离南京，到达西安。到达苏区后，丁玲积极从事文艺工作和文学创作，任《解放日报》文艺副刊主编、陕甘宁边区文协副主席等职务，创作出《我在霞村的时候》《在医院中》《太阳照在桑干河上》等许多思想深刻的作品。1952 年 6 月，《太阳照在桑干河上》获苏联斯大林文艺奖，并被译成多种文字。

1955 年和 1957 年，丁玲两次遭受迫害，被错划为"反党小集团"、右派分子，下放到黑龙江垦区劳动 12 年。"文化大革命"中又被关进监狱 5 年。[1] 粉碎"四人帮"后，丁玲的冤案逐步得到平反。丁玲晚年不顾体弱多病，写出了《魍魉世界》《风雪人间》等百万字的作品，创办并主编《中国》文学杂志，热情培养青年作家。1986 年 3 月 4 日，丁玲在北京逝世。[2]

丁玲是继冰心、庐隐之后站在女性立场，关注女性生活，并以女性为主要创作对象的作家。她的早期成名作《莎菲女士的日记》以大胆、越轨的心理描写使"莎菲"这一小资产阶级女性知识分子形象立足于中国现代文学人物长廊。进入"左联"以后，她开始走出个人主义的狭窄天地，关注工农大众的生活。到达中央苏区以后，她的作品中出现了新的生活与新的人物，这充分表明，丁玲的创作已经进入新的阶段。

---

[1] 《1986 年 3 月 4 日 丁玲逝世》，人民网，http://www.people.com.cn，引用日期：2019 年 4 月 18 日。

[2] 参见中国现代文学馆编《中国现代作家大辞典》，新世界出版社，1992，第 84~85 页。

## 张天翼

张天翼学名张元定，字汉弟，1906 年出生于南京。小学和中学期间，张天翼广泛阅读文学作品，为走上文学创作之路奠定了基础。1922 年开始写作滑稽和侦探小说，并在《礼拜六》杂志发表短篇《新诗》。1926 年进入北京大学预科。同年，加入中国共产党，为体验下层社会生活，毅然退学，做过家庭教师、会计、文书等工作，备尝艰辛。1929 年发表短篇小说《三天半的梦》。1931 年加入中国左翼作家联盟，协助编辑《十字街头》等刊物。这一时期是他创作的高峰时期，出版了多部短篇小说集、长篇小说以及童话。他的创作不仅丰富了中国现代文学作品文库，也推动了中国儿童文学的发展。

抗日战争开始后，张天翼参加发起上海市文艺界救亡协会，任《救亡日报》编委、中华全国文艺界抗敌协会理事。1937 年冬，从事抗日宣传工作。之后根据其抗战时期的工作，写成了短篇小说集《速写三篇》，引起文艺界的重视和讨论，产生广泛的社会影响，其中的《华威先生》是他讽刺小说的力作。中华人民共和国成立之后，他曾任中央文学研究所副主任、《人民文学》主编。除了编辑刊物、培养青年文艺工作者外，他还从事儿童文学创作，创作出了许多脍炙人口的作品，深受儿童喜爱。"文化大革命"期间，张天翼曾罹患重病，病愈后坚持工作，1985 年逝世。①

张天翼是一位极具创作活力的作家，不仅在题材上多方面开拓，而且在小说创作的体式上也进行了多方面的试验。他尤其擅长讽刺小说的写作，提出了反虚伪、反庸俗、反彷徨三大讽刺主题，在小说中塑造出了虚伪、狡诈的官僚地主形象，庸俗市侩的小知识分子、小市民形象以及愚昧不幸的底层乡民形象。他的小说，虽然没有鲁迅的博大精深，也没有老舍"含泪的微笑"的温婉，但他的讽刺锋芒毕露、泼辣爽利，风格极其鲜明。张天翼以其坚实的文学创作为左翼文学乃至现代文学的发展做出了卓越的贡献。

---

① 参见中国现代文学馆编《中国现代作家大辞典》，新世界出版社，1992，第 609~610 页。

## 艾 芜

艾芜原名汤道耕，1904 年出生于四川新都清流镇，在乡村生活中度过了童年、少年时代。1921 年，艾芜来到成都，进入成都四川省立第一师范学校。受到《新青年》和创造社等一些刊物的影响，在思想上追求进步。为了逃避包办婚姻，1925 年夏天，他离家南行，足迹遍布云南昆明、缅甸，在东南亚异国他乡的山野中，他与下层劳动人民朝夕相处，这段经历为他日后的创作奠定了基础。1930 年冬天，因参加缅甸共产主义小组反对英国殖民统治的活动被捕。1931 年春，他被押送回国，经香港、厦门，于 5 月到达上海。1932 年底，他参加了中国左翼作家联盟，开始文学创作。

20 世纪 30 年代，是艾芜文学创作的勃发期，出版有短篇小说集《南国之夜》《南行记》《山中牧歌》《夜景》，中篇小说《春天》《芭蕉谷》以及散文集《漂泊杂记》等。抗日战争爆发后，他任中华全国文艺界抗敌协会桂林分会理事。1944 年，他由桂林到重庆，写完了长篇小说《故乡》，编辑抗敌协会重庆分会会刊《半月文艺》。

1947 年夏，他来到上海，创作了长篇小说《山野》《丰饶的原野》。中华人民共和国成立之后，他任重庆市文化局长、中国作家协会理事、全国文联委员等职。1957 年，加入中国共产党，出版了长篇小说《百炼成钢》，开拓了"十七年"小说中工业题材的创作，以炼钢厂平炉车间 9 号炉工人争搞快速炼钢为中心线索，讲述社会主义新人的成长历程。1961 年，艾芜到云南旧地重游，完成了《南行记续篇》。80 年代以后，艾芜以耄耋之年，足迹依然遍及祖国的西南边地，发表了《春天的雾》《南行记新篇》等作品。1992 年，艾芜因病在成都逝世。①

艾芜是左翼小说家中极其特殊的一位，早期的小说有着浓郁的浪漫主义

---

① 参见中国现代文学馆编《中国现代作家大辞典》，新世界出版社，1992，第 8~9 页。

风格，传奇的故事、独特的人物形象和奇异的边地风景构成了他小说叙事的三要素，由此开拓了现代小说创作的题材领域。后期的小说创作艺术风格发生了转向，主要以国统区劳动人民的苦难与抗争、新中国劳动人民的成长为主题，显示出严谨沉郁的现实主义风格。

# 二　作品导读

## 《冲出云围的月亮》

《冲出云围的月亮》是蒋光慈创作的一部长篇小说，1930 年 1 月由上海北新书局出版。[1] 早期革命小说的某些特征在这部小说中有较为明显的体现，诸如"革命加恋爱"的创作模式，人物形象塑造的概念化、理想化等特点。但是，作为左翼小说开端阶段的创作，这部小说在鼓励青年走上革命道路、从事革命工作方面有其积极的现实意义。

小说塑造的主要人物叫王曼英，是一个开朗活泼、热情向往革命的女青年。大革命时期，她受到恋人柳遇秋的影响，与好友一起前往柳遇秋所在的 H 镇成为一名革命者。革命陷入低潮之际，王曼英也陷入了忧郁与彷徨之中。她来到上海，想继续战斗却找不到方向，于是，她决心利用自己年轻的身体来报复社会。她与买办的儿子钱培生以及一些无聊的政客、阔少先后发生关系，沉迷于声色犬马的生活之中。即使如此，她认为自己只是出卖了身体，她的灵魂依然是洁净的。有一天，她遇到了以前的恋人李尚志。李尚志是一个坚定的革命者，他劝导王曼英不要悲观失望，应该相信集体，继续战斗。王曼英听了李尚志的劝导，重新燃起了对革命的希望。但是，王曼英发现自己似乎染了梅毒，准备自杀。在路途中，美好的大自然重新唤起了她对人生的希望。她重新检查身体，发现虚惊一场。她满怀信心地加入了革命队伍，成为工人运动的组织者，也再一次回到了李尚志的怀抱，与他成为志同

---

① 　陈思广：《中国现代长篇小说编年史》，武汉大学出版社，2021，第 195 页。

道合的革命伴侣。

小说的题目具有鲜明的象征性，用"月亮"比喻一时失足的女革命者，用"云围"比喻当时大革命失败后恐怖压抑的时代氛围，题目新颖，能够吸引读者。小说对王曼英人物形象的塑造，主要通过她的几次人生选择来刻画。但是，因为作家本身缺乏真正的革命生活体验，因此对女主人公人生选择的书写浮于表面，其人生转变的原因也极为简单，有着概念化、理想化的弊病。当然，对开端期的左翼小说和年轻的作家而言，出现这些问题是正常的，蒋光慈后来创作的代表作《田野的风》就有了很大的进步。可惜，作家英年早逝，否则他会有更大的文学成就。

## 《二月》

《二月》是柔石创作的中篇小说，1929年该书完成后，鲁迅亲自校阅全书，同年8月20日为之作小引，上海春潮书局11月1日出版。[1] 小说通过对青年知识分子萧涧秋在芙蓉镇短暂人生经历的书写，表达了作家对于中国知识分子出路的思考，表现了大时代背景下知识分子彷徨的思想状态。小说中人物形象极具代表性，纯熟的心理描写与环境渲染表现出深沉细腻的抒情风格，是左翼小说中不可多得的圆融成熟之作。

小说叙述的背景是20世纪20年代的一个春天，年轻的知识分子萧涧秋前往芙蓉镇当教师。在前往的途中，他认识了一个满脸愁容的青年妇女，她带着两个年幼的孩子。萧涧秋从旁人口中得知，这位年轻妇女的丈夫在攻打惠州时牺牲了。萧涧秋来到芙蓉镇，他认识了老同学陶侃的妹妹陶岚，陶岚容貌美丽，性格温柔恬静，她和萧涧秋一见钟情。萧涧秋从陶岚的口中得知途中遇到的青年妇女名叫文嫂，对文嫂的不幸命运，萧涧秋寄予了深深的同情，他利用自己微薄的收入帮助文嫂。萧涧秋与陶岚交往，引起了陶岚的追求者——芙蓉镇的纨绔子弟钱正兴的嫉妒和排挤，他造谣文嫂与萧涧秋有私情。不久，文嫂的儿子生病早夭，文嫂陷入绝望。萧涧秋决定娶文嫂为妻，

---

① 许觉民、甘粹主编《中国长篇小说辞典》，敦煌文艺出版社，1991，第311页。

陶岚受到极大打击，却表示理解。文嫂在极度痛苦中自杀，萧涧秋大病一场之后决定离开芙蓉镇。接到萧涧秋的来信，陶家兄妹非常震惊，二人征得母亲同意，决定前往上海寻找萧涧秋。

小说成功地塑造了大革命前夕追求进步的青年知识分子的人物形象，萧涧秋热情善良，有着悲悯的人道主义情怀，在风景如画的古镇，他遇到志同道合的恋人，却依然难以抵挡恶势力的造谣中伤，他的经历代表了当时知识分子彷徨、找不到人生出路的状态。小说通过对这个人物形象的塑造，表达了作家对当时社会环境下知识分子前途的深刻思考。小说中细腻的心理描写与高超的风景描写、叙事相结合，人物的活动与情绪被场景化，具有浓郁的诗性特点。

20 世纪 60 年代，《二月》被改编为电影《早春二月》上映。

### 《莎菲女士的日记》

《莎菲女士的日记》是丁玲创作的短篇小说，1928 年 2 月发表于《小说月报》第 19 卷第 2 号。[①] 小说通过对莎菲在北京养病这段生活经历的描写，成功地塑造出"五四"落潮以后叛逆、苦闷的小资产阶级女性形象，莎菲身上的矛盾与叛逆极具代表性，丁玲写出了人物复杂的性格内涵。莎菲与茅盾笔下的孙舞阳、章秋柳等人一样，成为中国现代小说人物画廊之中的重要人物。

小说中的莎菲，首先是一个拥有进步思想、不甘落后、不甘庸俗的知识青年，在"五四"新思想的感召下，她能勇敢地冲出封建家庭，迈出个性解放的第一步。然而，她并没有真正找到正确的出路，她追求的目标只是个性解放与理想的爱情。小说不仅写出了莎菲的叛逆，同时还写出了她充满矛盾的性格特征。她憎恨压抑的时代氛围，时时想要逃脱束缚自己的藩篱，但她又不知如何反抗，反而陷入自己的小天地之中自怨自艾。她渴望爱情和友

---

① 钱理群、温儒敏、吴福辉：《中国现代文学三十年》（修订本），北京大学出版社，1998，第 284 页。

情，独自待在医院中养病时，她希望有人陪伴，可是，当热烈爱着她的苇弟前来殷勤探望时，她又觉得厌烦。她明知道凌吉士是一个情场高手，想要远离却又时时受着蛊惑。她渴望拥有纯真、理想的爱情，却抵挡不了情欲。丁玲深刻而真实地写出了莎菲充满叛逆与矛盾的个性特征，一个敏感多疑、彷徨无助又自尊自恋的青年知识女性形象跃然纸上。茅盾给予小说极高的评价，认为"莎菲女士是心灵上负着时代苦闷创伤的青年女性的叛逆的叫绝者。莎菲女士是一位个人主义者，旧礼教的叛逆者；她要求一些热烈的痛快的生活；她热爱着而又蔑视她的怯弱的矛盾的灰色的求爱者，然而在游戏式的恋爱过程中，她终于从腼腆拘束的心理摆脱，从被动的地位到主动的，在一度吻了那青年学生的富于诱惑性的红唇以后，她就一脚踢开了她的不值得恋爱的卑琐的青年。这是大胆的描写，至少在中国那时的女性作家中是大胆的。莎菲女士是'五四'以后解放的青年女子在性爱上的矛盾心理的代表者！"①

在艺术形式上，小说采用日记体的形式，以第一人称心理独白的手法写出了莎菲复杂的心理状态。奔涌的内心独白、直率的性格语言，将莎菲的所思、所想、所感以及内心隐秘的对爱情甚至情欲的渴望都淋漓尽致地体现了出来。

### 《华威先生》

《华威先生》是张天翼的代表作，最初刊载于1938年4月《文艺阵地》的创刊号上。② 这篇小说与他的《谭九先生的工作》和《"新生"》一并被收入《速写三篇》中，成为反映抗战时期社会生活的讽刺佳作。小说对抗日战争进入相持阶段之后，抗战热情掩盖下的社会现实投入深切关注。通过对一个打着抗日招牌却不务实事，反而到处伸手争权的国民党文化官僚的典型形象的塑造，揭露了国统区黑暗的现实，在批判的深度与广度上都达到了

---

① 姜燕：《中国现当代女性作家作品研究》，吉林人民出版社，2016，第44页。
② 钱理群、温儒敏、吴福辉：《中国现代文学三十年》（修订本），北京大学出版社，1998，第457页。

极高的水准。

华威先生是当时文化界的一名小官僚，他挥舞着抗战的大旗，跻身革命队伍，不停地忙碌，不停地工作。他的足迹几乎遍布城市的各个会场、各个角落。但是，他并没有解决抗战中出现的问题，甚至当别人提出需要他帮忙时，他满口推诿搪塞。他真正在意的，是抗战领导权的问题。他到处游说，拼命兜售"一个领导中心"，认为只有这样才能顺利开展工作。小说不仅写出了华威先生的虚伪自私、见风使舵的本质，同时也写出了他的专横跋扈。他到处招摇，利用一切机会进入尽可能多的群众团体，如果有团体没有请他参加会议或者担任职务，他便一律诬其为"非法团体"。华威先生用尽各种手段进入各种组织团体，进入之后却只会讲空话套话，只会抢夺领导权而对抗战工作无任何实际意义。张天翼入木三分地刻画了一个庸碌猥琐而又专横跋扈的小官僚小政客的典型形象。在抗日统一战线形成的初期，张天翼就能洞悉光明背后的阴暗，塑造出华威先生这一典型人物形象来说明统一战线内部存在着争夺领导权的严重问题，以及这一问题对抗战产生的负面效应，可以说，作家具有相当高的政治敏锐性。

张天翼在塑造这一艺术形象时，运用了多种艺术表现手法，最为引人注目的莫过于真实具体的细节描写和独具一格的讽刺手法。

整篇小说主要通过动作和语言描写刻画人物形象，作家往往能够从大处着手，在小处落笔，将华威先生在不同场合出现时的不同态度，通过其语言和动作，精心提炼与安排，构成了出色的讽刺细节。在语言方面，张天翼善于运用明快、简洁、准确，并富有个性化的语言推动故事情节，塑造人物形象。尤其是小说中华威先生重复语言的描写，表现了他的急功近利、不学无术的特征，人物语言与其形象相互映衬，讽刺意味愈加浓厚。

### 《山峡中》

《山峡中》是艾芜创作的短篇小说，1934 年 3 月发表于《青年界》第 5

卷第 3 号，后收录于短篇小说集《南行记》中，由文化生活出版社 1935 年
12 月出版。[①]

　　《山峡中》的故事富有传奇性，讲述的是在滇西的荒野山峡中，以魏大
爷为首的一群为生活所迫过着流浪偷盗生活的山贼的故事。小说中的山贼，
实际上是一群为生活所迫而不得不起来反抗的下层劳动人民，小说通过对魏
大爷、小黑牛以及"野猫子"等人物形象的塑造，说明了黑暗的社会如何
让下层劳动人民失去正常谋生的手段，把他们抛掷出正常生活的轨道。而长
期在刀尖上的生活，也使他们丧失了人之本性，养成了他们亦正亦邪畸形的
性格特征。小说直面黑暗的现实和人生，具有冷峻的现实主义色彩。但是作
家对于自然环境、故事情节的书写又具有浪漫情调。现实色彩与浪漫情调的
交织，成为这篇小说主要的艺术特征。

　　小说中最引人注目的人物形象莫过于一个名叫"野猫子"的女性。这
是一个类似于吉卜赛女郎的人物，小说书写了她在长期的流浪生活中养成的
狡诈、泼辣、残忍的性格特征。从她娴熟的作案手段和逼真的表演以及对小
黑牛之死的漠视都可以看出长期的流浪生涯已经扭曲了她的灵魂。但是，当
她在"我"的掩护下逃脱一劫之后，又满怀感激地留下"三块银圆"不辞
而别，由此可以看出，"善"才是她的本性和本质力量。小说成功地刻画了
一个具有复杂、多重性格特征的流浪少女形象，这样令人耳目一新的女性形
象在现代小说中非常罕见，因此，她的出现，丰富了我国现代小说的人物
画廊。

　　《南行记》作为我国边地小说的代表作品，其中典型的特征之一就是对
于自然环境的渲染。《山峡中》，出现了巨蟒似的索桥、凶恶的江涛、荒野
的山峰，这些自然景色的描写，为流浪者的悲惨命运渲染了气氛，增强了小
说的悲剧意蕴。艾芜的小说语言也非常具有表现力，尤其是人物语言极富个
性特征，小说中小黑牛痛苦的呐喊，"野猫子"时而狡黠、时而欢快的语

---

① 钱理群、温儒敏、吴福辉：《中国现代文学三十年》（修订本），北京大学出版社，1998，
　　第 287 页。

调，以及魏大爷沉闷、对世界充满敌意又难掩悲哀的语言，都与人物的性格表现相勾连，形成了《山峡中》独具特色的艺术魅力。

# 三　课后习题

1. 简要概述 20 世纪 30 年代"左翼小说"发展流变的历程。
2. 试述"社会剖析小说"的艺术特色。

# 第十三章　"京派"其他作家的小说

## 一　作者介绍

　　京派是 20 世纪 30 年代文学的中心南移至上海之后，继续留在北京、天津等地，由自由主义作家群体组成的一个文学流派。京派没有正式的组织和文学宣言，作家主要以京、津地区大学里的师生为主，除沈从文、废名外，成员还包括芦焚、萧乾、林徽因等人，他们以文学沙龙的形式松散地组合，以《现代评论》《水星》《骆驼草》《大公报·文艺》等期刊为发表阵地，主要以小说显露其文学实绩。

　　京派在 20 世纪 30 年代能够与左翼、海派分庭抗礼，主要在于他们的文学创作显示出独具特色的魅力。他们主要以乡村为叙述对象，关注长江以北广阔、封闭的乡土社会，书写它们在工业文明缓慢入侵中的转型，在乡土中国的"常"与"变"中书写静美、和谐的乡土人生，小说具有浓厚的牧歌和挽歌情调。沈从文的湘西世界、废名的黄梅故乡和京西城郊世界、芦焚的河南果园城世界以及萧乾的北京城墙根下的平民世界，都成为现代小说中影响深远的文学世界。

　　在审美立场上，京派强调个性化的创作，强调文学的独立性和非功利性。在思想上讲求"纯正的文学趣味"所体现出的文学本体观，和以"和谐""节制""恰当"为基本原则的审美意识。

　　在艺术追求上，京派作家提供了堪称典范的抒情体的文学样式。他们的小说强调作家主观体验的融入，真与美的主人公形象的塑造，以及具有象征、暗示意味的抒情氛围的营造，环境、人物、故事与情绪能够完美融合，在风景画、风情画、风俗画中表现乡土人生。

从文化传统上而言，京派继承了"五四"以来"民族品德的消失与重造"的主题，在对传统文化和民间文化继承、整合的基础上，创作出了独具中国文化风貌的文学。

20 世纪 40 年代以后，京派随着抗战而风流云散。它的后期继承者是大后方西南联大的师生，在汪曾祺等人的创作中，闪烁着京派的文学精神和神奇魅影。①

## 二　作品导读

### 《篱下》

《篱下》是萧乾创作的短篇小说，原载于 1934 年 11 月《水星》第 1 卷第 2 期，收入同名短篇小说集《篱下集》中，1936 年由商务印书馆出版。② 小说以童年视角，讲述了一个名叫环哥的小男孩，在父亲与母亲离婚后，由乡下来到城里借住在亲戚家里的短暂经历。小说通过环哥的视觉、听觉以及感受和体验，将一段带着童趣又悲凉的生活经历完整地呈现出来。小说名为"篱下"，有寄人篱下之意，小说在感伤之余，又有明朗而充满生气的气息，因此小说的诗味浓厚，引人入胜。

小说中出现了两个主人公形象，一个是环哥，一个是母亲。环哥的身世、经历有着作家本人的影子。萧乾作为遗腹子出生，家境窘迫使得母亲不得不带着他寄居在亲戚家，小小的萧乾便感受到了人间的冷暖。小说中的乡

---

① 参见钱理群、温儒敏、吴福辉《中国现代文学三十年》（修订本），北京大学出版社，1998，第 269~275 页。

② 钱理群、温儒敏、吴福辉：《中国现代文学三十年》（修订本），北京大学出版社，1998，第 287 页。

村少年环哥，从乡下来到城里之后，对新的环境充满了好奇，在与表哥、表妹交往的过程中，天真无邪的孩童世界让他忘却了寄人篱下的悲哀。小说真实地刻画了一个活泼好动的乡村少年的形象，他的懵懂无知映衬着母亲的谨小慎微，恰如其分地表现出寄居生活的艰辛。小说中的母亲，是一个贫苦的下层劳动妇女。不幸的婚姻、丈夫的毒打让她只能走上离婚的道路。离婚之后，在娘家母亲已去世的情况下，只能寄居亲戚家。她表面看上去对环哥非常严厉，内心深处却非常疼爱他。小说塑造出一个坚忍的母亲形象，寄寓着作家深深的情感，这是作家对已逝母亲的追忆。

《篱下集》是萧乾初涉文坛后创作的短篇小说合集，这一时期的萧乾，生活渐趋稳定，与京派作家如沈从文、李健吾、林徽因等人的交往激发了他的创作热情。他的小说，除了在内容上有着自传的色彩之外，其艺术风格有着明显的京派小说的特点。小说中的底层人物，都显示出自尊、自爱的性格特征，尽管写悲哀的人间故事，但其忧郁感伤的情调却是有节制的，因而显示出哀而不伤的审美品格。

### 《一吻》

《一吻》是师陀（芦焚20世纪40年代开始以"师陀"为名发表小说）创作的短篇小说，收于短篇小说集《果园城记》中，1946年5月由上海出版公司出版。[①]《果园城记》是师陀的代表作，整部小说集的各个篇章之间看似独立，实则从不同的方面各有联系。作家用清淡而富有诗意的语言，写出了果园城中各式各样的人的命运变迁，表现小人物生活的悲喜剧。小说的节奏舒缓，在娓娓道来的笔触中作家将读者拉进他的果园城世界中，感受沧海桑田、物是人非的变化，让读者从一个小城的变化中体会整个古老中国的变化，这是作家用心良苦、感人至深的地方。

《一吻》的故事情节相对简单，小说中的大刘姐与虎头鱼，二人是青梅

---

① 钱理群、温儒敏、吴福辉：《中国现代文学三十年》（修订本），北京大学出版社，1998，第459页。

竹马。十七岁时，在一次玩闹中，两人有了一个懵懂而美好的初吻。后来两人各自成家，大刘姐成为别人的姨太太，而虎头鱼也成为一群孩子的父亲。为了生活，他成了车夫。有一天，他拉了一位阔太太在古城中转了一圈，阔太太向他询问了一些旧人旧事后离开了，临下车给了他丰厚的车费，这位太太，就是许多年前与他有过一吻的大刘姐。小说在平淡的故事中蕴藏着丰厚的情感，读过之后，让人心生"此情可待成追忆，只是当时已惘然"的感慨。

师陀曾说："我有意把这小城写成中国一切小城的代表，它在我心目中有生命、有性格、有思想、有见解、有情感、有寿命，像一个活的人。"①小城保存和雕刻着昨天的记忆，记忆一旦打开，时间凝固，只有那些带着体温的故事和人生哲理。小说在充满怀旧气息的挽歌中，表现出对人生的感悟和思考。在艺术追求上，师陀擅长以清新优雅的笔触，以散文化的节奏徐徐道来不同的人生故事，他笔下的风景人事，都是印象式的素描，自然与人事的结合映照，使他的小说有一种中国箫音的绵长悠远。所以李健吾评价他，认为"诗意是他的第一个特征"②。《果园城记》中的每一篇小说确实都纯净如水晶，有着京派小说典型的艺术品格。

## 《九十九度中》

《九十九度中》是女作家林徽因创作的短篇小说，原刊于 1934 年 5 月《学文》第 1 卷第 1 期，③ 是林徽因的代表作。小说以电影蒙太奇的手法、快速切换的小说场景，展示了在北平城中一个盛夏炎热天气中上至贵族老太太，下至引车卖浆之流的真实生活。小说中人物众多，故事各异，却都在作家的统摄之下有条不紊地出现，表现出人生不同的图景与境遇，女作家特有

---

① 师陀：《〈果园城记〉序》，《果园城记》，上海出版公司，1946，第 5 页。

② 刘西渭：《〈里门拾记〉——芦焚先生作》，《李健吾创作评论选集》，人民文学出版社，1984，第 491 页。

③ 《中国经典·林徽因〈九十九度中〉》，搜狐网，https://www.sohu.com/，引用日期：2019 年 4 月 8 日。

的兰心蕙质以及对人类的悲悯之情完整地体现了出来。

小说在不同场景的对比中表现着主题。第一个场景是有钱有势的张家人为了庆祝老太太寿辰而大摆宴席，兴师动众；而来自穷人家的丫鬟却在期待着祝寿宴席尽早结束，好享受残羹冷炙。第二个场景是高级医生喝酒打牌大谈如何延年益寿；穷人们只能眼睁睁地看着邻居挑夫因为霍乱无处可治，走向死亡。第三个场景是卢老板嫌家里饭菜不合胃口，老婆唠叨，他与朋友到饭店寻欢作乐，而老板的车夫因为几十吊小钱与人吵嘴打架，还被关进去。整篇小说虽然没有一句悲凉之语，却将"朱门酒肉臭，路有冻死骨"的社会现实清晰地展现于读者面前。同在华氏九十九度的天气中，小说不同场景中的故事是人生的一个缩影，贫穷与奢侈、忙碌与消遣、喜庆与凄凉、表面上融洽和暗地里的虚伪、气温的闷热与世态的炎凉交织在一起，如同一幅色彩斑斓的图画，又像一支吹拉弹唱样样俱全的戏班，在读者心中留下了非常难忘的印象。正如李健吾所说："《九十九度中》正是一个人生的横切面。在这样溽暑的一个北平，作者把一天的形形色色披露在我们的眼前，没有组织，却有组织；没有条理，却有条理；没有故事，却有故事，而且那样多的故事；没有技巧，却处处透露匠心。这是个人云亦云的通常的人生，一本原来的面目，在它全幅的活动之中，呈现出一个复杂的有机体。"①

林徽因是民国时期著名的才女，出身名门，少年时期随父亲出外留洋，良好的教育经历，与京派同仁的频繁交流，让她出手不凡。除了小说，她的诗歌创作也非常出色。林徽因认为应当扩大短篇小说的功能，因此她的《九十九度中》能够容纳较为丰富的内容。卞之琳认为："三、四十年代她笔下的人物总不出社会上层的圈子，但是由于品质、教养、生活和时代趋势的影响，作家多半把同情寄托在社会下层的一边。"② 事实上，《九十九度中》除了京派作家一贯对平凡人生的关注，还以女性特有的敏感，写出了独特的生命体验。

① 刘西渭：《〈九十九度中〉——林徽因女士作》，《李健吾创作评论选集》，人民文学出版社，1984，第454页。

② 卞之琳：《窗子内外：忆林徽因》，香港《文汇报·文艺周刊》1985年3月10日。

## 三　课后习题

1. 简述林徽因《九十九度中》的艺术特色。
2. 以《京派作家的文学理想》为题，写一篇小论文。

# 第十四章　"新感觉派"的小说

## 一　作者介绍

伴随着 20 世纪 30 年代上海现代消费文化环境的形成、市民阶层的出现，上海出现了迥异于传统"鸳鸯蝴蝶派"的新的通俗文学的样式，这就是海派小说。第一代海派作家的主要成员是张资平和叶灵凤。初期的海派小说作家，他们的创作注重迎合读者趣味，有明显的商业化和世俗化的特点；同时，善于通过性爱书写，表现"都市男女"这一类新型的人物形象。在艺术表现上，他们重视小说形式的创新。第一代海派作家的创作，似乎起到了抛砖引玉的作用，他们的创作为"新感觉派"小说提供了可借鉴的写作资源。

整个 30 年代，在上海的市民中最风靡的作家群体就是"新感觉派"，这是中国最完整的一支现代小说流派。它的出现，意味着西方现代主义文学引入中国之后，开始以独立的姿态立于文坛。而对于海派小说而言，这意味着它们与世界新潮文学同步，让通俗文学冲破传统的藩篱，具有了某种先锋文学的色彩。

以刘呐鸥、穆时英、施蛰存为代表的新感觉派，他们的小说以《无轨电车》《新文艺》《现代》等杂志为发表阵地，小说内容明显受到了日本新感觉派的影响，有着鲜明的特色。

首先，新感觉派的笔下，都市第一次成为独立的审美对象。他们强调对现代都市中男女情绪的抒写，在他们的小说中，现代都市正以具象化的方式呈现出快速、嘈杂、混乱的特性，居于其中的人如同无根之萍，无所归依，充满了对自我、他者与世界的质疑。于是，颓废的性爱游戏成为他们释放精神压力的一种方式。

其次，追求感觉印象，把写实、感觉和意象融为一体。他们在把握书写对象时，不追求精确感受，但是他们笔下对人物感觉的抒写，却能调动起全部的感觉器官，以更为具体、细腻、多维的表达方式，将个体人物对城市现实生活的种种感受细致地表达出来。在他们的笔下，城市成为一幅光影声色交织的动态图。阅读他们的小说，能够感受到扑面而来的现代气息和可触可感的艺术魅力。

再次，他们注重将现实心理化，将心理现实化，侧重对人物进行心理分析和潜意识开掘。"现实心理化"是指现实生活不再作为一种纯客观现象，而是作为人物的感觉和体验，通过变形处理而出现。因此，现实生活就成了一种掺有特定主观感情在内的心理现象，带有与众不同的新奇特点。"心理现实化"是指现实中并不存在，或者虽然存在过，但由于时空而割裂了的一种心理。新感觉派的作家注重从人物特定的心理出发，通过联想、回忆、幻觉、蒙太奇等手法，形成一股意识流，运用快速跳跃的节奏，打破时空的限制，把过去、现在和将来连成一片。这样就淡化了现实和情节，强化了人物的内心世界。在更多的情况下，新感觉派小说总是把"心理现实化"和"现实心理化"连贯在一起，来书写人物潜意识和意识的冲突。

最后，他们善于在复杂微妙的内心矛盾中，着力刻画人物的"两重人格"。

新感觉派处于海派发展过程中一个承上启下的重要阶段，它上承第一代海派的"性爱小说"，下启以张爱玲为代表的沪港传奇，它的出现，提高了文学中"都市"的地位，成为30年代文坛上迥异于左翼、京派的一个重要的文学流派。①

---

① 参见钱理群、温儒敏、吴福辉《中国现代文学三十年》（修订本），北京大学出版社，1998，第276~280页。

# 二 作品导读

## 《游戏》

《游戏》是刘呐鸥创作的短篇小说,收入他的短篇小说集《都市风景线》中,1930 年 4 月由水沫书店出版。[①] 作为新感觉派小说的开创者,刘呐鸥在《都市风景线》中构筑出诸如赛马场、夜总会、影院、茶馆、富家别墅、海滨浴场等不同的场景,书写这些都市场景中形形色色的人物醉生梦死的生活,及其空虚无聊的精神状态,每篇小说都以生动的画面展示出了别样的"都市风景线"。

《游戏》是《都市风景线》的开篇之作,小说中的男女主人公都视爱情为游戏。小说一开始就以极强的画面感呈现男女主人公在舞厅中的场景,名叫步青的男子正在向他的情人诉说着他对都市的感受:"我觉得这个都市的一切都死掉了。塞满街路上的汽车,轨道上的电车,从我的身边,摩着肩,走过前面去的人们……都从我的眼界消灭了。我的眼前有的只是一片大沙漠,像太古一样地沉默。"[②] 荒漠一样的都市,这是刘呐鸥小说中典型的意象。可是,男子真切的诉说只能换来女子的不耐烦,他们只能以跳舞缓解尴尬与忧郁。小说中的第二个场景是女子的家中,女子即将离开步青去找她的另一个情人,两人道别,道别的方式是一场激烈的性爱。小说写出了城市男女荒唐无聊的生活,爱情在他们的眼中变成了一种游戏,居于生活中心的是放纵的欲望和金钱。

在艺术表现上,刘呐鸥极其注重小说艺术形式的创新。整篇小说通过急促的节奏、跳跃的结构,充分展示了现代文明之下的都市本体。尤其是对都

---

① 钱理群、温儒敏、吴福辉:《中国现代文学三十年》(修订本),北京大学出版社,1998,第 285 页。

② 刘呐鸥:《游戏》,《中国现代小说经典文库》编委会编《中国现代小说经典文库·刘呐鸥、章衣萍》,大众文艺出版社,第 1~2 页。

市中人的两性关系的表现，侧重从本能的欲望出发，书写以性的宣泄为实质的爱情，爱情实际上成为一种游戏。同时，小说刻意书写主观感受印象，《游戏》中男主人公对都市的直观感受非常具有冲击力。但是因为作者本人接触上海社会的现实有限，所以批判力度欠缺。

然而，《都市风景线》作为新感觉派最早出版的小说集，展现了 20 世纪 30 年代上海广阔的社会生活场景，将都市生活的现代性和都市人灵魂的骚动体现得惟妙惟肖，为我们认识 30 年代的都市提供了可资借鉴的蓝本。

## 《夜总会里的五个人》

《夜总会里的五个人》是穆时英创作的短篇小说，收入《公墓》集，由现代书局于 1933 年 6 月出版。① 小说通过对大千世界中五个失意人的人生故事的追溯，写他们在都市中面临的生活与精神危机，整篇小说弥漫着绝望与颓废的气息，恰如都市失意人体会到的都市生活。

小说中失意的五个人，代表了不同阶层人物的人生。金子大王胡均益，投资失败，一夜之间倾家荡产。他是一个物质至上主义者，信奉金钱就是一切。因此，当他的钱化为乌有，他在交易所中看着形形色色的人，心中涌起无限绝望。失恋的大学生郑萍，他深爱的女人林妮娜刚刚宣布与他分手。作为一个爱情至上主义者，郑萍看到昔日的恋人躺在别的男子的怀抱，心痛得无以复加。过气的电影明星黄黛茜，五年前，她红极一时，此时她青春不再，成为路人奚落的对象。缪宗旦是一个勤勤恳恳的公务员，每天在喝茶、看报中度过清闲的日子。可是，市长的撤职书打破了他平静的生活，他失业了。莎士比亚的研究者季洁，是一个精神空虚的玄思者，虽然他没有其他四个人的生活困境，但实质上陷入了更大的精神空虚中。这五个人——破产者、失恋者、青春衰退者、失业者、理想幻灭者，在一个晚上，不约而同来到夜总会，他们在光怪陆离、声色光影中放纵自己，在欢快的舞曲之中排解

---

① 钱理群、温儒敏、吴福辉：《中国现代文学三十年》（修订本），北京大学出版社，1998，第 286 页。

着心中的苦闷。清晨，胡均益自杀，其他素不相识的四个人把他送到了墓地。

在穆时英的笔下，都市第一次成为独立的审美对象，同时也提供了一定的文化思考。《夜总会里的五个人》通过类似五个"声部"的回旋、汇聚，讲述都市中压抑的生活状态，人如同商品一样的存在，表达着穆时英对"上海，造在地狱上的天堂"的思索。小说借鉴电影表达的艺术技巧，用快速剪辑的手法，采用"空间并置"的结构，适时地表现出了快速、纷乱、嘈杂的都市生活。同时，穆时英也通过对人物意识与无意识的开掘，写出了都市人压抑、沉闷、苍白的心理状态。穆时英被称为"新感觉派的圣手"，他的作品显示出了完全的现代派品格。

## 《春阳》

《春阳》是施蛰存创作的短篇小说，收入作家 1933 年 11 月出版的短篇小说集《善女人行品》，由上海良友图书印刷公司出版。[①] 小说通过对一个来自上海乡镇的富庶寡居的中年女性婵阿姨在上海游玩一天的所见所闻所感，写出了在春日阳光以及大都市气息的诱发下，婵阿姨萌发的对青春、爱情和婚姻的向往。作家纯熟地运用弗洛伊德心理分析的技巧，将婵阿姨萌动的隐秘的性心理淋漓尽致地表现出来，在女性心理的变迁中隐含着社会的变迁。

同是新感觉派的作家，施蛰存与刘呐鸥、穆时英并不完全相同，他自己也认同这一点，认为"不过是应用了一些 Freudism 的心理小说而已"[②]。他身居上海，但是文学的"后院"却是松江的老家。因此，他的小说创作与传统文化有着千丝万缕的联系，尤其善于书写从乡镇进入都市的文化碰撞。小说《春阳》中的上海快速发展、繁荣，而它周边的乡镇依然保守封闭，作家对这种对比变化的书写都集中于春天的一日之内。

---

① 〔日〕斋藤敏康：《〈善女人行品〉论例》，杨国华译，《中文自学指导》2000 年第 5 期。
② 应国靖编《施蛰存散文选集》，百花文艺出版社，2009，第 121 页。

小说主要塑造了婵阿姨这一人物形象，她与张爱玲《金锁记》中的曹七巧有类似之处。年轻时的婵阿姨，为了婆家丰厚的财产，经过仔细思量之后，抱着牌位出嫁。公婆去世之后，她成了巨额财产的继承者。小说截取了婵阿姨在一个阳光明媚的春日，来到银行取钱，受到银行男职员殷勤招待的一幕。男职员的温柔和春日的气息触动了婵阿姨，她决定不着急回去，想在上海好好逛一逛、吃点东西。她在逛完街道、店铺，吃完饭后，又以查看保险箱为由重新返回银行，实际想再看看带给她无限遐想的男职员，结果被男职员彬彬有礼的一声"太太"打回了原形，仓皇逃出了银行。

小说以高超的心理分析技巧，将婵阿姨的潜意识、性心理和盘托出。婵阿姨吃饭时，看到邻桌的一家三口，她很艳羡；看到一位寻找座位的文雅男性时，她幻想能与他一起手挽手走在街道上。大都会的繁华、开放刺激了婵阿姨，让她暂时放下了伦理道德的束缚，重新找回了自我。在婵阿姨的幻想中，她还是一个妙龄女性，可以自由地追寻爱情与婚姻。然而，一旦回到现实，婵阿姨立刻被打回原形。作家在对婵阿姨人物形象的塑造中，带着同情与悲悯，婵阿姨守着用自己青春甚至整个人生换来的财富谨小慎微地生活，她偶尔的"越轨"之举，也只是潜意识中的放纵。施蛰存在他的《善女人品行》中塑造了大量类似"婵阿姨"的人物形象，这类处于新旧交替时代、在传统伦理道德和自由思想之间生存的女性，即使不满现状，也不敢逾越；偶尔"越轨"，也只能在想象中完成。因此，她们的悲剧人生，更意味深长，也更发人深思。

# 三　课后习题

1. 简述 20 世纪海派小说的流变过程。

2. 施蛰存并不认可自己受到了日本"新感觉派"的影响，对于此说法，你怎样看待？他的创作与同时期的刘呐鸥、穆时英有何不同？

# 第十五章　萧红的小说

## 一　作者介绍

萧红被誉为 20 世纪 "30 年代的文学洛神"。洛神出自三国时期曹植的《洛神赋》，在此篇文章中，曹植塑造了 "翩若惊鸿，婉若游龙。荣曜秋菊，华茂春松" 的洛神形象。萧红被称为 "洛神"，主要是因为萧红在文学创作中显示出的秀外慧中、潇洒明丽的气质。然而，纵观萧红的一生，却充满了颠沛流离、风霜雨雪。萧红 31 岁在香港寂寞早逝，她的一生，本身就是一部小说。

萧红，本名张乃莹，1911 年 6 月 1 日生于黑龙江省呼兰县。1919 年萧红的生母姜玉兰感染霍乱病故，父亲继娶。1921 年到 1925 年，萧红先后进入呼兰县南岗小学和县立第一女子高小学习。1927 年，她进入哈尔滨市东省特别区区立第一女子中学就读。读中学期间，萧红喜欢文学和绘画，在校刊上发表过署名 "悄吟" 的抒情诗。1930 年萧红的祖父去世，这个家中唯一给予萧红爱和温暖的人走了，萧红对家不再留恋。同年，萧红初中毕业，不顾家人反对而出走北平，进入北平大学女子师范学院附属女子中学读高中，这件事在当地引起了轩然大波。1931 年 1 月，萧红寒假期间离开北平返回呼兰，被软禁在家中。2 月底，再次去北平，不久未婚夫汪恩甲追到北平。3 月中旬，两人一起离开北平回哈尔滨。汪恩甲的哥哥汪大澄不满萧红去北平读书，代弟弟解除了与萧红的婚约，萧红状告汪大澄。汪恩甲为了维护哥哥的声誉，违心承认是自己解除婚约。萧红输掉官司，回到呼兰，后随家搬到阿城县福昌号屯，被迫与外界隔绝。1931年10月，萧红从福昌号屯经阿城逃到哈尔滨，开始与汪恩甲的同居生活。半年之后，萧红怀孕，临近产期，汪恩甲不辞而别。萧红写信向哈尔滨《国际协报》副刊编辑求助，由此结识了萧军。1932年8月，松花江决堤，洪水泛滥市区，萧军将萧红救出后，二人共同生活。因为没有固定收入，二人生活极其困窘。

1933年，萧红以"悄吟"为笔名发表小说《弃儿》，开始走上文学征程。10月，萧红与萧军合著的小说散文集《跋涉》自费在哈尔滨出版，受到读者的广泛好评。1934年，因出版《跋涉》，萧红和萧军遭到特务的怀疑和监视，二人逃出哈尔滨，来到青岛，萧红创作了中篇小说《生死场》。他们与远在上海的鲁迅取得联系，得到鲁迅的指导和鼓励。11月，二人来到上海，与鲁迅面对面交流，在鲁迅的引见下，两人认识了许多左翼文学界的朋友。在他们的帮助下，萧红的《生死场》出版，这是萧红的成名作。1936年，二萧感情破裂，萧红只身前往日本。1937年，萧红回国，与萧军一起完成《鲁迅先生纪念集》的资料收集工作。9月，萧红与萧军、舒群、白朗等人组成了"东北作家群"，萧红发表了许多抗日爱国主题的散文。1938年5月，萧红与端木蕻良结婚，1940年二人前往香港，萧红开始创作《呼兰河传》，12月完稿。1941年到1942年，萧红的病情加剧，辗转于各个医院之间，日军占领香港后，萧红于1942年1月22日病逝，年仅31岁。①

萧红如同划过现代文学天空的流星，虽然短暂，但是她的光芒，足以照亮、温暖人心。而她的文学作品，却如同恒星，闪耀在20世纪的中国文坛上。她的小说中那种若轻云蔽月、流风回雪的潇洒灵秀，的确让我们感受到了"洛神"的复生。

---

① 参见〔日〕平石淑子《萧红传》，崔莉、梁艳萍译，中国人民大学出版社，2017。

# 二　作品导读

## 《呼兰河传》

《呼兰河传》是萧红创作的长篇小说，1941 年 5 月由上海杂志公司出版。[①] 小说在现在与过去、成年与童年、现实与梦幻之间捕捉童年与祖父在呼兰河生活的方方面面，在情景交融中完成了对中国古老乡镇生活样态的呈现、对生活方式的反思。

《呼兰河传》的创作背景是包括东北在内的大半个中国已经处于沦陷之际，而萧红本人也历尽情感、人生的磨难，处于颠沛流离的状态。《呼兰河传》的写作，实际上是作家在遥远的他乡对故乡的一次反观，是成年者对童年生活的回眸，因此，作家在强烈的情感中展开了对呼兰河的追忆。这就不难理解，为什么作家会用近乎方志的笔法对呼兰河城的每一条街道、每一个店铺、每一种风俗以及普通人的日常生活方式，进行详细的描摹。在作者的笔下，无论是严冬的酷寒，黄昏火烧云的绚烂，还是野台子戏的喧闹，人们生活的原始粗朴以至于突兀……都散发着强烈的北国气息，一个僻远小城，因此成为一种鲜明的地方形象。[②] 作家不仅展示了遥远的东北作为"化外之地"的风情，同时也清楚地映现着自我与故土之间难以割舍的联系。在"城与人，孩子与老人，生者与逝者"中传递出对生命的体验和认知。

在叙事方式上，《呼兰河传》构筑了两个空间，大的空间是外在的呼兰河城，小的空间是"我"家的后花园。小说在大空间里记述人事时，采用的是全知全能的叙事，这是成年的知识者对故乡的观照，里面自然地隐含着批判，故乡人的生、老、病、死就像街上的大泥坑一样，周而复始。记叙小

---

① 钱理群、温儒敏、吴福辉：《中国现代文学三十年》（修订本），北京大学出版社，1998，第 458 页。

② 唐利群：《现代文学的地方性与中国形象——以对三个文学文本的解读为中心》，《人文丛刊》第 2 辑，学苑出版社，2007。

空间中"我"与祖父的故事时，采用第一人称限制叙事。小空间的叙事从儿童视角展开，呈现出一个自由、鲜活、生动、纯粹的美好世界，这个世界与祖父一起，成为隐藏在作家内心深处至真至暖的回忆，它超越地域的存在，是人对自己初始乐园的记忆。大空间与小空间对比存在，共同指向了老中国的某些特征，封闭保守中不乏温暖，愚昧落后中也有善美。

《呼兰河传》的语言是典型的散文化的语言，清新明丽，小说中无论写景、叙事都兼具抒情性的特征，具有一种纯净之美。茅盾曾经评价《呼兰河传》："一篇叙事诗，一幅多彩的风土画，一串凄婉的歌谣。"[1] 萧红创作了中国诗化小说的精品，对后世影响深远。

### 《小城三月》

《小城三月》是萧红生命最后时期的精致圆熟之作，发表于 1941 年 8 月《时代文学》第 1 卷第 2 期。[2] 这是继《呼兰河传》之后，萧红在生命的夕阳西下时刻，渔歌唱晚，向她所钟爱的故乡、温暖的童年投去的深情的回望，平静的叙述中饱含悲凉。

小说以一个小女孩的视角，讲述一个叫作翠姨的妙龄少女的人生悲剧。小说中的翠姨，是一个对新思想、新生活充满向往的女性，但是她无力冲破封建伦理观念的束缚，无力反抗包办婚姻。在内心深处，她被拥有新思想观念的"我"的"哥哥"吸引，可是她不愿也不敢把这种爱情宣之于口。最后，她只能在自我消耗中形销骨立，在出嫁前死去。小说中翠姨的生命，如同春天一样短暂，而当下一个春天来临时，"年青的姑娘们，她们三两成双，坐着马车，去选择衣料去了，因为就要换春装了。她们热心地弄着剪刀，打着衣样，想装成自己心中想得出的那么好，她们白天黑夜地忙着，不久春装换起来了，只是不见载着翠姨的马车来"。[3] 一个正值妙龄女孩的爱情与生命的毁灭，足以唤起人的深思。小说中有对封建伦理与包办婚姻的鞭

① 茅盾：《〈呼兰河传〉序》，萧红《呼兰河传》，上海寰星书店，1947。
② 李惠娴：《〈小城三月〉中翠姨悲剧意味的解读》，《科教文汇》2008 年 2 月上旬刊。
③ 萧红：《小城三月》，《现代名家经典——小城三月》，新世纪出版社，1998，第 87 页。

挞，也有对自由与爱情的向往，还有对女性自我意识和人的价值的呼唤，同时更隐含着女作家对命运的深刻感悟。

从文体的角度来看，萧红的小说致力于打破小说与非小说之间的屏障，创造出一种介于诗歌、散文与小说之间的文体。《小城三月》以童年视角切入，在具有象征性的环境氛围的营造和日常生活细节的勾勒中表现主题，刻画人物形象。诸如小说中细致地书写翠姨"买绒鞋""买嫁妆""与哥哥相见"等情节，刻画出翠姨爱美、内向、沉静、忧郁的性格特征。在语言上，萧红讲求真意，不事雕琢，在行云流水的文字中，将一个少女凄婉的悲剧和盘托出。三月小城的春光与春天的少女相得益彰，生命之美与生命的毁灭相互对照，小说饱含着萧红对复杂生命情感的体验，是她在生命最后时刻对自己人生、情感的再回首，恍然一梦中有了然于心的沧桑和清醒。

## 三　课后习题

1. 小城春深锁心伤，这是萧红《小城三月》给我们的阅读感受，试述小说中"春"的多重意蕴。

2. 试述《呼兰河传》的叙事特征。

# 第十六章　赵树理的小说

## 一　作者介绍

现代文学的诸多作家中赵树理是较了解农民的一位。他生于农村，长于农村，晋东南地区的农艺劳作、节庆丧葬、礼仪婚俗乃至饮食服饰、敬神信巫、吹拉弹唱无不融入他成长的历程。走上写作之路后，他坚称自己是为农民而写作，他确实做到了。他是"五四"新文学中在大众化的道路上走得非常远的一位，栩栩如生的农民形象、地道的农民故事、满篇晋东南的方言俗语，都让他的小说成为农村中极受欢迎的通俗读物。因为有了他，现代文学史才在学者型、哲理型、闺秀型的作家之外，有了"农民作家"，因此，他极其特殊而不可替代。

1906 年 9 月 24 日，赵树理出生在山西省沁水县尉迟村的一个贫苦农民家庭。1923 年他完小毕业后去小学教书，很快就被解聘。他的父亲一气之下向地主借贷，供他外出读书。1925 年，他考入山西省立第四师范学校，1927 年 4 月，赵树理加入了中国共产党。1929 年，沁水县招考小学教师，他名列榜首，被分配到薪水比较高的城关第一小学教书，引起同行的忌妒。有人告密，说他是共产党，因此他被国民党县党部逮捕，先是进了省陆军监狱，后因无证据被送到"自新院"。1930 年从"自新院"出来之后，长期漂泊，一度靠卖文为生。1935 年，他发表了长篇小说《盘龙峪》的第一章。1936 年，他在长治上党公立简易乡村师范学校执教，一年之后，学校停办，他前往阳城县牺盟会工作。1938 年，他调到长治牺盟中心区。1939 年，他任《黄河日报》（路东版）副刊《山地》的编辑。40 年代初，他接连任各类报刊的编辑。1943 年，成名作《小二黑结婚》出版后，引起轰动。整个 40 年代，赵树理的创作热情被激发，他接连创作了《李有才板话》《孟祥英翻身》《李家庄的变迁》《邪不压正》《传家宝》《田寡妇看瓜》等作品，受到国统区、解放区多位专家、学者的赞扬。

1949 年 7 月，他参加第一次文代会并被选为常务委员。中华人民共和国成立后，赵树理任文化部戏剧改进局曲艺处处长、北京市文联副主席等职。1952 年 3 月开始创作反映农村合作化运动的长篇小说《三里湾》，1954 年完稿。1958 年发表了引起争议的短篇小说《锻炼锻炼》，12 月，他到山西阳城县挂职，任书记处书记。60 年代，他相继创作了《套不住的手》《实干家潘永福》等作品。"文化大革命"开始后受到批斗，于 1970 年含冤去世。①

中国现代文学史上，鲁迅开创了乡土题材的创作领域，稍后的乡土小说作家以及 30 年代的左翼小说家、东北作家群的诸位作家，也都出色地描写过农民。然而，他们大都从人道主义或阶级的角度去书写农民，农民成为他们或批判或同情怜悯的对象。赵树理却是真正了解农民，他与他们对话，对他来说，他们不仅是文学表现的对象，也是活生生的劳动者群体。在与农民近距离的沟通中，赵树理在精神上与农民真正契合，因此，他能够发现农民在历史巨变时期身上因袭的重负逐渐减轻、精神枷锁被打破的过程中焕发的新面貌。同时，他的评书体现代小说形式的构建，为他赢得了大量的农民读者，使他的作品真正为大众所喜闻乐见。因此，赵树理是现代文学史上一位贡献独特的作家。

---

① 参见山西省史志研究院编《赵树理传》，当代中国出版社，2006。

# 二　作品导读

## 《小二黑结婚》

《小二黑结婚》是赵树理创作的中篇小说，1943 年 9 月由华北新华书店出版。[①] 这是赵树理最具魅力的作品，小说出版后，在半年之内曾发行 4 万册，可见其受欢迎的程度。小说以评书体的形式，讲述了抗战时期解放区一对青年男女追求婚姻自由，反抗封建传统，冲破了守旧家长的阻挠，最终喜结连理的故事。小说故事性极强，以小二黑和小芹的爱情故事为主线，串联起小芹的母亲"三仙姑"、小二黑的父亲"二诸葛"以及恶霸金旺兄弟的故事，在一波三折中塑造人物形象，表现主题。以《小二黑结婚》为代表，赵树理写出了真正为农民所喜闻乐见的小说，在新文学大众化的征途上，赵树理无疑是走得非常远的一位。

《小二黑结婚》的主要故事情节如下。1942 年，山西某抗日根据地的一个名叫刘家峻的山村里，聪明能干的民兵队长小二黑与同村美丽伶俐的姑娘小芹相爱了，但是他们的爱情遭到小二黑的父亲"二诸葛"和小芹的母亲"三仙姑"的反对。"二诸葛"喜欢抬手动脚论八卦，他认为两人命相不对。所以，他给小二黑订了一个八九岁的小姑娘当童养媳。"三仙姑"贪恋钱财，准备把小芹嫁给一个死了老婆的退职军官。他们的决定遭到了小二黑和小芹的强烈反对。村里的恶霸金旺兄弟伪装成革命的积极分子，当上了村干部，金旺垂涎小芹的美貌，遭到拒绝后怀恨在心。当他们得知小二黑与小芹准备去区上登记结婚时赶紧阻拦，小二黑和小芹并不畏惧，一行人来到区上，金旺兄弟被抓，小二黑和小芹顺利结婚。

小说成功地塑造了小二黑和小芹等农村新人的形象，在新的时代和新的

---

[①] 钱理群、温儒敏、吴福辉：《中国现代文学三十年》（修订本），北京大学出版社，1998，第 419 页。

社会环境中，他们拥有了法律观念和平等意识，因此，他们在封建保守的家长和强权面前可以毫无惧色地争取自己的权利，这些农村新人形象的塑造，充分地展示出"解放区的天，是明朗的天"的主题内涵，反映着时代的巨变。而赵树理笔下最成功的人物形象，是那些因袭着传统重负的老一代农民，《小二黑结婚》中的"三仙姑""二诸葛"就是这类人物的代表。小说中的"三仙姑"，本身是一个旧式包办婚姻的受害者，对丈夫和婚姻的不满，让她走上了"神婆"之路。然而，当她的女儿小芹追求自由恋爱时，她又怀着对女儿的嫉妒、艳羡等复杂的心理，阻挠小二黑与小芹交往。"二诸葛"是一个被封建迷信观念扭曲了的人物，他认为人不能掌握自己的命运，只能把希望寄托在占卜算卦上，结果成了别人的笑柄。赵树理通过对这些背负着封建主义沉重包袱的旧式农民形象的塑造，表达着他对中国农村社会的精准认识，农民要获得真正的精神上的自主与独立，的确还需要一个漫长的过程。

与主题表达和人物形象塑造相应的艺术创新，表现在赵树理小说的结构与语言上。赵树理注重小说情节的连贯与结构的完整。《小二黑结婚》的开头，先介绍刘家峧的两位"神仙"，引出"三仙姑"和"二诸葛"的故事，紧接着主次要人物相继登场。借鉴传统说书艺术的"扣子"手法，在环环相扣中叙事，小说脉络明晰、完整。语言上，赵树理在小说中适时地加入晋东南的方言，形成了明快又风趣的风格。

### 《李有才板话》

《李有才板话》（原题为《阎家山的故事》）是赵树理创作的中篇小说，1943 年 10 月连载于《群众》第 7 卷第 13～14 期、第 12 卷第 11～12 期、第 13 卷第 1～3 期，后由华北新华书店编入"晋冀鲁豫边区文艺创作小丛书"，于同年 12 月出版。[①] 小说以抗日战争时期村政改选和减租减息为背

---

① 钱理群、温儒敏、吴福辉：《中国现代文学三十年》（修订本），北京大学出版社，1998，第 419 页。

景，描写了农民与地主之间尖锐而复杂的斗争，真实地反映了农村各个阶层在历史转折中的心理变动。小说人物塑造血肉丰满，全篇穿插的快板又让小说洋溢着浓厚的生活气息。

小说的开篇延续了赵树理一贯注重小说情节的写作特点，起笔先写核心人物李有才，这是一个活泼风趣又充满正义感的人物形象，对于阎家山存在的不合理不公平的现象，他常常以快板的形式表现出来，赢得了许多青年人的喜爱，在他家中，也时时聚集着年轻人。小说随着李有才的快板，将阎家山形形色色的人物推向前台，跛扈的村长阎恒元、一肚子坏水的阎家祥、跟屁虫张得贵，农村的种种恶势力之间存在着盘根错节的关系，想要进行改革的确比较棘手。接着写村长改选和减租减息，又是恶人得逞。小说的高潮之处是县农会主席老杨同志来到阎家山，他了解情况后，召开了农救会的成立大会，改选了领导，这场普通农民对抗恶势力的斗争终于取得了胜利。

小说成功地塑造了一批人物形象。幽默风趣的李有才，对现实的清醒认知，对前景的乐观，使他成为区别于"老中国儿女"的另外一类农民。除了李有才，最突出的人物就是老秦。他跟"二诸葛"类似，长期受到封建思想的束缚，胆小怕事，小说通过他对老杨前后态度的转变刻画其人物性格。赵树理没有简单化地处理这些人物，写他们落后与保守的同时，也写出了他们的善良与朴实。

小说的艺术表现力极强，最典型的特征就是全篇穿插快板。而且，赵树理在将快板写进小说中时，不是生搬硬套，而是对其进行了创造性的转化，使民间戏曲艺术与小说融为一体。这种转化，除了快板的内容与小说讲述的阎家山的故事合拍外，更主要地体现在语言上。小说中的快板语言，具有形象化、口语化的特点，通俗易懂、朗朗上口。农救会主席老杨就是通过小孩子口中的快板，意识到阎家山的问题，从而开始改革。由此可见快板影响之深、魅力之大！

# 三　课后习题

1. 赵树理自述："我的作品，我自己常常叫它是'问题小说'。为什么叫这个名字，就是因为我写的小说，都是我下乡工作时在工作中所碰到的问题，感到那个问题不解决会妨碍我们工作的进展，应该把它提出来。"结合《小二黑结婚》和《李有才板话》中的"问题"，谈谈你对赵树理小说创作的总体认识。

# 第十七章　张爱玲的小说

## 一　作者介绍

她说，出名要趁早，她做到了。作为现代文学史上著名的才女，她出手不凡，20 岁出头在《紫罗兰》创刊号上发表《沉香屑·第一炉香》，引起文坛关注。她凭借《金锁记》成为 20 世纪 40 年代上海红极一时的作家。年少成名，她并没有沉醉，而是佳作不断。她笔下灰色的人生与爱情，都有着苍凉的底色，她对脆弱暗淡人性的勘破，真实得可怕。她的作品，看似不像出自年轻女性之手。但是，如果你了解张爱玲的人生经历，或许就能理解她的深刻。

1920 年 9 月 30 日，张爱玲出生在上海公共租界西区一幢贵族府邸。她的家世非常显赫，祖父张佩纶是清末名臣，祖母李菊藕是朝廷重臣李鸿章的长女。父亲是典型的遗少，而母亲则是新式女性。1924 年，张爱玲开始私塾教育后，母亲与姑姑离开上海前往欧洲游学，张爱玲由姨奶奶看管。8 岁时，张爱玲开始读《红楼梦》，她的文学根基由此打下。1928 年，父亲带着张爱玲姐弟由天津回到上海，张爱玲开始学习绘画、英文和钢琴，并广泛涉猎古典文学。1930 年，她进入美国教会办的黄氏小学插班读六年级，后父母协议离婚，张爱玲随父亲生活。1931 年，她进入上海圣玛利亚女校就读，读书期间，她开始在校刊《凤藻》上发表小说、散文。1937 年从上海圣玛利亚女校毕业后，于 1938 年底参加英国伦敦大学远东地区入学考试。1939 年被伦敦大学录取。因为战事日渐紧迫，无法入学，后改入香港大学文学系，不久在《西风》月刊上发表她的处女作《天才梦》。太平洋战争爆发后，香港大学被迫停学，张爱玲由香港回到上海。之后，张爱玲进入创作的高潮期，出版了她一生最重要的小说集《传奇》和散文集《流言》。1951年，她发表了长篇小说《十八春》。1952年，她前往香港，三年后去了美国，此后的人生岁月都在异国度过。晚年时，她陆续出版了一些散文集和小说。1995年9月8日，在洛杉矶西木区家中寓所去世，去世一周后才被发现，享年75岁。①

特殊的家庭背景，幼时奠定的坚实的文学基础，青年时期外出求学的经历，这一切似乎都成为张爱玲年少成名的原因。然而，如果再深入了解一下，会发现成就她的恰恰也是她所欠缺的，家世显赫却自小缺少母爱，外出求学却历经战火，饱受颠沛流离之苦。她的小说之所以能够在传统与现代之间洞悉人生与人性，在通俗与先锋的艺术探索中游刃有余，与她的天分、努力、经历都有不可分割的关系。

## 二　作品导读

### 《沉香屑·第一炉香》

《沉香屑·第一炉香》是张爱玲创作的中篇小说，最初发表于杂志《紫罗兰》创刊号，收入1944年8月上海杂志社出版的《传奇》。② 小说表现了张爱玲对人生悲剧的认知："生命是一袭华美的袍，爬满了虱子。"③ 在绚丽的文辞中，张爱玲讲述了一个名叫葛薇龙的女中学生如何沦为交际花的故事。在亲情、爱情的外衣之下，是无尽的算计和无望的生活。

小说中的葛薇龙，八一三事变后为了避难，和家人一起来到香港。物价飞涨让一家人的生活难以为继，所以父亲母亲重回上海。葛薇龙为了继续学

---

①　参见姜燕《中国现当代女性作家作品研究》，吉林人民出版社，2016，第115~122页。

②　丁帆主编《中国新文学史》，高等教育出版社，2013，第225页。

③　张爱玲：《天才梦》，《张爱玲散文全编》，浙江文艺出版社，1992，第3页。

业，投靠了拥有巨额财产的姑母梁太太。梁太太看中葛薇龙的年轻貌美，让其成为她引诱男性的诱饵。在一次宴席中，葛薇龙认识了花花公子乔琪乔，被他吸引，嫁给了乔琪乔。可是，她也清楚地意识到自己只是姑妈的诱饵和丈夫的敛财工具。但是，香港上流社会奢靡繁华、纸醉金迷的生活让葛薇龙沉浸其间，欲离而不能。

张爱玲笔下的人物，大多是沪、港两地的普通男女，这些人构成了现代都市的主体。小说中的葛薇龙、乔琪乔、梁太太，都是"不彻底"的人物。他们居于都市，表面上是亲人、爱人的关系，其实每个人内心深处都在精打细算，亲情、爱情都是算计的工具。小说中的葛薇龙，似乎最值得同情，从单纯的女学生沦为交际花，可是，她的姑母并没有逼迫她，而且，如果足够自立自强，她完全可以脱离姑母的控制。但是，她贪恋姑母提供的奢靡、舒适的生活，愿意周旋于衣香鬓影、觥筹交错的舞会，姑母利用她的同时，她又何尝没有利用姑母。张爱玲将一片片结痂的伤口，剥出淋漓的鲜血，让读者触视完美的痛罪。她理智而清醒地把葛薇龙推向人性的决裂口，然后步入深渊，葛薇龙的故事似乎是每个时代人性中的噩梦。

张爱玲虽从小接受现代教育，但从幼年起便阅读《红楼梦》，受到古典小说的影响甚深。《沉香屑·第一炉香》作为张爱玲第一篇影响较为广泛的小说，鲜明地体现出现代与古典交融的特点。小说中人物、故事情节的发展，尤其是场景的描绘，都可以使人清晰地看到古典小说的面影。小说通篇丰富的意象构成的象征，又有着西方现代派小说的痕迹。

## 《金锁记》

《金锁记》是张爱玲创作的中篇小说，发表于 1944 年杂志《天地》上，后收入小说集《传奇》中。① 小说讲述一个贫民女子曹七巧嫁入上流社会人家后，在物欲与情欲中人性逐渐扭曲、变异。她用套着自己的黄金枷锁劈

---

① 赵传仁、鲍延毅、葛增福主编《中国书名释义大辞典》，山东友谊出版社，2007，第666页。

杀、攻击自己的亲人。张爱玲以女性作家特有的洞察力，写一个女性在正常的人性欲求无法得到满足之后，缓慢地毁灭的过程，画下了女性悲剧的精神、心理轨迹。取材虽然拘于家庭之中，但是心理开掘的深度堪称独到。小说发表之后，傅雷称赞："《金锁记》是张女士截至目前为止最完满之作，颇有《狂人日记》中某些故事的风味。至少也该列为我们文坛最美的收获之一。"[1]夏志清也认为《金锁记》是"中国自古以来最伟大的中篇小说"[2]。

　　小说成功地刻画了曹七巧的人物形象，这实际上是另一类被侮辱被损害的女性。如果说曹七巧的初次选择是出于虚荣与爱财，贫民出身的她嫁给了患软骨症的姜家二少爷，成为姜家公馆的二少奶奶。那么，此后她的选择，确实是身不由己的。大家庭的倾轧，下人的白眼，瘫痪在床的丈夫，时不时来"打秋风"的娘家人，一步一步把曹七巧逼上了绝路。分家自立门户之后，曹七巧的生活本应重新开始，结果小叔子姜季泽的算计，让曹七巧最绚丽的人生美梦破灭，她彻头彻尾地变成了一个疯子！她不动声色地向女儿的求婚者暗示女儿抽鸦片烟，这大概是中国母亲人格碎裂中最惨烈的画面。小说的结尾，骨瘦嶙峋、病入膏肓的曹七巧回顾自己的一生，落下了清泪。与张爱玲大多数小说中"不彻底"的人物形象相比，曹七巧是一个"彻底"的人物，她倔强的个性与极具破坏力的性格，让人在恐惧的同时也留下难以忘怀的印象，曹七巧无疑是中国现代小说人物画廊中个性鲜明的一位。

　　在艺术表现上，《金锁记》无论情节的安排还是人物的设置，都有《红楼梦》的影子。整部小说在情节的波澜起伏中叙事，首尾照应。人物多放置在古色古香的环境中来塑造，充分表现即使已经处于新时代，人的观念、习惯也仍然处于传统之中。《金锁记》另一个典型的特征是张爱玲在其中充分发挥了自己绘画的才能。小说用色彩构成象征意蕴极强的氛围、场景，以此暗示人物心理、命运。如小说中写长安第一次相亲时，穿了粉色与苹果绿的旗袍，充满生命力的颜色暗示出长安欣喜、期待的微妙心理。她听到母亲

① 傅雷：《论张爱玲的小说》，《万象》1944 年 5 月第 3 卷第 11 期。
② 夏志清：《中国现代小说史》，刘绍铭等译，香港中文大学出版社，2001，第 343 页。

对未婚夫说她有大烟瘾时，小说写她黑色绣着黄色雏菊的鞋，白色的丝袜，暗淡的、死亡的色彩恰如长安绝望的心情。

## 三　课后习题

1. 张爱玲坦言要"在传奇里寻找普通人，在普通人中寻找传奇"，阅读《传奇》，谈谈对这句话的认识。

2. 张爱玲小说中有极其丰富的色彩，请结合具体文本，说说张爱玲小说中色彩运用的妙处。

# 第十八章　钱锺书的小说

## 一　作者介绍

　　他是中国现代文学史上著名的学者型作家，出身于教育世家，自幼在父辈的教导下奠定了良好的国学基础。青年时期又进入名校，结识相伴一生的伴侣。留学欧洲，成为学贯中西的学者。因此，他的文学创作，篇目不多却能出手不凡，一部《围城》就足以青史留名。这样的人生，只可羡慕，不可模仿。

　　1910 年 11 月 21 日，钱锺书出生于江苏无锡的一个教育世家，他的父亲是著名的国学家钱基博。钱锺书一出生，就由祖父做主过继给了他的大伯父钱基成，伯父和父亲给予幼年的钱锺书良好的教育，他自幼打下了深厚的国学基础。1920 年，钱锺书入无锡东林小学就读，读书期间，开始接触林纾翻译的西洋小说。1923 年到 1927 年，钱锺书先后在苏州桃坞中学和无锡辅仁中学就读。在中学，他逐渐展露写作才华，在写作、国文竞赛中频频获奖。1929 年，钱锺书考入清华大学外文系，因为国文与外文成绩优异，不久就名震清华。1932 年春，钱锺书遇到了才女杨绛，二人相识于清华园，结下了相伴终生的情谊。一年后，钱锺书从清华毕业，前往上海光华大学（今华东师范大学）任教。1935 年，他获得了第三届英国庚子赔款公费留学的资格，7 月与杨绛结婚，同年 8 月二人赴英国牛津大学艾克赛特学院英文系留学。1937 年毕业后，随妻子杨绛赴法国巴黎大学从事研究。1938 年与杨绛回国，被清华大学破例聘为外文系教授。因清华大学已迁至昆明，故钱锺书 10 月抵香港时，从香港直达昆明。1939 年，他转赴国立蓝田师范学院任英文系主任，开始《谈艺录》的创作。自此后两年均在湘西，完成《谈艺录》最初部分以及《围城》的构思、布局。1941 年，他与妻子由广西乘船到上海，因珍珠港事件爆发，被困上海，任教于震旦女子文理学院，其间完成了《谈艺录》《写在人生边上》的写作。抗战结束后，钱锺书任上海暨南大学外文系教授兼南京中央图书馆英文馆刊的主编。其后的三年中，他创作出版了中篇小说集《人·兽·鬼》、长篇小说《围城》、诗文评《谈艺录》，在学术界引起巨大反响。

新中国成立之后，钱锺书受吴晗之邀在清华大学任教。1952 年开始，在中国科学院哲学社会科学学部文学研究所外国文学研究组任研究员。1953 年，借调到古典文学研究组工作，同年加入中国作家协会。1955 年，钱锺书着手编撰《宋诗选注》。1958 年，《宋诗选注》由人民文学出版社出版。"文化大革命"开始后，他和妻子先后被下放到河南罗山的五七干校劳动。1972 年，获准回京，钱锺书开始写作《管锥编》，两年后再次参加《毛泽东诗词》英译工作。晚年时期的钱锺书，潜心治学，出版了《管锥编》《谈艺录》增订本以及《也是集》。1982 年，出任中国社会科学院副院长一职。1998 年，钱锺书因病在北京逝世。①

钱锺书的文学创作中，最有名的是他的讽喻小说。在 40 年代的文坛，他的讽喻小说无论在主题还是体式上，都与世界文学同步。以《围城》为代表，他的小说不仅讽喻中国社会现实，更具有穿透现实，指向人类共同生存、精神困境的哲理意义。因此，《围城》能够历久弥新，在文学史的长河中散发璀璨光芒。

---

① 参见张文江《钱锺书传——营造巴比塔的智者》，复旦大学出版社，2011，第 162～169 页。

# 二　作品导读

## 《围城》

《围城》是钱锺书所著的长篇小说，是中国现代文学史上一部风格独特的讽刺小说，被誉为"新儒林外史"，1947 年由上海晨光出版公司出版。[①] 小说以方鸿渐的人生经历为主线，通过他在上海—内地—上海之间辗转流离的过程，不仅对 20 世纪三四十年代国统区的国政时弊和中国农村的落后闭塞进行了展示，对教育界、知识界的腐败现象予以讥讽，同时也揭示了人的生存与精神困境。主人公在事业、爱情、家庭的围城中屡屡突围、碰壁，每一次的努力都陷入另一种围城。小说揭示现代人的生存、精神困境和现代文明的危机，整部作品弥漫着浓厚的孤独感与荒谬感。

小说共分为九章，大致可以划分为四个部分。

第一个部分是小说的第一章到第四章。方鸿渐在回国的游轮上结识了鲍小姐与苏文纨。他受到身材丰满、长相艳丽的鲍小姐的蛊惑，与她有了一段露水情缘。回到上海之后，他与对他倾心的苏文纨谈起了半真半假的恋爱。他们在宴饮会客、谈诗论文以及各种应酬交际中度日，知识分子的空虚、无聊和庸俗的生活逐步显现。因为苏文纨的嫉恨与破坏，方鸿渐与他中意的唐晓芙恋爱失败。在心灰意冷之中，他准备离开上海这座围城，前往三闾大学。

第五章可独立作为第二个部分，起着承上启下的作用。小说主要写方鸿渐和赵辛楣由假想的情敌变为真正的挚友，共同前往三闾大学谋事。一路上与他们同行的还有三闾大学未来的训导长李梅亭、副教授顾尔谦和青年助教孙柔嘉。他们和方、赵结伴由沪启程南下，组成了一个临时的"旅行团"。

---

① 钱理群、温儒敏、吴福辉：《中国现代文学三十年》（修订本），北京大学出版社，1998，第 459 页。

这个"旅行团"就是一个小型的社会，人物之间的矛盾困扰和嬉戏调侃，旅途中的所见所闻诸如牛奶咖啡和跳蚤，学者铁箱里的卡片与西药，客栈与妓女构成了一个个令人啼笑皆非的讽刺片段。

第三个部分是第六、七章，主要书写三闾大学里的明争暗斗。上自校长、训导长、各系主任，下至职员、学生甚至还有家属，都卷入了一场令人头晕目眩的人事纠纷。职场上的排挤，情场上的竞争，堂而皇之的例行公事，见不得人的造谣诽谤、阴谋诡计……一时间，三闾大学成了逐鹿的舞台。小说关于三闾大学这部分的叙述，道出了当时中国知识社会某种官场化的内幕。

第八、九章为第四个部分。方鸿渐一步步陷入孙柔嘉的陷阱之中，在返回上海途中结了婚。二人的结合，怎么看都像是一种权宜之计。定居上海以后，二人的婚姻之中介入了来自两个家族的纷争，于是婆媳、翁婿、妯娌、亲朋乃至主仆之间矛盾频发，这让本来就没有建立在爱情基础上的婚姻岌岌可危。最后，方鸿渐冲出了刚刚组建的家庭"围城"，又准备冲向另一个"围城"。小说在老式自鸣钟的"当、当……"声中结束，方鸿渐的结局，不得而知。但是《围城》绝妙之处不在于提供社会和人生的出路，而在"深于一切语言，一切啼笑"①的生活本身的叙述。

小说以方鸿渐为主，对抗战背景下的知识分子群体进行了浓墨重彩的描绘。钱锺书突破种种关系的藩篱，写出了三四十年代的知识分子在传统文明和西方现代文明夹击之下精神的病态。小说中懦弱无能的方鸿渐、庸俗贪财的李梅亭、鲁莽率真的赵辛楣、心计深沉的孙柔嘉、自命清高的苏文纨，每一个人都代表了一类知识分子，合在一起塑造出了当时中国知识分子的群像。

绝妙的讽刺，新奇、犀利的比喻和警句以及富有知识容量的书面语言，构成了《围城》典型的艺术特色。《围城》是典型的"学者小说"，常常在旁征博引中完成叙事写景抒情。夏志清评价《围城》，认为它是"中国近代

---

① 钱锺书：《围城》，人民文学出版社，1991，第338页。

文学中最有趣、最用心经营的小说，可能是最伟大的一部"①。无论评价是否得当，《围城》的确长久地受到评论家的关注和读者的喜爱。

## 三　课后习题

1.《围城》中的象征源自书中人物对话中引用的外国谚语，"结婚仿佛金漆的鸟笼，笼子外面的鸟想住进去，笼内的鸟想飞出来；所以结而离，离而结，没有了局"，又说像"被围困的城堡，城外的人想冲进去，城里的人想逃出来"。但是，"围城"寓意肯定不仅止于婚姻，它指向了人生的不同层面。结合文本，谈谈你对"围城"的理解。

---

① 夏志清：《中国现代小说史》，刘绍铭等译，香港中文大学出版社，2001，第380页。

下编　中国当代小说

# 第一章　柳青的小说

## 一　作者介绍

他人生的引路人是他的大哥——1926 年加入中国共产党的北大学生刘韶华。在大哥的指引下，12 岁的他手捧《共产党宣言》认真研读。解放区延安艰苦的生活磨砺了他，与劳动人民的广泛接触又时时触动着他，为他提供了创作的素材。新中国的成立，让他欣喜、感恩，为了更好地为人民服务，创作出更好的作品，他从北京来到陕北。他的心血与辛劳没有白费，他以农业合作化为题材写作的长篇小说《创业史》（第一部），成为中国当代文学史上重要的优秀长篇小说。他凭借自己的人格魅力与作品魅力，成为影响当代陕西作家的重要人物，他就是柳青。

柳青，原名刘蕴华，陕西省吴堡县人，1916 年 7 月 2 日出生。9 岁开始，他在寺沟小学、佳县螅镇高小读书。1930 年，在大哥的资助下，考入省立绥德师范学校。在此，他阅读了不少进步书籍，并积极参加学校的革命活动，后来白色恐怖来袭，他被迫回家种地。1931 年，柳青考入榆林省立第六中学，开始广泛阅读并钻研文学作品，在思想深处，奠定了走文学创作的道路。1934 年夏，柳青考入西安高中，开始文学创作，他写的散文、诗歌，翻译的外国短篇小说不断在报刊上发表。1935 年，"一二·九"学生运动燃及西安，他积极参与游行示威，宣传抗日，呼吁"停止内战"。1936 年，震惊中外的西安事变发生，学生运动再度高涨，柳青积极参加。12 月底，他加入中国共产党。1937 年柳青高中毕业,任《西北文化日报》文艺副刊编辑,负责西安青年文协党团工作。1938年至1939年,柳青在陕甘宁边区文协工作,在此期间,他翻译西班牙小说《此路不通》并赴晋西北前线采访,先后发表了不少通讯报道。

40年代,柳青陆续发表了以《误会》为代表的10多篇小说,生动地塑造了抗日军民的英雄形象。这些作品后来结集出版,收在他的第一部短篇小说集《地雷》中。延安整风运动之后,他开始搜集素材,准备长篇小说《种谷记》的创作。1947年,《种谷记》出版。1948年10月他回到陕北,深入米脂县,以著名的"沙家店战役"中一个粮店支前为题材,用8个多月的时间,广泛收集了长篇小说《铜墙铁壁》的创作素材。1949年,柳青在秦皇岛完成了《铜墙铁壁》的创作,1951年由人民文学出版社出版。1952年,柳青举家由北京迁到陕西,成为长安县委副书记。1953年起,柳青着手创作《创业史》,1960年,《创业史》(第一部)出版。1961年起,他开始了《创业史》(第二部)的创作。"文化大革命"开始后,柳青被打成"反动权威""黑作家",失去了自由,身体也每况愈下。1972年,受到周总理的关怀,柳青重振精神,着手修改《铜墙铁壁》和《创业史》。1978年,柳青来到北京治病,想要争取时间修改完《创业史》的第二部,终因病于5月13日逝世,终年62岁。①

柳青的一生,少年时代受到《共产党宣言》的感召,青年时期加入中国共产党,积极参加革命活动,从事革命文学创作。晚年时期,疾病缠身,依然坚持创作。他的精神和他的作品,持续影响了一代又一代的陕西作家。

## 二 作品导读

### 《创业史》

《创业史》(第一部)是柳青创作的长篇小说,1959年4月起在《延

---

① 参见朱兵《柳青传略》,《新文学史料》1993年第3期。

河》第 4~11 期上连载，1960 年由中国青年出版社出版。柳青曾经明确表达这部小说的写作意图："这部小说要向读者回答的是：中国农村为什么会发生社会主义革命和这次革命是怎样进行的。回答要通过一个村庄的各个阶级人物在合作化运动中的行为、思想和心理的变化过程表现出来。这个主题思想和这个题材范围的统一，构成了这部小说的具体内容。"[①] 柳青用一本史诗巨著来表现对现实政策的理解，采用的是俯瞰式的叙述视角，宏大开阔的视野，鲜明的政论色彩，厚重的语言，传达出鲜明的时代意识和深沉的历史感。

小说主要描写了陕北一个普通的村庄蛤蟆滩在 1949 年至 1952 年成立农村互助组的故事，讲述了互助组建立、巩固和发展的过程。小说中塑造的主要人物形象是梁生宝，他是互助组的组长。以他为核心，互助组展开了与以郭世富、姚世杰、郭振山为代表的单干一方的斗争，展现了农村的阶级关系和社会矛盾。小说没有曲折离奇的情节，也没有惊心动魄的场面，只是在平凡的日常生活中，揭示不同阶层的各种人物在农村社会变革之际的思想变化与心路历程。小说反映了社会主义革命在广阔的中国农村发生和发展的历史，揭示了只有社会主义才是中国农民的唯一出路的重大主题，从而表达了作者对生活的思考和对农民命运的关切。

小说塑造出了性格各异的人物群像。梁生宝是小说着力塑造的社会主义新农民，小说通过梁生宝买稻种、组织互助组进终南山割竹子等典型事件刻画出他憨厚朴实、吃苦耐劳的传统品质，和共产党员的大公无私、清正廉明的操守。但是，由于作家过于注重其"光辉"一面的叙述，出现了概念化、理想化的问题。事实上，小说中最成功的人物形象当属梁三老汉，这是一个出身于旧社会的典型的农民，奋斗数十年，始终无一寸立足之地。新中国成立之后，他分到了土地，看到了生活的希望。可是，儿子坚持走合作化的道路，他虽然不愿意，但是也只能支持儿子，小说比较真实地反映了梁三老汉从热衷自己单干发家到自觉关心集体的思想转变过程，因此成为"十七年"

---

① 柳青：《提出几个问题来讨论》，《延河》1963 年第 8 期。

小说中典型的人物形象之一。除此之外，对一些反面、次要的人物，如"三大能人"的刻画也相当精彩。

在艺术表现手法上，柳青坚持以现实主义的创作方法表现农村社会生活，注重典型环境中的典型人物形象塑造。小说结构严谨，往往能够打破时空界限，通过历史回忆或者对事件进程的概括来增强小说的内容含量。在语言上，小说使用洗练流畅兼具陕北乡土气息的语言，增添了小说的感染力。

## 三　课后习题

1. 谈谈你对《创业史》（第一部）中"三大能人"姚世杰、郭世富、郭振山人物形象塑造的看法，你认为在对他们形象塑造的过程中，柳青主要运用了哪些艺术技巧？

# 第二章　周立波的小说

## 一　作者介绍

　　作为参加革命工作之后走上创作道路的作家，周立波能够在农村现实生活和农民群众的血肉联系中发现创作的素材，书写中国农村社会的变革。我们阅读他的作品，能够深深地感受积贫积弱的中国，如何在经历了暴风骤雨之后换来山乡巨变，他无疑是历史的见证者与记录者。

　　周立波，1908 年 8 月 9 日出生于湖南省益阳县资江畔邓石桥镇清溪村的一个中农家庭。1921 年秋，他进入县立第一高级小学读书，三年之后，进入湖南省立第一中学就读。1927 年"马日事变"之后，学校被迫停课，周立波辍学离开长沙，返回益阳，后在县立第一高小和第二高小任算术教员，因为公开抵制反革命分子曹明阵，差点招致杀身之祸。1928 年，为了躲避国民党反动派的迫害，周立波前往上海，考入江湾劳动大学经济系。1930 年，因为参加革命活动，他被学校开除后回到家乡，两个月之后，又回到上海，开始翻译小说。九一八事变之后，他在神州国光社当校对员。1932 年，神州国光社爆发了工人自发的罢工运动，周立波在张贴罢工宣言时被抓，关押在上海提篮桥监狱，直到 1934年 7 月才被释放。9 月，他加入中国左翼作家联盟，1935 年 1 月，他加入中国共产党，并开始负责"左联"相关刊物的编辑工作。1937 年八一三事变后，参加了郭沫若等发起的"文艺界战时服务团"。9 月，遵照上海地下党组织安排，与第二批文艺工作者一起撤出上海。1938 年到 1939 年，他在朱德、周恩来等人的领导下，以编辑、记者的身份从事革命工作。

1940 年 1 月，周立波参加了陕甘宁边区文化界救亡协会第一次代表大会，当选为执行委员，后又补选为中华全国文艺界抗敌协会延安分会理事。1941 年 5 月 15 日，他出席了延安"鲁迅研究会"的成立大会。同年，与何其芳、严文井、陈荒煤等组织成立了文学社团——"草叶社"，创作了第一篇短篇小说《牛》，后陆续创作了《麻雀》《第一夜》《阿金的病》《夏天的晚上》《纪念》等短篇小说。1942 年 5 月，参加了延安文艺座谈会。1944 年到 1945 年，先后在《解放日报》《七七日报》《中原日报》等报社工作。1946 年，在工作之余，开始创作散文集《南下记》。1947 年，奉中共松江省委调令，到省委宣传部工作，主办《松江农民报》，并着手创作第一部长篇小说《暴风骤雨》。《暴风骤雨》上卷最初在《东北日报》上连载，后由东北书店于 1948 年 4 月出版。1949 年 5 月，《暴风骤雨》下卷由东北书店出版。1951 年，在中央文学研究所工作期间，开始第二部长篇小说《铁水奔流》的创作。1952 年 6 月，《暴风骤雨》获苏联斯大林文艺奖。1956 年 1 月，周立波返回桃花仑故里，投身农业合作化运动，并担任了益阳桃花仑乡党委副书记；同年，开始构思、酝酿并着手写第三部长篇小说《山乡巨变》。1958 年，《人民文学》1 月至 6 月连载《山乡巨变》；7 月，《山乡巨变》由作家出版社出版。

"文化大革命"开始后，周立波被扣上"文艺黑线的黑干将""反革命修正主义分子"等帽子，受到"四人帮"的残酷迫害和批斗，被非法监禁长达五年之久。1973 年，他被解禁，1975 年返回北京养病。1979 年 9 月 25 日因病在北京逝世，终年 71 岁。①

周扬认为："立波首先是一个忠诚的无产阶级革命战士，然后才是一个作家，立波从来没把这个位置摆颠倒过。"② 的确，不管是书写土地改革的《暴风骤雨》还是农村合作化运动的《山乡巨变》，他都能以一个战士和革

① 参见胡光凡《周立波评传》，湖南文艺出版社，2018。
② 周扬：《怀念立波》，顾骧选编《周扬近作》，作家出版社，1985，第 229 页。

命者的姿态从事文学创作，中国历史的进程在他的笔下呈现为暴风骤雨之后的山乡巨变，在对这种变化的书写中，包含着一个战士的胸襟和眼光。

# 二　作品导读

## 《山乡巨变》

《山乡巨变》是周立波创作的长篇小说，1958 年 7 月由作家出版社出版。小说以浓郁的生活气息、真实生动的生活场景、富有农民情趣的生活细节，讲述了湖南一个名叫清溪村的小山村开展农业化合作运动的过程，反映出这一社会变革对乡村社会的影响，尤其是对农民思想观念的冲击。

相较于同时期的反映农村合作化运动的长篇小说，诸如柳青的《创业史》、赵树理的《三里湾》，《山乡巨变》最大的艺术特点，就是善于通过描绘栩栩如生、日常生活气息浓郁的场景来表现当时的农村生活。小说中有一段对陈先晋全家吃晚饭场景的描写，写他们一家五口人，"围住一张四方矮桌子。桌上点起一盏没有罩子的煤油灯，中间生个气炉子，煮一蒸钵白菜，清汤寡水，看不见一点油星子。炉子的四周，摆着一碗扒辣椒，一碗沤辣椒，一碗干炒辣椒粉子，还有一碗辣椒炒擦芋荷叶子"[①]。这几句描写不但充分反映出当时农民生活水平低下，而且各种"辣椒"的出现，充分反映出湖南人喜食辣的特点。

同柳青一样，为了深入农村生活，对农民的思想、感情有全面把握，周立波也在 50 年代中期举家前往湖南家乡，在与农民朝夕相处的日子里，了解了当时农民的喜怒哀乐，因此，他笔下出现了许多极富个性的人物形象。小说中塑造得最成功的人物形象是"中间人物"盛佑亭，这个人称"亭面糊"的农民，善良、吃苦耐劳但是非常小气，小说以喜剧的手法写他的糊涂、吝啬的性格特征，惟妙惟肖地将一个本色的农民形象完整地展现了

---

① 周立波：《山乡巨变》，人民文学出版社，1958，第 131 页。

出来。

《山乡巨变》最为人所称道的就是周立波对于湘中地方风情的书写。小说的开篇，作家就展现出了一幅迷人的山水长卷，清澈迷人的资江水，无数的木排竹筏，捕鱼的鸬鹚。除了自然风景之外，小说在家长里短、爱情纠葛以及乡村社会的伦理和地方习俗中展开故事叙述，洋溢着浓郁的乡土气息。

在语言上，小说中出现了大量与益阳山水风貌和当地农民的生活、生产方式相关的方言名词，运用了能够刻画人物性格，描述人物行为、心理的方言动词以及表现益阳人外貌、认知方式和价值取向的方言形容词，这些方言俗语的运用，营造了浓郁的地方氛围，具有独特的文学和文化审美内涵。小说的叙述语言质朴亲切，柔美婉约，富有时代气息。

茅盾认为："从《暴风骤雨》到《山乡巨变》，周立波的创作沿着两条线交错发展，一条是民族形式，一条是个人风格；确切地说，他是在追求民族形式的时候逐步建立起他的个人风格。"① 这个评价，无疑是非常精准的。

# 三　课后习题

1. 以《〈山乡巨变〉中的风景书写》为题，写一篇小论文。
2. 谈谈《山乡巨变》的语言特色。

---

① 秦雪莹：《周立波：从战地记者到乡土作家》，中国作家网，http：//www.chinawriter.com.cn/，引用日期：2019年4月1日。

# 第三章  梁斌的小说

## 一  作者介绍

在当代文学的"红色经典"作家中，梁斌的人生经历极具代表性，他首先是坚定的革命者，然后才是作家。他的文学创作中往往融入着从事革命工作的感受和体验，因而我们不仅能够通过他的书写，了解战争年代血与火的生活，也能够通过作品获得情感的熏陶和升华。

梁斌，原名梁维周，1914年出生于河北省蠡县梁庄。11岁时，梁斌离开家乡，在县立高小读书，在这期间加入共产主义青年团。1930年，他进入保定省立第二师范学校学习，参加过爱国学潮，并亲身经历了家乡的农民革命斗争，这段经历为他以后的创作奠定了基础。1933年，他来到北平。6月，在《大公报》发表第一篇小说《芒种》，主要描写在地主的盘剥下，农民揭竿而起的故事。1937年，他加入中国共产党。

全面抗战期间，梁斌回乡组织发动游击战争，并受命出任冀中新世纪剧社社长兼冀中文建会文艺部长，为抗战文化运动传播艺术火种。解放战争时期，他又以新区干部之职，领导群众剿匪反霸，减租减息，进行土地改革，为建立红色政权殚精竭虑，成绩斐然。革命工作之余，他创作了短篇小说《三个布尔什维克的爸爸》，后据此扩充成中篇小说《父亲》。1948年他随军南下，在湖北襄阳和武汉担任宣传和新闻方面的基层领导。中华人民共和国成立后，任河北省文联副主席、中国作家协会河北分会主席等职。1953 年，他着手创作多卷本长篇小说《红旗谱》，1957 年出版第一部，这部被誉为反映中国农民革命斗争的史诗式的作品，出版后引起强烈反响，并被改编为话剧、电影；1963 年出版第二部《播火记》，1983 年出版第三部《烽烟图》。梁斌于 1996 年 6 月逝世，享年 82 岁。①

## 二　作品导读

### 《红旗谱》

《红旗谱》是作家梁斌创作的长篇小说，1957 年首次出版，小说以断代史的形式，围绕朱、严两家三代农民同地主冯老兰父子两代的矛盾斗争，展现了 20 世纪二三十年代风起云涌的农民革命运动。小说成功地塑造了以朱老忠为首的革命英雄群像，通过对冀中地区"反割头税"斗争和保定二师的学生爱国运动场景的真实再现，反映了从第一次国内革命战争前后到九一八事变时期北方社会错综复杂的阶级关系，展现了中国共产党领导中国人民进行革命斗争的伟大历程。

小说的主要故事情节如下。

清末某年的秋天，冀中平原的锁井镇，大地主冯兰池要砸掉 48 村防汛筑堤集资购买 48 亩地的凭证——古铜钟。见义勇为的朱老巩赤膊上阵保护古钟，严老祥也挥斧助战。冯兰池施行诡计，骗走朱老巩，最终砸毁古钟，朱老巩眼见钟毁，在悲愤中去世。冯兰池借机逼死朱老巩的女儿，朱老巩的儿子朱小虎只能离开家乡闯关东。30 年后的一个春天，朱老忠——也就是原来的朱小虎，带着妻儿回到家乡，满怀悲愤，准备复仇。他遇到了准备闯关东的严志和，在朱老忠的劝说下，严志和打消了去关东的念头。朱老忠回到家乡的消息传到冯家大院，冯老兰十分害怕。

---

① 参见唐文斌搜集整理《梁斌的生活与创作年表》，《河北师范大学学报》1982 年第 4 期。

这年秋天，严志和的儿子运涛、江涛，朱老忠的儿子大贵、二贵在地里劳动时，逮到一只非常名贵的脯红鸟。冯老兰非常想要这只鸟，却遭到了孩子们的拒绝。冯老兰怀恨在心，伺机报复，指使人将大贵抓去当壮丁。朱老忠明知是报复，但强压住心中的愤怒，忍痛割爱，让大贵去当兵。

第二年春天，出外做工的运涛偶遇中共地下县委书记贾湘农，在其引导之下，懂得了革命的道理，并开始在村里宣传革命道理。与他相爱的姑娘春兰也受到他的影响。冯老兰想要娶春兰"做小"，大家为此非常生气。

大革命浪涛汹涌，运涛南下参加了北伐军，第二封信告知家人自己被捕入狱的消息。运涛的奶奶得知了孙子被捕的消息，暴病而死。严志和的精神几乎崩溃，一病不起。朱老忠帮助严志和办完了丧事后，又陪江涛到济南探监，他们见到了已经成为共产党员的运涛。受到运涛的鼓舞，江涛决心像哥哥一样，为阶级解放而斗争。

1929年冬天，中国共产党保定特委贾湘农和江涛决定在年关发动群众抗捐抗税，组织农民进行反割头税斗争。按照特委部署，江涛回到锁井镇。腊月二十五，锁井镇的农民在江涛的带领下，举行了声势浩大的游行示威。县政府迫于压力屈服了，反割头税斗争取得了胜利，农民意识到了农会的力量，都加入了农会，朱老忠等人加入了中国共产党。

1931年秋天，日本帝国主义入侵中国东北三省。保定二师也掀起了如火如荼的学潮斗争。二师学潮涉及全市，13所学校罢课，要求停止剿共，枪口对外。省府宣布解散学校，并派军队包围了学校。朱老忠、严志和给保定二师的师生送来了米面，但反动派血腥镇压了保定二师学潮，江涛被捕入狱，严志和悲痛欲绝。朱老忠鼓励他挺住，为孩子报仇。

《红旗谱》在波澜壮阔的革命历史背景中展开事件的叙述、人物形象的塑造。在革命历史叙述的过程中，适时地穿插进对于北方农民日常生活图景和民风民俗的展现，这种基于作家独特生活经验的书写，极大增强了小说的感染力。梁斌认为："只要概括了民族的和人民的生活风习、精神风貌，即使不用章回体，也仍然会成为民族形式的东西。"① 可见，对于当时占据主流的写作规范，梁斌既有遵守，又有所游离。

# 三　课后习题

1. 阅读《红旗谱》，分析朱老忠的人物形象，并谈谈作家运用了哪些艺术技巧塑造人物。

---

① 梁斌：《漫谈〈红旗谱〉的创作》，《人民文学》1959 年第 6 期。

# 第四章　杨沫的小说

## 一　作者介绍

"在大浪淘沙的时代，杨沫义无反顾地走上革命的道路，成为忠诚无畏的革命战士。她和笔下的青年革命者一样，确立了反抗与革命的志向，毅然投身于民族独立和人民解放的伟大斗争。她参加了抗日战争和解放战争，并以这段'一生中最有意义、最为光彩'的经历，锤炼、造就自己，也为创作提供了不竭的源泉。"① 铁凝的这一段话，精准地概括了杨沫的人生。作为"红色经典"中为数不多的女作家，杨沫以自己的《青春之歌》，唱响了一段革命传奇。

杨沫，原名杨成业，1914 年 8 月 25 日出生于北京一个富裕的家庭。8 岁到 14 岁，她在北京第二十二小和第十四小读书。小学毕业后，进入北京西山温泉女子中学读书。1931 年，她抗婚离家出走，在河北省香河县立小学教书。1933 年起，她开始接触左翼进步青年及进步书籍，内心向往革命。1933 年到 1936 年，杨沫在教书与失业中度过了三年。1936 年 12 月，她加入中国共产党。

1937 年七七事变之后，杨沫来到上海，开始文学创作。随后又奔赴冀中，投入抗日游击战争。在战争中，任安国县妇救会主任、冀中区妇救会宣

---

① 李晓晨：《〈青春之歌〉：理想与信念长存　杨沫百年诞辰纪念会在京举行》，中国作家网，http：//www.chinawriter.com.cn/，引用日期：2014 年 8 月 27 日。

传部部长等职。1941 年春，她因病到后方医院疗养，出院后继续从事革命工作。1950 年起，她潜心文学创作，创作了中篇小说《苇塘纪事》。1951 年 9 月，开始写《烧不尽的野火》。1952 年发表了中篇纪实小说《七天》。1955 年，她的《烧不尽的野火》初步完成，后更名为《青春之歌》。1958 年 1 月，长篇小说《青春之歌》正式出版。在引发反响的同时，从 1959 年起，有关《青春之歌》的批评文章不断出现。1963 年，杨沫调任北京市文联作协筹委会副主席。1967 年，《青春之歌》再次遭到大规模的批判。1973 年，开始创作长篇小说《东方欲晓》。"文化大革命"结束后，她陆续出版短篇小说集《红红的山丹花》，散文集《杨沫散文选》《大河与浪花》，传记文学《自白——我的日记》以及长篇小说《芳菲之歌》。1989 年，当选为北京市文联主席。1995 年 12 月，杨沫去世，享年 81 岁。[1]

# 二 作品导读

## 《青春之歌》

《青春之歌》是作家杨沫创作的一部长篇小说，1958 年首次出版。小说以杨沫走上革命道路的亲身经历为创作素材，以 20 世纪 30 年代日本侵华的历史事件为背景，讲述女主人公林道静在九一八事变到"一二·九"运动中，经历种种挫折之后成为坚定的革命者的故事。小说将女性知识分子的成长历程与中国革命运动相结合，形成了独具一格的红色经典小说。

小说主要以林道静的成长历程为线索展开叙述。林道静出身富庶的家庭却丝毫没有感受到亲情。母亲早逝，父亲和继母将她看成摇钱树，要将她嫁给一个旧官僚。林道静受到"五四"新思潮的影响，愤然离家出走投奔北戴河的亲戚。但是亲戚早已离开，林道静无处可去，被此地的校长收留。

---

① 参见杨沫《小传》，聂中林著《杨沫之路》，军事科学出版社，2003，第 267~271 页。

　　林道静得知校长对自己别有所图，她在羞愤之中欲投海自尽。余永泽救了她，并把她安置在小学里当教员。朝夕相处中，林道静对余永泽产生了好感，余永泽前往北大读书，两人依依惜别。

　　九一八事变后，面对民族危亡，林道静忧心如焚。她认识了北大学生卢嘉川，这是一个坚定的爱国者，他投身到抗日示威的学生运动中南下而去。林道静回到北平，生活四处碰壁。迷惘中她应允了余永泽的恳求，和他一起生活。琐碎的家务、自私平庸的爱人，都让她窒息、绝望。一次偶然的机会，在同一寓所的白莉萍房间里，她结识了一群热情洋溢的、以国家民族为己任的青年学生，其中就有卢嘉川。旧友的重逢，让二人非常高兴。卢嘉川鼓励林道静走出狭小的个人生活，投入广阔的社会斗争中。受到卢嘉川的影响，林道静开始向往革命。余永泽不满林道静与卢嘉川的交往，在宪兵围捕卢嘉川时，他没有施以援手，卢嘉川牺牲了，林道静与余永泽彻底决裂。

　　林道静追随卢嘉川的道路，成为一名革命者。由于斗争经验不够，加上党内叛徒的告密，林道静被捕了。在朋友的帮助下，林道静逃脱了监视，潜入定县开展工作。不久，组织上派来发动农民斗争的江华，江华的革命经历和才华都让林道静深为仰慕，江华引导林道静将革命的理想和实际工作相结合，依靠人民的力量进行反抗。由于戴愉的出现，党组织受到破坏，江华和林道静只能回到北平。林道静又一次被捕，狱中她承受着酷刑，在共产党员林红的激励下坚定了革命的意志。最后，她投身于抗日救亡运动，成为一名共产党员。她和江华一起，与越来越多的进步青年一样，汇入了革命和集体的洪流中。

　　小说最为人所称道之处就是对于林道静人物形象的塑造，小说将她从一个受到"五四"新思潮影响的女性知识分子成长为革命者的过程，写得细致而真实。这主要得益于作家高超的心理描写和细节刻画。语言上，作家善于以流畅、简练的叙述和热情的笔调行文，小说因之具有浓烈的抒情色彩。

## 三　课后习题

1. 有人认为，在林道静成长的过程中，余永泽、卢嘉川、江华分别承担着启蒙者和"父亲"的角色，因此，《青春之歌》是一部经典的"成长小说"文本，伴随着林道静的成长之路，林道静也完成了对"精神之父"的寻找之路。你认同这种观点吗？谈谈你的看法。

# 第五章　宗璞的小说

## 一　作者介绍

她出身书香门第，父亲冯友兰是一代哲学宗师，叔父冯景兰是著名的地质学家，姑姑冯沅君是"五四"时期著名的作家。稳定和谐的家庭氛围造就了她温和从容的心态，让她在传统文化氛围中成长的同时广泛接触西方文化，因此，她的文学创作能够承前启后、中西合璧，即使到了晚年，还能孕育出创作的高峰。她就是宗璞。

宗璞，原名冯钟璞，1928 年 7 月 26 日出生于北京。抗日战争爆发时，宗璞随父亲冯友兰前往昆明，在西南联大附属中学读书。1945 年回北京，一年后进入南开大学外文系。1948 年转入清华大学外文系，同年在《大公报》发表处女作《A. K. C》。1951 年，宗璞清华大学毕业之后，在政务院宗教事务委员会工作。同年末调入中国文联研究部，1956 年至 1958 年，她在《文艺报》任外国文学的编辑。1957 年出版童话集《寻月记》，同年在《人民文学》第 7 期发表短篇小说《红豆》，引起文坛注目。1959 年，宗璞被下放河北省农村。1960 年调入《世界文学》编辑部，主要撰写散文和小说。

"文化大革命"中，宗璞被迫中断创作，1978 年恢复发表作品的权利，"文化大革命"结束后调入中国社会科学院外国文学研究所工作。1978 年，她发表了短篇小说《弦上的梦》，该篇小说获得 1978 年全国优秀短篇小说奖；中篇小说《三生石》获 1977~1980 年全国优秀中篇小说奖；散文集

《丁香结》获首届全国优秀散文（集）奖。①

80 年代开始，宗璞开始创作长篇小说《野葫芦引》，该部小说计划写作四卷，主要以 20 世纪抗日战争为背景，讲述北平明仑大学被迫南迁云南办学的艰苦历程，塑造了一系列忧国忧民的知识分子的形象，更为难得的是小说记录了被人们遗忘已久的抗战时期修建滇缅公路的事迹。小说分为《南渡记》《东藏记》《西征记》《北归记》四卷，分别于 1988 年、2000 年、2009 年、2019 年出版。2005 年，《东藏记》获第六届茅盾文学奖。

从发表第一篇小说《A. K. C》开始，宗璞的文学创作已经绵延 70 余年。她的小说风格之独特稳定，持续时间之漫长，在 20 世纪中国文学史上非常罕见。出身于书香世家的她，带着独特的家学渊源进行创作，尤其是进入晚年之后，她的多卷本长篇小说《野葫芦引》，将个体命运与家族、民族命运相勾连，唱响了一曲知识分子荡气回肠的悲歌。

# 二　作品导读

## 《红豆》

《红豆》是宗璞创作的短篇小说，发表于 1957 年 7 月的《人民文学》。小说创作于"双百方针"之后，属于当代文学中"解冻"时期的文学。《红豆》延续了中国现当代小说中革命与爱情的传统主题，通过女大学生江玫在"爱情"与"革命道路"之间的选择，讲述了女性知识分子如何在群众运动中改造自己，走向革命，同时也包含着对过去脆弱、迷茫感情经历的反省。小说发表之后，引起较大影响。

小说以北平某大学女生江玫与恋人齐虹的爱情为主线，以江玫与同宿舍女生萧素的交往为副线，讲述江玫在跟随恋人去美国和留在祖国投身革命之间如何痛苦选择。在个人情感与革命事业的矛盾中，隐含着当时知识分子在

---

① 参见中国现代文学馆编《中国现代作家大辞典》，新世界出版社，1992，第 663 页。

政治立场、人生观等方面的分歧，因此，小说实际是一篇知识分子在人生道路分岔口艰难选择的心灵史。

小说中的江玫，是 20 世纪 40 年代一个典型的知识青年女性，她的生活非常单纯："白天上课弹琴，晚上坐图书馆看参考书，礼拜六就回家，母亲从摆着夹竹桃的台阶上走下来迎接她，生活就像那粉红色的夹竹桃一样与世隔绝。"① 与她同屋的女生萧素，是"正在为一个伟大的事业做着工作"的人，她引导江玫了解革命思想，鼓励她参加各种活动，她的热情和勇气鼓舞了江玫，使江玫从狭小的天地中走了出来。江玫在萧素身上感受到了温暖，从而对共产党领导的革命产生了认同。与此同时，出身于资产阶级家庭、有着一张清秀的象牙白色面孔的齐虹，因为在音乐与艺术方面与江玫有共同的追求，二人相爱。但是在爱情的旅程中，两人之间时时有不和谐的因子出现。齐虹一直想要把控江玫，可是，已经成长的江玫越来越有主见，两人之间分歧不断。

北京解放前夕，萧素突然被捕，齐虹的反应让江玫清楚地意识到两人间的鸿沟无法跨越。同时，江玫的母亲告诉了江玫她父亲死亡的真相。父亲的屈死和母亲的眼泪，让江玫看清了自己的内心选择，她坚定地拒绝与齐虹一起去美国，结束了两人的爱情。

小说成功塑造了江玫的人物形象，这一形象的塑造得益于宗璞高超的心理描写技巧。作家将江玫在恋人与革命之间的两难选择描绘得千回百转，细腻动人，非常具有艺术感染力。现在看来，《红豆》受批判之处，恰恰是作品的光彩所在。

### 《东藏记》

《东藏记》是作家宗璞创作的多卷本长篇小说《野葫芦引》的第二卷，是《南渡记》的续编。《东藏记》的历史背景是抗战时期的西南联大，即小说中的明仑大学。全面抗战爆发后，年幼的宗璞随父亲冯友兰前往昆明，在

---

① 郎保东编《宗璞代表作》，河南人民出版社，1987，第 6 页。

西南联大附属中学读书，在那里度过了八年的时光。抗战时期心怀天下的知识分子在战火纷飞中的坚韧与坚守，他们的爱国情怀，给年幼的宗璞留下了难以磨灭的印记。《东藏记》就是作家对自己在西南联大生活的真实再现，小说于 2001 年由人民文学出版社出版，获得第六届茅盾文学奖。

《东藏记》中最显著的一个特点是作家通过一个家族在特殊历史时期的遭遇、成长，讲述一个民族如何经历战火而重生，家族命运与民族命运巧妙勾连，思考了"家"在现代转型期的积极价值。《东藏记》的上篇《南渡记》的结尾，孟樾的岳父吕清非在北平以身殉国，他在民族大义面前的道义坚守与宁死不屈的民族气节，为整个家族注入了代代相传的不死的灵魂，这就是家族之魂。远在西南联大的孟樾、卫葑继承了这种家族之魂，在民族危难之际守望相助，共克时艰。在战火纷飞中，他们以倔强而坚韧的生存态度，练就了顽强的生活本领，即使在敌机的轰炸和艰苦的条件下，他们的生活也过得有情有义，有滋有味。作为家族中的一分子，他们努力维护着家族的存续，也成为拯救民族危亡的一分子。雷达认为："总体而言，《东藏记》虽然描写了各色各样旁逸斜出的人物情态，但在回眸抗战岁月里流寓大西南的知识分子群体时，抱持的是一种肯定的、赞赏的态度，肯定他们续存中华文化精神的决心，坚持知识的传授和人格的培育，于是，民族文化的火种不绝，就有了希望、有了活力，于是，他们在物质极其艰苦的条件下，精神富有，理想不灭。"[1]

《东藏记》的第二个特点是小说关于情义的书写。小说以家庭生活为圆心，渲染出不同人物之间相濡以沫的深情、患难与共的爱情以及守望相助的友情。小说中的孟樾与妻子碧初，是典型的中国传统家庭"男主外，女主内"的模式，身为知识分子的孟樾，对自己的妻子碧初关怀备至，体贴有加。面对生活的困境，他时时自责。反观碧初，虽然只是一个普通的家庭妇女，但是她能在物资匮乏的条件下想方设法照顾一家人的饮食起居，对丈夫无怨无悔。孟樾与碧初在平凡生活中的深情，让人感动。除此以外，卫葑与

---

① 雷达：《当前文学症候分析》，作家出版社，2009，第 227 页。

凌雪妍、澹台玹之间的情感虽然复杂曲折一些，但都能够站在对方的角度，成人之美，尤其是小说中对他们患难与共的情感的书写，堪称知识分子在抗战年代的慷慨悲歌。

《东藏记》的第三个特点，是宗璞温柔敦厚的艺术风格。小说不管是书写战火纷飞中家园的沦丧、生命的陨落还是战争间隙温馨、平静的家庭生活，宗璞的笔致都是细腻的，哀而不伤。她对战争中惨烈一面的呈现，隐忍而克制，更多的笔墨表现中国人在战争面前的大义担当。在人物形象的塑造和故事场景的营造上，有对《红楼梦》的借鉴，因之有着浓郁的古典小说的气韵。

## 三 课后习题

1. 以《宗璞小说中的爱情书写》为题，写一篇小论文。

2. 孙犁称赞宗璞小说语言，认为其"明朗而有含蓄，流畅而有余韵，于细腻之中，注意调节"，请根据孙犁的赞语，谈谈对宗璞小说语言风格的认识。

# 第六章　王蒙的小说

## 一　作者介绍

从青年时期充满激情的《组织部新来的青年人》到晚年时期大气磅礴的《这边风景》，王蒙小说的风貌始终与共和国的历史变迁紧密相关。他的小说中纪实性的情节与自传性极强的故事，都展现出一定思维的深度与生活的广度，王蒙独树一帜的创作，让他在当代文坛留下了不可磨灭的印记。

王蒙，1934 年生于北平（今北京），父亲曾经任教北京大学。1940 年，王蒙进入北京师范学校附属小学就读。1945 年，进入私立平民中学学习。上中学时，他参加了中国共产党领导的城市地下工作。1948 年至 1950 年，王蒙在省立河北高级中学学习时入党，成为共青团北京市工委干事，中央团校二期学员，同时开始文学创作。1953 年，王蒙创作了第一部长篇小说《青春万岁》。1955 年，他又发表短篇小说《小豆儿》。1956 年，发表了引起强烈反响的小说《组织部新来的青年人》，因为这篇小说，王蒙被错划为右派并于 1958 年开始在北京郊区劳动。1962 年，王蒙回到北京。

1963 年，王蒙前往新疆，12 月底开始在新疆维吾尔自治区文联工作，任《新疆文学》编辑。1965 年起，在新疆伊犁伊宁市和伊宁县下属巴彦岱镇巴彦岱公社二大队生活工作，整整十六年的时间中，王蒙在劳动、生活中广泛接触各族劳动人民，与他们结下了深厚的情义。"文化大革命"结束之后，1979 年 6 月，王蒙调回北京，任北京市作家协会专业作家。

　　回到北京之后，王蒙创作了短篇小说《说客盈门》，讽刺现实社会中的"走后门"现象。1981 年 10 月，任中国作协书记处书记。70 年代末到 80 年代初，王蒙的创作进入高潮时期，连续创作了被称为"集束手榴弹"的六部中篇小说《布礼》《蝴蝶》《夜的眼》《海的梦》《春之声》《风筝飘带》，这些小说因为融入了西方现代主义"意识流"的写作手法而蜚声文坛。1986 年 6 月任文化部部长。1987 年，他出版了被他称为"可以说是我写得最痛苦的作品"[①] 的《活动变人形》，在中西文化冲突中表现知识分子的困境，体现出深刻的反省精神。

　　90 年代，王蒙出版了连续性的系列长篇小说《恋爱的季节》《失态的季节》《蹉跎的季节》《狂欢的季节》，主要书写青年知识分子从 50 年代初到"文化大革命"期间在复杂社会和政治运动中的心路历程。2002 年，王蒙担任中国海洋大学文学院院长。[②] 2013 年，王蒙出版了尘封 40 年长达 70 万字的小说《这边风景》。《这边风景》被称为"《清明上河图》式的民俗画卷"，小说以新疆地区的独特风土人情和多民族团结发展的真实生活情景为主要描写对象，表现出老作家回首往事时的激情和对生活、梦想的礼赞。2015 年，《这边风景》获得了第九届茅盾文学奖。

　　王蒙，这位从新中国成立之初就开始在文坛崭露头角的作家，他与中国的大地、大地上的人民之间，有着永恒的绵长繁茂的联系。这片辽阔的热土上的历史与现实，成为王蒙创作的重要源头。

## 二　作品导读

### 《组织部新来的青年人》

　　《组织部新来的青年人》是王蒙创作的短篇小说，最初发表于 1956 年

---

① 王蒙、王干:《〈活动变人形〉与长篇小说》,《王蒙文集》第 8 卷，华艺出版社，1993，第 573 页。
② 参见曹玉如编《王蒙年谱》，中国海洋大学出版社，2003。

《人民文学》9月号。小说透过组织部新来的一位年轻小伙子林震的眼睛，看到各色人物在处理麻袋厂党支部问题上的种种表现，塑造了以刘世吾、林震、赵慧文为代表的建设时期知识分子的形象，是当代文学中较早反映社会主义制度下的人民内部矛盾、揭露官僚主义作风的小说。

小说成功地塑造了一个有深度的官僚的典型形象。刘世吾曾经是北大自治会的主席，参加过革命，工作能力也非常出色，然而，长久的机关生活磨平了他的热情，他经常挂在口头的一句话就是"就那么回事"。在处理人际关系上，他又非常圆滑世故。但是，就如同林震对刘世吾的态度是复杂的一样，读者对刘世吾的态度也是复杂的，一方面，我们对他的圆滑、对他的不作为的工作态度感到反感；另一方面，对他的光辉履历又深感佩服，他偶尔流露的真性情也让这个人物的立体感非常强。

与刘世吾相对照而存在的，是林震。他有着年轻人的激情和朝气，也有着对新工作的憧憬。然而，当他发现自己的工作远比想象中的复杂时，他有过矛盾和困惑。但是，他能替民众说话，敢于指出工作中的不当之处。他与赵慧文朦胧的情感也非常美好。总体而言，从丁玲《在医院中》的陆萍医生到王蒙笔下的林震，某种程度上都体现出一种知识分子知其不可而为之的批判精神，这种精神，在任何时代都是难能可贵的。

在艺术手法上，小说全篇都运用对比的手法。首先是横向的对比，将几个人物结合在一起写，通过在同一事件中他们的不同表现，突出人物的性格特征。比如在面对麻袋厂问题时，林震心急如焚，想方设法地解决问题。而早就知晓此事的刘世吾，只知道教训林震是"幼稚"，找借口和理论来为自己开脱。除此之外，还有纵向的对比，比如刘世吾处世态度一贯圆滑，但是偶尔会有对年轻时从事革命工作的回忆与向往，从青年到中年的变化，表现出平庸的机关生活对人的异化。语言上，王蒙善于将讽刺隐含于简练质朴的叙事语言中，同时善于运用比喻塑造人物形象。整体而言，《组织部新来的青年人》有非常重要的文学史意义："它在思想上所表现出来的追求和理想、热情和真诚，它在艺术境界上所表现出来的单纯和明净、透亮和晶莹，至今仍打动着无数读者的心，给他们以美的启示和力量。……它不仅是王蒙本人创作道路上的一块高耸的里程碑，而且已经是公认的当代文学史上的名作。"[1]

### 《活动变人形》

《活动变人形》是王蒙创作的一部长篇小说，1987 年 3 月由人民文学出版社出版。小说以倪吾诚的儿子倪藻——一位语言学家在 80 年代出访欧洲，拜访父亲当年的好友为开端，回溯父亲倪吾诚一生跌宕起伏的经历。倪藻的"寻父"历程，包含着对知识分子向往现代文明又找不到出路的矛盾心态的揭示，以及对其扭曲、分裂的内心和人格的批判。这部小说被认为是现代中国知识分子的"变形记"和"心灵历程的缩影"。[2]

小说讲述倪吾诚的一生，主要从他的家庭生活入手。倪吾诚出生在河北省一个叫孟官屯的穷乡僻壤里，在这块保守的土地上，封建文化如影随形。可是，倪吾诚对于先进思想，从小就表现出与众不同的天赋。然而，他无法摆脱长辈们的安排，只能任由他们为自己安排婚姻。之后，倪吾诚踏上去欧洲学习的旅程，两年之后，他学成归来，想要以他眼中的西方文明改造并重塑他的妻子和家庭。然而，作为一位旧式妇女的姜静怡，只想生儿育女过普通妇女的生活，丈夫的新式思想、新的生活方式，她既无法适应也不想适应，因此，家中矛盾不断。雪上加霜的是，倪吾诚的妻姐姜静珍和岳母姜赵氏，她们时时出现在倪吾诚生活中，她们性格的缺陷让倪吾诚难以容忍。岳母和妻子还要把这些与生俱来的恶习传给下一代，因此，倪吾诚一生陷入与三个女性的斗争中。《活动变人形》表面叙述的是一个男人和三个女人斗争的故事，这场斗争是如此惨痛，以至于最后的结果是两败俱伤。小说中人物的纠纷，有其经济的原因、性格的原因，但纷争的背后折射的深层问题却是文化的冲突。

小说塑造了一个处于东西、新旧文化冲突之中的知识分子的形象，这个

---

[1]　何西来主编《名家评点王蒙名作》，中国海洋大学出版社，2003，第 373 页。

[2]　《〈活动变人形〉介绍》，中国作家网，http://www.chinawriter.com.cn/，引用日期：2006 年 12 月 29 日。

对西方现代文明极其向往的知识分子，回国之后面临的种种家庭矛盾都让他痛苦不堪，而他对陈旧的传统文化又无力改变，只能在夹缝中求生存，倪吾诚的悲剧，非常具有典型性。

在塑造倪吾诚形象的同时，王蒙用历历如绘的生活画面、用活生生血淋淋的人生悲剧，对不人道的旧文化作了痛切的针砭。这种针砭，作家主要从自己幼年时期就深藏的刻骨铭心的记忆起笔，通过三个人生经历迥异却自带"恶魔"性格特征的女性来表现人的隔膜、嫉恨所导致的残酷和野蛮。王蒙说："然而我毕竟审判了国人，父辈，我家和我自己。我告诉了人们，普普通通的人可以互相隔膜到什么程度，误解到什么程度，忌恨到什么程度，相互伤害和碾轧到什么程度。我起诉了每一个人，你们是多么丑恶，多么罪孽，多么愚蠢，多么不幸，多么令人悲伤！我最后宣布赦免了他们，并且为他们大哭一场。"①

在艺术追求上，王蒙在《活动变人形》中追求以一种散文和诗意混合的、抒情性极强的语言叙事。小说结构不同于传统长篇小说的叙事模式，其中有大量关于人物心理活动的描述，形成了一种形散而神不散的叙事结构。刘再复认为："《活动变人形》是一部经得起推敲、经得起人们用多种尺度加以密集检验的作品。"② 现在看来，这个评价是极为中肯的。

## 三　课后习题

1. 简述王蒙文学创作的历程，做一张创作年表。
2. 以具体作品为例，谈谈王蒙小说的艺术风格。

---

① 王蒙：《关于〈活动变人形〉》，《南方文坛》2006 年第 6 期。
② 叶公觉：《从〈活动变人形〉看王蒙小说的艺术风格》，《小说评论》1988 年第 6 期。

# 第七章 梁晓声的小说

## 一 作者介绍

梁晓声，原名梁绍生，1949 年 9 月 22 日出生于哈尔滨市，祖籍山东荣成。1968 年，梁晓声高中毕业，正好赶上知识青年的"上山下乡"运动，他成为黑龙江生产建设兵团的一名"兵团战士"，在北大荒度过了 7 年的知青岁月。这段岁月对他个人的成长和以后走上文学创作的道路有着至关重要的影响。由于擅长写作，梁晓声被批准参加了全兵团的文学创作培训班。他参加文学培训班期间，创作了小说《向导》，并发表在当时的《兵团战士报》上。

1974 年，复旦大学到兵团招生，他的《向导》一书得到老师的赏识，经过老师的推荐，他离开北大荒，来到上海，就读于复旦中文系。1977 年，他从复旦毕业后，被分配到北京电影制片厂从事文学编辑工作。从此之后，他走上了文学创作之路。将近 10 年的知青生活经历，成为他文学创作的灵感和源泉。他相继创作了以北大荒知青题材为主的系列小说《这是一片神奇的土地》《今夜有暴风雪》《雪城》《师恩难忘》《年轮》等，成为继"伤痕文学""反思文学"之后"知青文学"的代表作家。1988 年调至中国儿童电影制片厂任艺术委员会副主任。1997 年他出版了《中国社会各阶层分析》。2002 年起，他任北京语言大学人文学院教授，主讲《文学写作与欣赏》课程。[①]

---

[①] 陈华文：《文坛常青树梁晓声》，《人民日报海外版》2015 年 4 月 17 日，第 10 版。

21 世纪以来，梁晓声创作甚丰，先后有多部长篇小说问世，其中，2017 年 12 月首次出版的《人世间》，受到强烈关注。该部小说于 2019 年 7 月获第二届吴承恩长篇小说奖；同年 8 月 16 日，又获得第十届茅盾文学奖。2021 年 1 月，梁晓声获茅盾文学奖后的首部新长篇《我和我的命》出版。2022 年春节期间，根据小说《人世间》改编的同名电视剧在央视一套黄金档播出，引起全社会的强烈反响，《人世间》被誉为"平民的史诗"。

## 二　作品导读

### 《人世间》

《人世间》是梁晓声创作的长篇小说，2017 年 12 月由中国青年出版社首次出版，2019 年获得第十届茅盾文学奖。小说在广阔的历史背景中展开叙述，从 20 世纪 70 年代一直写到 21 世纪前 10 年，小说囊括了上山下乡、三线建设、知青回城、恢复高考、改革开放、国企改革、个体经济、反腐倡廉等一系列中国社会的重大事件，将这些重要事件与平民区一户周姓人家的生活相勾连，多角度、多方位、多层次地描写了中国社会的巨大变迁和百姓生活的跌宕起伏，书写他们在生活磨砺中的蜕变与成长，书写他们在平凡人生、世俗生活中的光荣与梦想。通过他们曲折坎坷、跌宕起伏的人生，展示了波澜壮阔的中国社会巨变。

小说主要以周姓一家人的生活轨迹展开叙述。小说中的父亲周志刚，是新中国第一代建筑工人。为了国家建设，他常年在外东奔西走，每隔两三年的春节，才能回家与妻儿团聚。但是，他一直能与家人保持书信联系，他的深明大义、通情达理、乐于奉献、助人为乐的优秀品质，潜移默化地影响着他的儿女们，周氏兄妹能够阳光健康地成长并在社会中发挥作用，与父亲的言传身教有很大关系。大哥周秉义在生产建设兵团因为卓越的才华被领导赏识，和被"打倒"的副省长的女儿、自己的高中同学郝冬梅结成伴侣，两

人在艰苦的环境中患难与共。恢复高考后，他考上名牌大学，毕业后一步步
走上领导岗位。他当过国营大厂的党委书记，当过省内第二大城市的市委书
记，后来到中央机关工作。临到快退休时，他毅然回到家乡，想要改变 A
市贫困区普通百姓的生活处境，进行棚户区改造。在完成贫困区改造后被人
诬陷，可是经过调查，证明他两袖清风，一身清白。最后虽然罹患重病离开
了人世，但是经过他的努力，城市旧貌换新颜。周秉义的形象塑造，寄托了
梁晓声"英雄主义"和"浪漫主义"的文学创作理念，是他着意塑造的知识
分子、党的干部系列人物形象代表。姐姐周蓉，是一位具有叛逆与独立精神
的"知识女性"形象，有着特殊年代非常可贵的独立自主的现代意识。周蓉
年少时，为了爱情奋不顾身，如飞蛾扑火一般奔赴贵州山区。在返城之后，
生活的一地鸡毛让年少时的爱情黯然失色，认识生活真相的她毅然决然地选
择结束。漂泊异国回乡之后，周蓉与少时的知己重续前缘，也在世俗生活中
褪去文艺青年的矫情，迎来了细水长流的生活。整部小说中，周蓉力图冲破
现实拘囿，积极寻找自己理想生活的勇气、决心和力量，让人动容。

　　小说核心的主人公是弟弟周秉昆，作为家中最小的孩子，他一直受到哥
哥姐姐的照顾，可是也活在光彩照人的哥姐的阴影之下。他生活在底层，是
一个普通的平民。作家对他的形象塑造，主要体现在"好人"二字上。周
秉昆心地善良、古道热肠，对任何处于困境中的人，上至省部级领导干部，
下至自己的平民发小，都竭尽全力地相助。他单纯热情，对爱情忠贞不渝。
自从对身处困厄中的美丽女子郑娟一见钟情后，此后几十年的人生中，他一
直与郑娟相知相伴，甚至因为妻子身陷囹圄也无怨无悔。他孝顺父母，在哥
姐因为事业、前途无法照顾、陪伴父母时，他尽心尽力地照顾父母。在他身
上，典型地体现了作家民间伦理本位意识和"好人文化观"。周秉昆的妻子
郑娟，是一个"天使型"的女性，不同于现代知识女性周蓉追求独立自由
而不计后果，也不像郝冬梅拥有显赫的家世而清高疏离。她不幸而卑微的人
生，因为周秉昆的出现而照进阳光。周秉昆的人生，也因为郑娟的存在而熠
熠生辉。他们是中国最平凡的夫妻，可是在最平凡中也包含着最伟大的爱情
与亲情，小说中，他们的结局堪称完美，这可以看作是作家对平民寄予的美

好祝愿。

在小说的结构剪裁上，梁晓声显示出高超的驾驭素材的能力，小说分为上、中、下三卷，采用日常生活叙事的方式，将半个多世纪的社会巨变浓缩在百姓日常生活的衣食住行中，通过春节团聚、发小聚会等生活场景传达出时代变迁，由此表现出作家在素材提炼与选取上的匠心和慧眼。诚如评论家所言："梁晓声的《人世间》是一部关注时代关注普通民众生活与生存，向平民的理想、尊严和荣光致敬的长篇小说……该小说纵横交错的复式结构，跌宕起伏的故事情节，朴实日常的平民视角，接地气有温度的语言，以可亲可敬的平民史诗性，标示出新时代现实主义小说创作的新高度。"①

## 三　课后习题

1. 阅读《人世间》，分析周秉昆人物形象塑造的艺术特色。

2. 从《这是一片神奇的土地》到《人世间》，勾勒梁晓声小说创作的图谱，并总结他不同时期的文学风格。

---

① 《茅奖评委李掖平解析〈人世间〉：新时代现实主义小说创作的新高度》，《齐鲁晚报·齐鲁壹点》，https://author.baidu.com，引用日期：2019 年 8 月 17 日。

# 第八章　汪曾祺的小说

## 一　作者介绍

"他出生在战乱，成长在离乱，中年以后在动乱中戴上了'帽子'。然而他的笔下，却把这个'乱''淡出'了。也不遁入自然，扭头人间搜寻美，培植人性，发掘不妨想象直至虚构人世的和谐。"① 作家林斤澜的这段话，精准地概括出了汪曾祺的人生经历与文学追求。是的，历尽沧桑之后，他的笔下出现了生命的欢乐与生活的美好，相较于老师沈从文，他的小说，多了一些明快，少了一些忧郁。

汪曾祺，出生于 1920 年 3 月 5 日，江苏高邮人。整个童年，汪曾祺在故乡高邮生活，故乡的青山绿水、民风民情滋养了汪曾祺的心灵。朝花夕拾，这些都成为他日后取之不竭的创作资源。1926 年，他进入高邮县立第五小学读书。1932 年秋，他小学毕业后进入高邮县初级中学读书。1935 年秋，又考入江阴县南菁中学读高中。抗战全面爆发后，他中途辍学，辗转于治安中学、私立扬州中学以及盐城临时中学借读。1939 年夏，汪曾祺从上海经香港、越南到昆明，进入西南联大中国文学系就读。在西南联大读书期间，师从沈从文，开始了文学创作之路。

40 年代，汪曾祺陆续发表了《小学校的钟声》《职业》《落魄》《老鲁》，重写了《复仇》等短篇小说。1946 年，汪曾祺由昆明到上海，到民办致远中学任教两年，其间写下了《鸡鸭名家》《戴车匠》等小说。1948 年

---

① 丁帆主编《中国新文学史》（下），高等教育出版社，2013，第 168 页。

初春，汪曾祺离开上海到北平，借住在北京大学，半年后在北平历史博物馆工作。1949年1月31日，北平和平解放。4月，汪曾祺的第一部小说集《邂逅集》出版。1950年，北京市文联成立，汪曾祺从武汉回到北京，任北京市文联主办的《北京文艺》的编辑。1954年，他创作的京剧剧本《范进中举》在北京市戏剧调演中获一等奖。1958年，汪曾祺被补划为右派，下放张家口沙岭子农业科学研究所劳动。1960年，汪曾祺摘掉右派帽子，结束劳动，暂留农科所协助工作。1961年冬，写出了《羊舍一夕》，1963年正式出版，这是他的第二部作品集。① 改革开放以来，汪曾祺受到鼓舞，创作力旺盛，先后创作了以《受戒》为代表的一系列中短篇小说，《受戒》和《大淖记事》连续获得1980年度和1981年度的"北京文学奖"。《大淖记事》获1981年度全国优秀短篇小说奖。出版了《晚饭花集》《茱萸集》《菰蒲深处》等小说集，《人间草木》《旅食小品》《矮纸集》《汪曾祺小品》《初访福建》等散文集，以及文学评论集《晚翠文谈》。这些作品后来都收录于《汪曾祺全集》中。1997年5月16日上午10点30分，汪曾祺因病去世，终年77岁。

## 二　作品导读

### 《受戒》

《受戒》是汪曾祺创作的中篇小说，发表于1980年10月号的《北京文学》。小说以回忆四十三年前的梦为写作动机，回返真实生活，通过描写一对少年男女在明丽水乡的生活和他们朦胧的感情，礼赞美好的人情和人性。小说将平凡人物的生活情态放置在丰富的世情、世俗生活中展示，节庆习俗与人物故事、小桥流水与人物形象相映成趣，小说诗意盎然，引人入胜，是汪曾祺的代表作。

《受戒》是迷人的，它的迷人之处在于它体现出了一种生命的美好和活力。小说中的人物，无论是聪慧的小和尚明海还是古灵精怪的少女小英子，

---

① 参见陆建华《汪曾祺传略》，《文教资料》1997年第4期。

抑或是小英子的父亲、母亲，明海做了和尚的舅舅，都表现出一派乐天知命、随遇而安的潇洒气度和心态。正如小说中的结尾写小英子和明子谈论"受戒"的过程和趣事：

> 小英子忽然把桨放下，走到船尾，趴在明子的耳朵旁边，小声地说：
>
> "我给你当老婆，你要不要？"
>
> 明子眼睛鼓得大大的。
>
> "你说话呀！"
>
> 明子说："嗯。"
>
> "什么叫'嗯'呀！要不要，要不要？"
>
> 明子大声地说："要！"①

明海的一声"要"包含着对生活的笃定和乐观，蕴含着生命的美好，令人神往。

《受戒》是欢乐的，它表现出一种生命的飞扬状态，扑面而来的青春气息让整部小说洋溢着明媚与温暖。小说中的主人公明海与小英子，一个是聪慧的少年，另一个是明秀的少女，两人青梅竹马，情投意合。小说中对二人相处细节的描写，无论是做游戏、画画、耕种还是外出游玩，都能够将小儿女的情态活灵活现地表达出来，字里行间让我们感受到生命旺盛的活力。基于生命活力之上的，是一个充满欢乐的"世外桃源"的民间世界，这个世界不受清规戒律的约束，是一个洋溢着生之快乐的生存空间。

《受戒》是诗意的，这种诗意一方面来自小说对诗情画意的环境的表现。作家以中国山水画的技法入小说，在血脉流通中绘制出气韵生动的水乡巨幅长卷。在深深的芦苇荡中，在碧绿的稻田中，在烟雾缭绕的寺院中，在整洁的农家小院中，诗意的环境与美的人情人性相映和，有"人面桃花相

---

① 陆建华主编《汪曾祺文集·小说卷》（上部），江苏文艺出版社，1994，第178页。

映红"的意趣。另一方面，小说的诗意来自小说的语言。汪曾祺认为："作品的语言映照出作者的全部文化修养。语言的美不在一个一个句子，而在句与句之间的关系。包世臣论王羲之字，看来参差不齐，但如老翁携幼孙，顾盼有情，痛痒相关。好的语言正当如此。"① 《受戒》的语言如同流动的溪水，潺潺之处总关情，潇洒自如中自有法度。

## 三　课后习题

1. 汪曾祺被誉为"抒情的人道主义者，中国最后一个纯粹的文人，中国最后一个士大夫"。根据这些评价，阅读汪曾祺的小说，谈谈你对汪曾祺创作特色的认识。

---

① 汪曾祺：《自报家门》，邓九平编《汪曾祺全集》第 4 卷，北京师范大学出版社，1998，第 292 页。

# 第九章　韩少功的小说

## 一　作者介绍

评论家南帆认为："许多迹象表明，'思想'正在韩少功的文学生涯之中占据愈来愈大的比重。如何描述韩少功的文学风格？激烈和冷峻，冲动和分析，抒情和批判，浪漫和犀利，诗意和理性……如果援引这一套相对的美学词汇表，韩少功赢得的多半是后者。'思想'首先表明了韩少功的理论嗜好。"① 的确，韩少功是一位具有知识分子省察意识和理性思维能力的作家，他对于乡土中国的书写总是带着文化反思的特征。他的"思想"与"理性"，与他的人生经历也许有着某种联系。

韩少功，1953 年出生于湖南长沙，祖籍湖南澧县。1968 年，初中毕业的韩少功来到湖南汨罗农村插队。从 1974 年开始到 1978 年，他任汨罗县文化馆干事。1978 年 3 月，他进入湖南师范学院中文系学习，1982 年毕业。在大学学习期间，他开始文学创作，先后在《人民文学》发表短篇小说《七月洪峰》《月兰》，并加入中国作家协会。他的短篇小说《西望茅草地》和《飞过蓝天》分别获 1980 年和 1981 年的全国优秀短篇小说奖。至此，他开始在文坛崭露头角，他的短篇小说集《月兰》由广东人民出版社出版。1982 年到 1985 年，他任湖南省总工会《主人翁》杂志

---

① 南帆：《诗意之源——以韩少功二十世纪九十年代的散文为中心》，《当代作家评论》2002 年第 5 期。

社编辑。

韩少功备受文坛瞩目的时期应该是 1985 年。当代文坛经历过一波又一波的历史反思和现实批判的文学潮流之后，韩少功扛起了"寻根文学"的大旗。1985 年《作家》第 4 期上，他发表了《文学的"根"》，他认为："文学有根，文学之根应该深植于民族传统文化的土壤里，根不深，则叶难茂。"他对文学之根的寻找，很快得到了一批响应者，阿城的《文化制约着人类》、李杭育的《理一理我们的"根"》、郑万隆的《我的根》都是对于他文学主张的热情呼应。理论倡导之后，这一批作家立刻推出了各自的作品，韩少功的《爸爸爸》、阿城的《棋王》、郑万隆的《异乡异闻》以及王安忆的《小鲍庄》都是"寻根文学"的代表作。

1986 年，他的小说集《诱惑》和文学评论集《面对空阔而神秘的世界》出版。1988 年，他来到海南，开始主编《海南纪实》杂志。90 年代，韩少功先后任海南省作协常务副主席兼省文联副主席等职，创作的最重要的长篇小说是《马桥词典》。小说出版后，引起广泛讨论。21 世纪之后，韩少功先后创作了长篇笔记小说《暗示》、理论集《韩少功王尧对话录》、随笔集《阅读的年轮》、演讲对话集《大题小作》、长篇散文《山南水北》以及长篇小说《日夜书》《修改过程》，可谓遍地开花。① 2018 年他被聘为湖南大学特聘教授。

因为杰出的文学创作实绩，韩少功获得了国内外广泛的认可。2002 年 4 月，他获得法国文化部颁发的法兰西文艺骑士奖章。2003 年 4 月凭借长篇笔记小说《暗示》获首届华语文学传媒大奖 2002 年度小说家奖。2007 年，以《山南水北》获第五届华语文学传媒大奖之"2006 年度杰出作家"奖，同年 10 月该作品获全国第四届鲁迅文学奖。2010 年，短篇小说《怒目金刚》获首届茅台杯《小说选刊》2009 年度奖；中篇小说《赶马的老三》获2010 年度茅台杯人民文学奖中篇小说奖；长篇小说《马桥词典》获美国第二届纽曼华语文学奖。

---

① 参见武新军、王松锋《韩少功年谱》，中国社会科学出版社，2017。

# 二 作品导读

## 《爸爸爸》

《爸爸爸》是韩少功创作的中篇小说,最初发表在《人民文学》1985年第 6 期。小说以极富想象力的魔幻现实主义的手法,通过描写湘山鄂水之间一个原始部落的历史变迁,将祭祀打醮、迷信掌故、民俗风情、乡音土语融合在一起,描绘出一幅极具象征色彩的民俗画。作家以强烈的主体批判精神,对这种落后、愚昧、封闭、保守的文化形态予以揭示。这部作品是"寻根文学"的代表作,也是韩少功创作中非常重要的作品。

韩少功一贯坚持的理性精神,在小说中得到了很好的表达。作家从现代意识出发,在对鸡头寨的原始生存方式的审视中,发掘其文化构成的巨大缺陷,即其"文化之根"中缺乏理性的自觉,并且这一缺陷一直延伸到了现代社会。小说对文化劣根性的审视,主要集中在对丙崽这一人物形象的塑造上。

丙崽是一个"未老先衰"却又总也"长不大"的小老头,外形奇怪猥琐,只会反复说两个词:"爸爸爸"和"×妈妈"。这样一个缺少理性、语言不清、思维混乱的人物象征着人类生存中丑恶、非理性、愚昧的一面。然而,这个白痴样的人物却得到了鸡头寨全体村民的顶礼膜拜,被视为阴阳二卦,尊为"丙相公""丙大爷""丙仙"。在鸡头寨与鸡尾寨发生争战之后,大多数男人都死了,而丙崽却依然顽强地活了下来。丙崽的顽强生命力象征着古老文化中落后、愚昧的一面无法根除。

《爸爸爸》除了强烈的理性之光烛照传统文化落后的一面之外,同时也揭示了生命的本体存在,探索着生命起源、生命存在的方式和意义。丙崽那两句谶语般的口头禅,包含了人类生命创造和延续的最原始最基本的形态。而丙崽的母亲,用"剪鞋样、剪酸菜、剪指甲"的剪刀为人接生,剪出了山寨里整整一代人,这充分隐喻着生命的顽强,预示着个体生命与传统文化之间息息相通的神秘意味。

在《爸爸爸》中，韩少功以其卓越的艺术构思完成了对一个充满象征意味的文学世界的构建。在这个弥漫着巫楚文化气息的光怪陆离的世界中，神秘民情风俗与原始神话传说交织，在漫天迷雾、飞禽走兽中，作家以寓言的方式呈现对生命、文化乃至世界的认知，因此，小说主题表现出多义性与复杂性。在语言表达上，韩少功力求语言的简洁、直感、形象，其小说神秘而浪漫的风格的形成与其语言表现也有直接关系。

## 《马桥词典》

《马桥词典》是韩少功创作的长篇小说，最早发表于1996年第2期的《小说界》杂志，1996年9月，作家出版社以单行本发行。作为90年代最重要的长篇小说之一，《马桥词典》无论在思想上还是艺术上，都充满了新异性。韩少功力图在一个名叫马桥镇的地方的人们日常生活使用的115条方言土语中，用语言符码编织出一个文学世界，打捞出语言背后蕴含的人生故事，完成对当代历史、文化、生活的审视。《马桥词典》是先锋小说的代表作品之一，曾荣获上海市第四届长中篇小说优秀作品大奖中的长篇小说一等奖，以及2011年第二届美国纽曼华语文学奖。

《马桥词典》叙述的历史背景以"上山下乡"运动中的知青年代为主体，向上追溯到各个历史时期，向下也延伸到改革开放以后，着重讲述了70年代马桥乡的各色人物与风俗民情，但这些人物故事被包含在词典的叙事形式里面。首先，作家以完整的艺术构思构建了一个"马桥"王国，将马桥的历史、地理、风俗、物产、传说、人物等，以当地的方言符号，汇编成一部名副其实的乡土词典。紧接着，叙述者才以知青——也就是词典编纂者的身份，对这些词条做出解释，引申出一个个文学性的故事。韩少功这种以词条展开为主的叙事方式，丰富了当代小说的表现形式，使小说在通常意义上的"日记体小说""书信体小说"之外又多了"词典体小说"。

总体而言，马桥的人物故事大致分作三类：一类是政治故事，如马疤子、盐早的故事；一类是民间风俗故事，讲的是乡间日常生活，如志煌的故事；还有一类是即使在乡间世界也找不到正常话语来解释和讲述的，如铁香、万玉、马鸣等人的故事。

第一类故事具有政治色彩，有惨痛的历史教训。如对追随马疤子起义的土匪的镇压、地主儿子盐早的悲惨生活，这些故事都闪烁着悲剧色彩，有一种让人欲哭无泪的悲伤。

第二类和第三类故事是小说的主体，马桥本身是权力意识和民间文化形态混合的现实社会的缩影，各种思想意识在这里构成了一个藏污纳垢的世界，权力压抑了民间的生命力。第二类民间风俗故事正反映出被压抑的民间如何以自己的方式拒绝来自社会规范和伦理形态的权力，如志煌的故事，是通过对"宝气"这个民间词的解释来展开的。在其前面有"豺猛子"的词条，介绍了民间有一种平时蛰伏不动、一旦发作起来却十分凶猛的鱼，暗示了志煌的性格，而"宝气"作"傻子"解，这个词语背后隐藏了民间正道和对权力的不屈反抗，最后又设"三毛"词条，解释一头牛与志煌的情感。通过这一组词条的诠释，把中国农民的爱恨情感淋漓尽致地表现出来。

第三类被遮蔽的民间故事非常引人入胜，像万玉、铁香、马鸣等人的故事，他们充满欲望、充满悲怆的生活方式，就连村里的人都无法理解，这也充分反映出权力制度与民间同构的正常社会秩序，无法容忍民间世界的真正生命力自由生长，因此，这些人只有在地下空间中表达自己并得以生长。第三类故事充分表达出韩少功作为一个正直、有良知的知识分子对现实社会的批判。

综上，韩少功及其《马桥词典》的文学意义是不言而喻的："韩少功是当代文学中为数不多的能够审视文学话语构成的作家。他成功地让自己的话语成为主要叙事对象。在词典编纂式的写作中，建构风物志式的立体多维的乡村话语形象，对日常生活中的文化现象及问题进行了广泛的阐释，揭示了动荡多变的历史境遇中的乡村的风俗习惯及心理特征。"①

---

① 丁帆主编《中国新文史》（下册），高等教育出版社，2013，第244页。

# 三 课后习题

1. 在中国现当代小说中，不同作家笔下出现了形形色色的"傻子"或"白痴"一类的人物形象，尝试勾勒这一类人物形象的图谱，并说明这类人物形象塑造的文学价值。

2. 阅读《马桥词典》，以一个词语为例，复述此中包含的人物故事，并据此说明小说的艺术特色。

# 第十章　莫言的小说

## 一　作者介绍

莫言无疑是中国当代文学中非常重要的作家，他的重要，不仅在于他在80年代中期写出了"新历史小说"的代表作《红高粱》，也不仅在于他是当代文坛第一位问鼎诺贝尔文学奖的中国籍作家，更重要的是他对文学孜孜不倦的追求，他的每一部小说，都力图在思想、艺术上有所创新。从80年代开始对拉美魔幻现实主义文学和西方"意识流"小说的借鉴，到21世纪以来他的小说创作向古典文学的靠拢，这些都表明："莫言是一个创造力很旺盛，想象力很丰富，每部作品都不重复，非常具有探索精神，有巨大创造能量，不断挑战自我的作家。"①

莫言，本名管谟业，1955年2月17日生于山东省高密县河涯镇平安庄。莫言童年正值中国历史上的"三年困难时期"，这一时期的经历对他有深远影响。1966年，他因"文化大革命"辍学，在农村劳动7年。1973年秋，以农民合同工身份成为县第五棉花加工厂的工人。1976年，莫言参军，在站岗、种地的三年时间里，为了排解精神上的苦闷，莫言开始偷偷写作，为走上文学创作之路奠定了基础。1981年5月，莫言在文学双月刊《莲池》第5期上发表处女作短篇小说《春夜雨霏霏》，1982年春，在《莲池》第2

---

① 《阎连科评莫言获奖：是对中国文学大发展的肯定》，搜狐网，https：//www.sohu.com/，引用日期：2012年10月12日。

期发表短篇小说《丑兵》，第 5 期发表《为了孩子》。1983 年在《莲池》第 5 期发表短篇小说《民间音乐》。1984 年秋，莫言考入解放军艺术学院文学系。80 年代中期到整个 90 年代，莫言进入创作的第一个高峰期，《透明的红萝卜》《红高粱》《欢乐》《天堂蒜薹之歌》《食草家族》《丰乳肥臀》等中长篇小说相继问世，其中《红高粱》《丰乳肥臀》成为莫言的代表作品，引起强烈的反响。

　　21 世纪之后，他的多部中长篇小说包揽了国内、国际的众多奖项。2001 年 4 月，他的长篇小说《酒国》（法文版）获得法国儒尔·巴泰庸外国文学奖。长篇小说《檀香刑》由作家出版社出版，于 2005 年获得意大利诺尼诺国际文学奖。2003 年出版长篇小说《四十一炮》，2006 出版长篇小说《生死疲劳》，2008 年凭借《生死疲劳》获得香港浸会大学红楼梦奖以及美国纽曼华语文学奖。2009 年出版长篇小说《蛙》。2012 年 10 月 11 日，莫言获得诺贝尔文学奖。① 2014 年 12 月，莫言获香港中文大学荣誉文学博士学位。2016 年 12 月 2 日，当选中国作家协会第九届全国委员会副主席。2019 年 4 月，小说《等待摩西》获得第十五届十月文学奖短篇小说奖。2020 年 7 月出版中短篇小说集《晚熟的人》。2021 年 12 月 16 日，当选中国作家协会第十届全国委员会副主席。

　　日本福冈亚洲文化大奖评委会给予莫言的评语是："莫言先生是当代中国文学的代表作家之一，他以独特的写实手法和丰富的想象力，描写了中国城市与农村的真实现状，作品被译成多种语言。莫言先生的作品引导亚洲走向未来，他不仅是当代中国文学的旗手，也是亚洲和世界文学的旗手。"② 这个评价，可谓一语中的。

---

① 参见李桂玲编著《莫言文学年谱》，复旦大学出版社，2014。
② 《莫言荣获福冈亚洲文化奖大奖》，中国作家网，http://www.chinawriter.com.cn/2006/2006-07-23/19712.html，引用日期：2006 年 7 月 23 日。

## 二　作品导读

### 《红高粱》

《红高粱》是莫言创作的中篇小说，最早发表于《人民文学》1986 年第 3 期，是莫言早期小说的代表作，也是"新历史小说"的代表作。

《红高粱》以抗日战争为历史背景，可是在小说中"战争无非是作家写作时借用的一个环境，利用这个环境来表现人在特定条件下感情所发生的变化"①。小说以莫言的故乡山东高密为地域背景展开故事，在"我爷爷""我奶奶"的故事中，作家站在民间立场上，重点呈现个人视角之下的战争。

《红高粱》塑造出了"我爷爷"和"我奶奶"这样个性鲜明的人物形象。"我爷爷"余占鳌是北国高大挺拔的红高粱哺育的一条刚烈的硬汉，他是一个地道的农民，疾恶如仇的他杀了与自己母亲通奸的和尚，做了低贱的轿夫。一次偶然的抬轿经历使他不顾一切地爱上了戴凤莲。他与戴凤莲在高粱地中的野合，是一种原始生命力的爆发，是对传统礼教的否定与蔑视。同时，他也是一个善恶结合的土匪头子。外人眼中的他，杀人如麻，可是他杀人的背后却是他惩恶扬善的英雄行为。他杀死仗势欺人的单家父子，是为了拯救深陷苦海的爱人；他杀死酒后乱性的余大牙，是为了还无辜少女曹玲子一个公道；他杀死流氓头子"花脖子"，是为了使当地百姓免于盘剥之苦……这些都恰恰表现出了一种人性深邃之"善"。因此，作为土匪头子的他与作为民族英雄的他并行不悖，显示出莫言在人物形象塑造上的高超功力。

"我奶奶"戴凤莲的形象也极具代表性，她丰腴、热烈、果断、泼辣，

---

① 莫言：《我为什么要写〈红高粱家族〉——在〈检察日报〉通讯员学习班上的讲话》，杨扬编《莫言研究资料》，天津人民出版社，2005，第 44 页。

敢于冲破陈规陋俗，追求自己的幸福。这种有别于传统农村妇女形象的塑造，彰显出一种原始生命的力与美，成为当代文学人物画廊中一个让人耳目一新的女性形象。

在小说的艺术表现技巧上，《红高粱》中，莫言打破了叙事视角的常规用法，将多种叙事视角交替使用，达到了意想不到的艺术效果。同时，小说中的场面描写最见作家的写作功力，莫言善于运用通感的修辞手法，想象离奇大胆，语言饱满生动，给人一个广阔的想象世界和复杂的感觉空间。作家将粗粝、原始的方言土语融入小说中，形成了一个生机勃勃、野性十足的民间文学世界。

## 《蛙》

《蛙》是莫言酝酿十余年，笔耕四载，潜心打造的一部长篇力作，2009年12月由上海文艺出版社出版。全书由四封长篇书信和一部九幕话剧组成，以从事计划生育工作五十余载的山东高密东北乡村女医生"姑姑"——万心的人生经历为主要线索，用波澜起伏的事例生动展现了新中国六十年的生育史，同时也深刻地剖析了以叙述人兼主人公蝌蚪为代表的中国知识分子的灵魂世界。小说通过对一系列普通妇女形象的塑造，在她们对痛苦的担当以及苦难的抗争中，生命的韧性与心灵的厚度都在内化中得到了升华，彰显了生命的神圣与不可侵犯。2011年《蛙》获得第八届茅盾文学奖。

小说中塑造的核心主人公姑姑，是一个"将乡土性、民族性、人类性、党性与个性统一于一身，是中国社会主义初级阶段的时代环境中孕育出来的一个'典型环境中的典型人物'"①。她的身上有着双重性格：神性与魔性并存。出身于革命之家的姑姑继承父业，十七岁的她就赶跑了传统接生的"老娘婆"，承担起了高密东北乡18个村庄的新法接生工作。姑姑因其娴熟安全的接生法而受到广大村民的一致称赞，被尊称为"送子娘娘"。然而，小说的后半部分，姑姑从"送子娘娘"变成了"刽子手"。晚年的姑

---

① 王源：《莫言茅盾文学奖获奖作品〈蛙〉研讨会综述》，《东岳论丛》2011第11期。

姑无法驱逐她内心的负罪感，尤其是侄媳妇王仁美的那句"姑姑啊！我好冷……"唤醒了姑姑内心深处的人性温暖。在深重罪孽的自我逼迫下，一向如男儿般刚强的姑姑竟被青蛙吓丢了魂魄。素日威风凛然的姑姑在最后选择嫁给制作泥娃娃的艺术大师郝大手，就是想通过郝大手的泥娃娃来为自己赎罪，她将无生命的"艺术"幻化成有生命的婴儿，来帮她完成灵魂的忏悔。在小说最末出现的九幕话剧里，姑姑总结性地说道："一个有罪的人不能也没有权力去死，她必须活着，经受折磨，煎熬，像煎鱼一样翻来覆去地煎，像熬药一样咕嘟咕嘟地熬，用这样的方式来赎自己的罪，罪赎完了，才能一身轻松地去死。"① 这种将生与死、罪与罚交织在一起的人生感悟，揭示出姑姑在生命救赎的过程中对于他者生命的尊重和自我省悟。

从小说的艺术表现手法来看，莫言采用了书信体、元故事、戏剧体相结合的形式，以其特有的笔调，对主人公姑姑等众多人物形象和乡村生活进行了生动的描写，语言干净利落，很少旁逸斜出。

## 三 课后习题

1. 以《〈蛙〉的主题探析》为题，写一篇小论文。
2. 以具体作品为例，试述莫言小说在中国新文学中的主要美学贡献。

---

① 莫言：《蛙》，作家出版社，2012，第346页。

# 第十一章　邓友梅的小说

## 一　作者介绍

　　作为当代"京味儿派"小说的代表人物，邓友梅以其对"清明上河图"式的北京市井人物生活百态生动的精细描摹而享誉全国。邓友梅，1931 年 3 月出生于天津市，祖籍山东平原。邓友梅四岁时，父亲离开天津到营口做工。邓友梅幼时先是在私塾学习，后转到一所私立小学读书。抗日战争全面爆发后，邓友梅的父亲将全家迁往山东老家。1942 年，邓友梅在山东参加八路军，成为一名光荣的交通员。1943 年，到天津务工，后被骗至日本山口县的化工厂做童工。1945 年，回到中国后曾在根据地的中学教书，参加过文工团。在此期间，依靠自学走上文学创作之路。1949 年，在新华社某分社任见习记者，后被调至北京文联。1951 年发表第一篇小说《成长》。1953 年进入中央文学讲习所，结业后长期深入基层，从事专业创作。1956 年，他发表了《在悬崖上》，小说涉及婚恋话题。一个男性知识分子，对平庸的日常婚姻生活逐渐产生厌倦，对来到工厂的活泼美丽的异国女性加丽亚产生了异样的情愫。但是，主人公很快在与加丽亚的交往中意识到加丽亚自由奔放的本性，这使主人公清醒过来，悬崖勒马。因为此篇小说涉及婚外恋等话题，发表之后很快引起反响。1957 年，邓友梅被划为右派。1962 年，调到鞍山，先后在鞍山话剧团、鞍山市文联任创作员。

　　"文化大革命"中，邓友梅在盘锦等地改造。拨乱反正之后，他调到北京市文联，任专业作家、党组成员。1979 年加入中国作家协会。1985 年当选中国作协理事、书记处书记，并被任命为外联部主任。80 年代以来，他陆续发表了《我们的军长》《话说陶然亭》《追赶队伍的女兵们》《烟壶》《那五》等中短篇小说，曾连续五年获全国优秀中短篇小说奖。1997 年，邓友梅当选为中国作协副主席。①

　　邓友梅最成功的小说，是他以市井生活为题材的小说。这些小说，取材于小人小事，但是因为"作者的思想在一个更高的层次。他们对市民生活的观察角度是俯视的，因此能看得更为真切，更为深刻"②。

## 二　作品导读

### 《烟壶》

　　《烟壶》是邓友梅创作的中篇小说，发表于 1984 年第 1 期《收获》，该篇小说获得全国第三届优秀中篇小说奖，1985 年由四川文艺出版社发行单行本。小说从日常生活和日常习俗的角度来表现历史变迁，以"烟壶"为媒介串联起 19 世纪末期北京城市的风俗画，串联起各色各样的人物，如同小说在烟壶中呈现整个清明上河图一样，我们透过小说的方寸之地能看到市井世界的芸芸众生和时代矛盾的冲突，也可以看到中国底层艺人身上的反抗精神与爱国情怀。评论家认为："《烟壶》的时代精神浸染于恬淡的民俗画中，像涓涓细流似的悄悄地淘涤着人们的性灵。"③

　　小说的主要故事情节如下。19 世纪末 20 世纪初，生活在北京城的八旗子弟乌世保，出身于武职世家，虽游手好闲却不失善良和爱国之心。某日，他教训了过去家里的旗奴、现在投靠洋人为虎作伥的徐焕章，结果被

---

① 　参见白晶《眺望地平线：邓友梅传》，江苏人民出版社，2013。
② 　汪曾祺：《〈市井小说选〉序》，杨德华编《市井小说选》，作家出版社，1988。
③ 　张韧：《邓友梅小说的民俗美与时代色彩——谈中篇小说〈烟壶〉及其他》，《文学评论》1984 第 3 期。

其所害，陷于牢中，却因此得以结识身怀绝技的鼻烟壶匠人聂小轩，因缘际会学会了烟壶的内画技术与"古月轩"瓷器的烧制技术。出狱后，乌世保发现，在他入狱期间，不善理家的妻子被徐焕章骗光家产后意外身亡，家宅也被烧光；邻居谷佐领恼恨他给旗人丢了面子，报请革除了他的旗籍；唯一的儿子让他的奶妈刘妈抱回河北老家抚养。家破人亡的乌世保先是得到同为旗人的寿明的帮助，凭内画技艺挣到了嚼谷儿，成为自食其力之人；后又被聂小轩父女收留，正式拜聂小轩为师。聂家有意招赘他以继承家传绝技。但有权有势的"洋务派"贵族九爷为了讨好日本人，在徐焕章唆使下，逼聂小轩烧制绘有八国联军攻打北京后行乐图的烟壶，聂小轩毅然断手自戕，以示反抗。最后，乌世保与聂氏父女一起从北京城逃往河北投奔乌世保的奶妈。

从以上的介绍中我们可以看出，小说的情节性极强，作家从评书、相声、章回小说中汲取了艺术养料，以全知视角将一个故事讲得异彩纷呈。当然小说最引人入胜的地方，除了乌世保的堪称充满苦难的遭遇——被诬陷入狱，继而妻离子散，家破人亡，在19世纪末的中国社会非常具有代表性，还有小说中描写的烟壶的"内画"技巧和"古月轩"的瓷器烧制技术。这种在如今可以被看作"非物质文化遗产"的技艺，在小说中得到了全面的展示：

> 烟壶中有一种做法叫作"内画"。水晶瓶也好，料器瓶也好，只要是透明的瓶体，全可拿来当作坯子。由画家在瓶子内部画上山水人物、花鸟草虫，写上正草隶篆、诗词文章。工笔写意，水墨丹青，透过瓶壁看来，格外精致细腻。这一技术极难。因为鼻烟壶在造型上有定例，瓶口阔者放不进一粒豌豆，窄者只能插一根发簪。一般人用掏耳勺插进瓶内掏烟还难以面面俱到，要想往内壁画图谈何容易？更何况不论多精多美的图画文字，画时一律要反面落笔，看起来才成正面图像。[①]

---

① 邓友梅：《烟壶》，《邓友梅》，人民文学出版社，1996，第150页。

这些极具都市民间色彩的老北京技艺与风俗的展演，让小说充满了风俗画的味道，因而非常吸引人。邓友梅说他的此类作品是"探讨'民俗学风味'的小说的一点试验。我向往一种《清明上河图》式的小说作品"①。的确，邓友梅这种鲜明艺术风格的形成，与他小说创作的自觉追求是分不开的。

在艺术表现上，小说以"说书人"的身份，将人物故事娓娓道来，故事的传奇性与情节的悬念性都通过插叙、倒叙的方法得以非常好地呈现。语言上，《烟壶》中的人物语言极具个性色彩，叙述语言多用经过提炼加工的北京口语，朴素、淳厚、洗练、爽脆，带有浓郁的地方风味。

## 三 课后习题

1. 阅读陆文夫的《美食家》，邓友梅的《那五》《烟壶》，谈谈两位作家在表现市井风情上的异同。

2. 在 80 年代文学一波接一波的潮流中，"乡土小说"与"市井小说"的创作非常引人注目，它们除了表现对象不同之外，还有许多相通之处，试比较刘绍棠与邓友梅的创作，说说他们文学创作上的相似之处。

---

① 邓友梅：《〈寻访画儿韩〉篇外缀语》，《小说选刊》1982 年第 2 期。

# 第十二章　张洁的小说

## 一　作者介绍

张洁，1937 年出生于北京，幼年丧父，从母姓。张洁童年、少年时代的生活都在陕西省岐山县蔡家坡镇西端的一个叫草坡的小村落中度过。1956 年，张洁高中毕业后进入中国人民大学计划统计系。1960 年毕业后被分配到国家第一机械工业部工作。[①] 1978 年在《北京文艺》第 7 期发表处女作《从森林里来的孩子》，讲述了一个音乐家在"文化大革命"中深受迫害却依然坚持真理、热爱艺术的动人故事。此篇小说获得 1978 年全国优秀短篇小说奖。1979 年连续发表《有一个青年》《含羞草》《非党群众》《谁生活得更美好》《忏悔——献给不幸的孩子》《爱，是不能忘记的》等短篇小说。其中，《爱，是不能忘记的》以鲜明的女性意识，对女性的婚恋、情感问题进行书写，引起较大反响。同年，张洁加入中国作家协会。

1981 年，张洁调入北京市文联，成为专业作家。整个 80 年代，张洁创作了数量颇丰的短篇、中篇及长篇小说。其中长篇小说《沉重的翅膀》最受人瞩目。小说塑造了从部长到工人等一系列改革者、守旧者的形象，是"改革文学"的代表作品，获得了第二届茅盾文学奖。中篇小说《方舟》，

---

① 《用生命写作的作家张洁》，新浪网，https：//www.sina.com.cn，引用日期：2007 年 10 月 31 日。

延续初期小说中的女性意识，通过描写几个女性对事业的追求不被理解的痛苦和旧的习惯势力对她们婚姻的非难，表达对女性生存困境的关注。90 年代，张洁继续保持着旺盛的创作力，她在自己的母亲去世后，创作了散文《世界上最疼我的那个人去了》，以十几万字七十余幅图片记录母亲人生最后的八十多个日日夜夜，是一首唱给母亲的至真至诚的颂歌。2002 年，根据《世界上最疼我的那个人去了》改编的同名电影获第六届中国长春电影节优秀华语故事片奖。20 世纪 90 年代末期到 21 世纪，张洁最重要的作品是三卷本长篇小说《无字》，2005 年 4 月，《无字》获第六届茅盾文学奖。2014 年 10 月 22 日至 26 日，在北京举办的"张洁油画作品展"开幕式上，张洁做告别致辞；同年，获意大利 GIUSEPPE ACERBI 国际文学奖"终身成就奖"。[1]

2022 年 1 月 21 日，张洁在美国因病逝世，终年 85 岁。

作为新时期以来第一位两次获得茅盾文学奖的女作家，张洁被认为是新时期女性文学的旗手。她用小说反映女性生存的艰难，站在探讨女性婚姻问题的第一线。从《爱，是不能忘记的》到《方舟》再到《无字》，都是探讨女性婚姻问题的杰作。张洁的作品能够真正扎根现实，紧随或者超前时代反映现实问题。她的小说艺术风格多变，从早期的抒情风格，到中期的写实风格，再到晚期的荒诞风格，不断探索最适合自己文学作品的表达方式，并由此获得成功。

## 二 作品导读

### 《爱，是不能忘记的》

《爱，是不能忘记的》是作家张洁发表于《北京文学》1979 年第 11 期上的短篇小说，后收录于她的同名小说散文集。

---

[1]　参见姜红伟《张洁文学年谱（1978—2020）》，《当代作家评论》2020 年第 6 期。

小说的故事情节大致如下。"我"（珊珊）是个三十岁的未婚女青年，已经到了必须谈婚论嫁的年纪，而且身边有一个在外人看来十分理想的求婚者——乔林，但是，"我"对于是否应当像大多数人一样过一种婚姻与爱情分离的生活感到困惑。这时，"我"想起了已经去世的母亲——作家钟雨的感情经历。"我"的母亲因年轻幼稚，糊里糊涂地与一个花花公子式的男人结了婚，在"我"很小的时候他们就分手了。但"我"发现母亲心中一直深爱着另一个男人———一位老干部，并在"爱，是不能忘记的"笔记本里写下了她对他的无限深情。那个男人出于报恩和责任，与一个因救他而牺牲的老工人的女儿结了婚。他虽也深深地爱着"我"的母亲，却因道义上的心理障碍而无力言明；他们彼此心心相印，却从未有过让人沉醉的亲近；他们曾相约互相忘却，却时时梦中相见。就连他去世后，她仍然觉得他还活着，依然用笔对他倾诉着她的情与爱。

　　在张洁的小说中，没有婚姻的爱情是痛苦的，没有爱情的婚姻是不幸的，很难找到爱情与婚姻的完美结合。因此，小说并没有简单地批判传统道德对爱情的束缚，而是在社会现实、人道观念等层面揭示了爱情与婚姻难以两全的困境，并借以在广阔的时代社会变迁的背景上探讨人类的情感尤其是女性的心灵。这是当代作家中较早地阐释、表现女性意识的作品。

　　《爱，是不能忘记的》具有浓厚的理想主义色彩，这种理想主义色彩，除了来自小说内容之外，还表现在艺术追求上。小说在写作倾向上呈现出明显的主观性，形成了深沉而浓郁的抒情风格。同时，张洁以散文化的语言强化了这种抒情风格，小说时而哀怨凄婉、时而酣畅淋漓的语言，较好地表达了主人公和作者的心声。

## 《无字》

　　《无字》是张洁创作的长篇小说，分为三部，2002 年 1 月首次出版。2005 年，《无字》获得第六届茅盾文学奖。整部小说"通过凡人小事反映社会风云，以三个女儿的命运，对历史进行深入思考，极为感人"①。

爱情是张洁大部分小说探讨的主题，《无字》也不例外。小说中，作家试图用几代人的情感经历去打开困住中国女性的枷锁时，却发现一切都是徒劳的，女性倾其所有独自与爱情作战，但悲剧命运并未因此而有所改变。

小说中第一代女性墨荷，在"父母之命，媒妁之言"的婚姻中，成为传宗接代的工具，无休止地生儿育女和繁重的劳作构成了外祖母墨荷的全部人生。第二代女性叶莲子的婚姻，虽然在表面上有着"半自主"的色彩，但是她一度中意的男人顾秋水却不是个值得信赖的对象，婚后她既要面对物质层面的饥饿困窘，又要面对精神层面的为奴的尴尬。顾秋水是一个连自己都难以养活的人，因此，他在生活颠沛流离时对叶莲子母女的遗弃就成为必然，叶莲子含辛茹苦将孩子养育长大，可是从一而终的观念让她执迷不悟，到头来婚姻只是一场空梦。第三代女性吴为是小说的核心人物，虽然已经成为一名作家，可是婚姻依然充满坎坷。第一任丈夫韩木林在"文化大革命"时期因揭发吴为因婚外情生下私生子的事而在她的心里烙下了深深的红字。生活刚刚有了转机之后，她与胡秉宸相恋，甚至为了胡秉宸不惜与全世界为敌。然而，胡秉宸并不是一个值得托付终身的良人，吴为的婚姻依然以失败告终。第四代女性，吴为的女儿禅月和枫丹，她们在缺失父亲的家庭中成长，母亲的婚姻极大地影响了她们，因此，她们排斥婚姻。小说通过四代女性在婚姻、爱情中的不幸经历表明了女性生存的困境，那就是婚姻对女性的不公并没有随着历史的向前发展而有所改变。相反，它在现代社会生活中变得更复杂、更带有普遍性。

小说中吴为的绝望也代表着张洁情感诉求的困境，吴为最终没能够通过情感完成她对于世界或者说主流社会的认同，这根源于她所梦想着寻求依托的男性世界的破碎，更重要的在于她自己所设立的世界观的破碎——女性想在男性世界中寄托自我情感认同是不现实的，是乌托邦的幻境。于是张洁只

①　《第6届茅盾文学奖揭晓〈张居正〉〈无字〉等胜出》，中国新闻网，https：//www. chinanews. com. cn/，引用日期：2005年4月21日。

有解构，让曾经高大完美的男性神话坍塌，露出卑琐，让曾经沉溺于爱情中的女性绝望，走向死亡。在解构爱情的同时，她也在不断地拷问、控诉男性，甚至整个社会。因此，小说在这个层面上显示出极强的批判性。

在艺术风格上，《无字》的叙述语言可以说是对张洁之前作品的一种超越。它选用独特的叙述视角，通过第三人称全知叙事，此时的叙述声音是作者的，宽广的视域将一个世纪中国风云际会的时代变迁和各色人物的沉浮人生纳入其中。同时，内向视角的使用，使作品的叙事语言能够由对外部世界的客观描述转为对人物内心世界的动态刻画。《无字》的叙述方式也极具独特性，采取片段拼接式的结构，看似杂乱，但是人物的心绪、情感贯穿小说始终，事件之间采取场景相互镶嵌、相互并列、相互交叉的方式，通过表层结构表现深层结构，由此揭示了文本的深层意蕴。

# 三　课后习题

1. 以具体小说为例，说说张洁前后期小说艺术风格的变化。

2. 当代作家王安忆说："我不知道她会不会对我的命名反感，但我觉得她真的非常独特。她的《方舟》《七巧板》，包括后来的长篇《无字》，我都看。她不是所谓的'主义'，我们常常说'女性主义'，但她不在'主义'那么一种历史性的命名之下，她还是从个体出发的，所以我觉得她是真正地有一种自觉的女性觉醒意识。如果我们排的话，我觉得最早有这种意识的是丁玲，但新时期文学里，张洁一定是第一人。"结合张洁的具体创作，谈谈你对张洁小说中"女性意识"的看法。

# 第十三章　王安忆的小说

## 一　作者介绍

王安忆，1954 年 3 月 6 日出生于南京。她的母亲是著名的短篇小说《百合花》的作者茹志鹃，母亲转业，她随母亲来到上海。1961 年进入淮海中路小学学习，1967 年入向明中学，1969 年毕业。1970 年，前往安徽省五河县头铺公社大刘大队插队。1971 年加入共青团。1972 年考入江苏省徐州地区文工团，参加乐队工作，并参加创作活动。1976 年，在《江苏文艺》上发表散文处女作《向前进》。1978 年，回上海任《儿童时代》编辑，同年发表首篇短篇小说《平原上》。1979 年，发表小说《谁是未来的中队长》，获《少年文艺》年度"好作品"奖。

1980 年，王安忆参加中国作家协会第五期文学讲习所学习。在半年的时间之内写下一系列小说，后集为《雨，沙沙沙》在《北京文艺》上发表，王安忆因此成名。1981 年创作短篇小说《本次列车终点》，后获全国优秀短篇小说奖。1983 年 5 月，完成长篇小说《69 届初中生》初稿，发表于《收获》1984 年第 3、4 期。1985 年，在《中国作家》发表"寻根文学"的代表作品《小鲍庄》，引起反响，获得 1985~1986 年全国优秀中篇小说奖。紧接着，王安忆创作出了"三恋"系列：《小城之恋》《荒山之恋》《锦绣谷之恋》。"三恋"因其大胆涉及性爱而在文坛上引起广泛关注。在"三恋"中，王安忆颠覆了传统女性题材书写的禁忌，深刻地展现了性爱在女性生命中所扮演的角色。1986年，长篇小说《黄河故道人》与《69届初中生》先后出版。1987年，王安忆被调至上海作家协会创作室从事专业创作。

90年代初，王安忆开始以"上海"为题材进行小说创作。1995年长篇小说《长恨歌》开始在《钟山》上连载，后于1996年首度出版，2000年10月，《长恨歌》获第五届茅盾文学奖。后又推出长篇小说《富萍》，该小说入选2000年度中国小说长篇小说排行榜。2001年12月，王安忆当选为第七届上海市作家协会主席。2004年，任教于上海复旦大学中文系。同年，短篇小说《发廊情话》获第三届鲁迅文学奖优秀短篇小说奖。2007年被聘为复旦大学中文系文学写作硕士点导师。2011年，当选为第八届中国作家协会副主席。2011年之后，王安忆连续推出了长篇小说《天香》《匿名》《考工记》《一把刀，千个字》，这些小说每一出版，都能引起国内外学者的强烈反响。2012年，她获得第二届施耐庵文学奖和第四届世界华文长篇小说奖"红楼梦奖"首奖。2013年，王安忆获"法兰西文学艺术骑士勋章"，同年，再次连任上海作协主席。① 2021年12月16日，王安忆当选中国作家协会第十届全国委员会副主席。2022年3月起，任中国作家协会小说委员会主任。

从早期的"雯雯"系列到最近出版的新作《一把刀，千个字》，王安忆的创作历程基本展现了新时期以来中国当代文坛的流变过程，而且，王安忆在每一个阶段、每一种文学潮流中都有代表作品问世。在不断变动的题材与艺术风格中，不变的是王安忆对小人物生活的关注和书写。在平常的人生故事、柴米生计中，王安忆的小说表现出对人性和人的生存状态及本体世界的关怀，这使得她的作品有了超乎寻常的意义。

---

① 参见姜燕《中国现当代女性作家作品研究》，吉林人民出版社，2016，第287~294页。

# 二　作品导读

《雨，沙沙沙》

　　《雨，沙沙沙》是王安忆创作的短篇小说，最初发表于《北京文艺》1980 年第 6 期，是王安忆的成名作。小说以婉约、清新、细腻的笔触描写一个下雨的夜晚，女孩雯雯的一次美好邂逅。这次邂逅在雯雯平静的心里泛起了层层涟漪，带给她无限美妙的怀想。

　　小说的故事情节非常简单，雯雯是一个返城的知青，返城之后在一家工厂里上班，因为下班后车间主任拉着她谈心，错过了末班车。在雯雯追车的过程中，一个陌生的小伙子误以为雯雯要坐自己的自行车，所以热情地相邀雯雯上车，雯雯经历了由犹豫、戒备到信任再到依依不舍的复杂心理过程。小伙子把雯雯送回家之后消失在蒙蒙雨雾之中……在下一个雨天里，雯雯期待再次邂逅。

　　《雨，沙沙沙》文如其名，有着非常鲜明的诗意特征。小说中的雯雯，虽然曾经因为两地分居的户口和生计问题被分手，但是依然对美好的爱情充满了憧憬，因此，她抗拒别人给自己介绍的对象，"觉得这种有介绍人的恋爱有点滑稽，彼此做好起跑准备，只听见一声信号枪：接触—了解—结婚"。她渴望的爱情，就如同那个雨夜亮起的橙黄色的路灯，温暖、浪漫、迷人，有不期而遇的惊喜。在 80 年代兴起的人道主义文学思潮中，王安忆小说中表现出的对美好爱情的憧憬可谓正当其时。

　　小说的艺术特色非常鲜明，小说结构谨严，主要以雯雯的心理活动串联起整个小说的叙述，雯雯对陌生的热心男青年从抗拒到信任的整个心理过程构成了小说的主线。小说的心理描写非常细腻，尤其是对雯雯心理的转变，描写自然。小说语言具有抒情性，善于通过诗一般优美的语言营造出梦幻般的意境，表达人物情感。诸如小说中描写雨景："雨蒙蒙的天地变作橙黄色了，橙黄色的光渗透了人的心。雯雯感到一片温和的暖意，是不是在做梦?"① 美丽的雨景与温暖的人情交织在一起,构成了一首清新动人的小夜曲。作为"处女作"的《雨,沙沙沙》之于王安忆的创作生涯,是一份隐喻:王安忆就是要在梦碎的现世中开创出一重梦的空间。② 的确,从《雨,沙沙沙》开始,王安忆走向了更广阔的艺术世界。

## 《长恨歌》

《长恨歌》是王安忆创作的长篇小说,最初连载于《钟山》杂志1995年第2~4期,后于1996年出版,是90年代最重要的长篇小说之一,获得了第五届茅盾文学奖。这是王安忆以上海为题材的写作中极富代表性的一部,小说通过"上海小姐"王琦瑶的一生为上海历史作注脚,以弄堂、闺阁、鸽子串联起大历史中的变动人生。小说具有丰富的主题意蕴,艺术表现上也别出心裁,自成一派。

《长恨歌》首先是书写女性悲剧的代表作品。小说中的王琦瑶,作为平民女子,因为长相美貌,在阴差阳错之际被选为"上海小姐",在旧上海最后的歌舞升平中成为有权势的官员李主任的情人,拥有了爱丽丝公寓、华服以及金钱。然而,随着李主任的出逃,王琦瑶又一次回归平民生活。在平安里的弄堂中,她结识了风流倜傥的康明逊,在怀了孩子之后,康明逊负不起当父亲的责任。一直暗恋她的程先生开始照顾王琦瑶母女的生活,可是,"文化大革命"中,程先生自杀,王琦瑶凭借李主任留给她的金条度过困难的时日。改革开放后,王琦瑶的女儿薇薇长大,随着薇薇结婚、出国,王琦瑶渐渐老去。然而,王琦瑶"辉煌"的旧事被重提,在八九十年代上海的怀旧风潮中,比王琦瑶小一辈的青年"老克腊"被她吸引,王琦瑶陷入与他的恋情中无法自拔。为了留住情人,王琦瑶自曝家财,没想到引来祸患,王琦瑶被朋友的男友"长脚"所害,魂归离恨天。王琦瑶的悲剧,是时代、性格、环境多重因素使然。作家并没有简单将王琦瑶的悲剧归结为哪一种因

---

① 王安忆:《雨,沙沙沙》,上海文艺出版社,2015,第64页。
② 翟业军:《做梦、发痴与爱的可能——从作为"处女作"的〈雨,沙沙沙〉说开去》,《海南师范大学学报》(社会科学版)2020年第6期。

素，而是写出了悲剧出现的复杂性。

其次，《长恨歌》的全篇，笼罩着一种浓重的宿命感。这种宿命感，是对浮华人生的一种参悟，有《红楼梦》中"大雪白茫茫一片真干净"的悲剧感。小说的开始，王琦瑶与同学去片场看拍电影，一个女人躺在床上，她的上方悬挂着一盏电灯。小说结尾，王琦瑶临死前的样子与她四十年前看到的片场的情景一模一样。王琦瑶的人生，从起点到终点，画了一个圆。繁华也好，平凡也罢，最终都归零。

最后，《长恨歌》充满了隐喻意义。小说借王琦瑶的一生隐喻上海的历史。王安忆认为"历史的面目不是由若干重大事件构成的，历史是日复一日、点点滴滴的生活的演变"[1]。在《长恨歌》中，王安忆一贯秉持用日常生活叙事的方式再现历史。日常生活叙事是将"平民生活日常生存的常态突出，'种族、环境、时代'退居背景。人的基本生存，饮食起居，人际交往，爱情、婚姻、家庭的日常琐事，突现在人生的屏幕之上。每个个体（不论身份'重要'不'重要'）悲欢离合的命运，精神追求与企望，人格的高尚或卑琐，都在作家博大的观照之下，都可获得同情的描写"[2]。从整体来看，《长恨歌》历史氛围浓厚，以线性时间推进的方式将王琦瑶的一生与时代的变动勾连，这与宏大叙事的线性时间模式相类似，不同之处在于，小说在线性时间模式之内填充进去大量富有质感的日常生活的细节描写，这些由大量丰富的细节组成的日常生活场景，与小说中对上海的建筑、服饰、饮食的工笔细描相映成趣，水乳交融，由此形成了《长恨歌》独具情韵的审美品格。

## 三　课后习题

1. "考察王安忆上海题材的作品，从《富萍》《上种红菱下种藕》《遍

---

[1]　王安忆：《我眼中的历史是日常的——与王安忆谈〈长恨歌〉》，《王安忆说》，湖南文艺出版社，2003，第155页。

[2]　郑波光：《20世纪中国小说叙事之流变》，《厦门大学学报》2003年第4期。

地枭雄》《月色撩人》到《长恨歌》《天香》《考工记》，王安忆总是试图多角度、立体化呈现上海的形与神，上海的历史也因之成为她笔下一个绕不开的存在。然而，王安忆对于上海历史的叙述，一贯持谨慎、内敛的态度，她笔下的上海历史，往往与大历史保持着一定的距离。这种既有别于宏大历史叙事，又迥异于碎片化的新历史叙事的方式，主要得益于小说中器物的介入。"阅读这段评论，以《王安忆小说的器物书写》为题，写一篇论文。

# 第十四章　铁凝的小说

## 一　作者介绍

作为当代文坛中一位具有持久影响力的作家，铁凝的小说创作在与当代文学思潮保持同频共振的节奏的同时，又能入其中而又出其外，"如果我们在更广阔的文学史视野中考察，会发现新时期文学中许多重要的文学现象，比如知青文学、伤痕文学、反思文学、女性写作等，铁凝都参与其中，却又与众不同。借助对日常生活的绵密书写，对善良美好人性的真诚呼唤，铁凝得以既在潮流之中，又在潮流之外，既顺应潮流，又不被潮流所裹挟"①。因此，我们需要走进铁凝的世界，看一看这位女作家的人生，继而全面了解其文学成就。

铁凝，1957 年 9 月生于北京，祖籍河北赵县。"文化大革命"开始后，铁凝被送到北京亲戚家，直到 1969 年回到保定。1975 年，铁凝高中毕业之后，作为知青到河北省保定地区博野县张岳大队插队，并开始了文学创作。1979 年，她成为保定地区文化局创作组创作人员，也成为保定地区文联主办的《花山》编辑部编辑。80 年代初期，铁凝创作了短篇小说《哦，香雪》，这是她早期创作的代表作，小说塑造出一位清新明丽的乡村少女香雪的形象，该篇小说获得了 1984 年全国优秀短篇小说奖。紧随其后，她的中

---

① 郭冰茹、潘旭科：《日常生活书写的意义——铁凝小说新论》，《当代作家评论》2020 年第 3 期。

篇小说《没有纽扣的红衬衫》，塑造了一位热爱自由、纯真美好的城市少女的形象，该篇小说获得了 1983～1984 年全国优秀中篇小说奖，后被改编成电影《红衣少女》上映。80 年代后期，铁凝创作了长篇小说《玫瑰门》，通过核心人物司绮纹的日常生活，写出了女性的生存方式和生存状态。2000年出版的《大浴女》，依然从家庭生活和日常交往入手，既写出了女主人公尹小跳艰辛的成长过程与情感历程，也写出了人性深处的冷酷、残忍与自私。2006 年，她出版了长篇小说《笨花》。小说截取了清末民初到 20 世纪40 年代将近五十年的历史断面，讲述冀中平原一个小山村在时代风雨的变迁之中对民族底色和民族文化的坚守。小说之外，铁凝还创作了大量的散文，1997 年散文集《女人的白夜》获中国首届鲁迅文学奖全国优秀散文；2005 年艺术随笔集《遥远的完美》获第二届冰心散文奖。

　　1984 年，铁凝当选为河北省文联副主席。1985 年当选为中国作协理事。1992 年到 1996 年，铁凝先后担任河北省文联副主席、省作协副主席、党组成员、省作协主席、党组副书记等职务。1996 年，她当选为中国作家协会副主席。1997 年被河北师范大学中文系聘为客座教授。2002 年，被上海大学文学院和河北大学人文学院聘为客座教授。2006 起，担任中国作家协会主席。① 2021 年 12 月 16 日，中国作家协会第十届全国委员会第一次全体会议在京举行，会议选出新一届领导机构，铁凝连任中国作家协会主席。同日，中国文联第十一届主席团成员名单公布，铁凝当选主席。

## 二　作品导读

### 《哦，香雪》

　　《哦，香雪》是铁凝在 80 年代初创作的短篇小说，最初发表于《青年文学》1982 年第 8 期。写作该篇小说时，铁凝才 25 岁，她以女性澄澈的眼

---

　　①　参见姜燕《中国现当代女性作家作品研究》，吉林人民出版社，2016，第 372～379 页。

光和敏感的心灵，在乡间生活的涓涓细流中塑造出一位清新明丽的乡村少女香雪的形象，小说的抒情意味浓厚。

小说以北方一个偏僻的农村台儿沟为叙事背景，通过对以香雪为首的一群农村少女心理活动和生活状态的生动描摹，表现了农村女孩对以城市为代表的现代文明的向往之情。

小说的故事情节非常简单，封闭的台儿沟，因为火车的经过而在少女们心中引起了巨大的波澜。她们每次都以类似过节一样的仪式感去迎接只停留一分钟的火车的到来。这一分钟的火车，在她们心里意味着现代文明，意味着她们未知的世界。因此，一个发卡、一块手表、一只书包，都能带给她们无数的话题和美妙的遐想。小说中的香雪，单纯羞涩，她用积攒了许久的四十个鸡蛋，换了一只自己神往已久的带磁铁的泡沫塑料铅笔盒，为此，她一人摸黑走了三十里山路。这对香雪而言，的确是一个巨大的考验。香雪的这一举动充分表明了她对山外文明的向往，对改变山村落后封闭、摆脱贫穷的迫切心情。

在小说中，铁凝站在全知全能的叙述视角上写景叙事抒情，她对80年代初期这一群小山村中的少女投注了关爱、欣赏的目光，写出了纯净而美好的少女世界。在情节安排上，小说并没有一以贯之的线索，而是重点描写在火车停靠的一分钟之中，少女们的情态和动作，以及由此折射出的她们的心理状态，纤毫毕现地写出了香雪们对新生活纯真的追求和热烈的向往，整部小说有着浓郁的抒情色彩，宛如一曲清新的小夜曲。

然而，小说在清新淡远的主调中却传达出深刻的现实认知，在现代化列车的呼啸声中，香雪们该何去何从？乡村生活的美好和纯净，又能保持多少？在80年代初期，现代与落后、文明与保守二元对立的"进化论"思维中，铁凝却礼赞美轮美奂、人性淳朴的民间社会，小说有着穿越时空的永恒魅力。

## 《笨花》

《笨花》是铁凝创作的长篇小说，2006年由人民文学出版社出版。与作者以往作品中关注女性命运、专注个人情感世界的基调不同，《笨花》截取了清末民初至 20 世纪 40 年代中期近五十年的历史断面，以冀中平原的一个小乡村的生活为蓝本，以向氏家族为主线，用现实主义的手法，以朴素、智慧和妙趣盎然的叙事风格，将中国那段变幻莫测、跌宕起伏、难以把握的历史巧妙地融于"凡人凡事"之中。

《笨花》最显著的创作特色，是作家以日常生活与地域风情、文化风俗相融合的写作方式写乡村历史。小说中的主要人物向喜，从笨花村出走，经历了北伐战争、军阀混战后回归家乡，这本是一个存在于革命历史小说中的典型人物。但小说对他的书写，却落在了他心理深层对故乡的眷恋以及他结束戎马生涯回归故乡后的生活。小说叙述向喜的人生，却将大量的笔墨落在了笨花村四时变化的风景、乡村伦理秩序、传统风俗人情的书写上，我们听到的乡村历史声音不再是此起彼伏的枪炮声，而是日常岁月中的轻声细语。在《笨花》中，传统革命历史小说的坚硬与空洞、新历史小说的迷惘与荒诞都被有效地规避了，作家用乡村人复杂的情感、家长里短的生活书写串联起历史，让读者在笨花村人的岁月流转中领略了真实的历史风景，在冀中平原一个小山村的时代风雨的变迁之中看到普通民众对民族底色和民族文化的坚守。

此外，《笨花》中作家塑造出一大批立体、丰盈的人物形象。小说在书写这些人物的人生历程时，采用日常生活叙事的方式。小说中的核心人物向喜，他曾参加北伐战争，亲历了军阀混战，是一个具有"大写的人"的属性的人物。然而，作家刻意将大人物的处理视角定位于人性、人情的向度上，回避了他叱咤风云、驰骋疆场的英雄经历，把对历史勘探的目光落在了他对故乡的思念和对亲人的不舍之情上，戎马倥偬的峥嵘岁月最后被闲适的乡野生活所取代，体现了一个小人物生活选择的回归。在战乱年代，面对日军的强大，向喜通过自戕的决绝又传递出小人物的韧性，正是这些千千万万的小人物承担了历史，书写了历史，并建筑了伟大的民族精魂。

在艺术表现上，小说采取全知全能的叙事视角，以人物活动和时间、地点变换为标志，衔接日常生活和历史叙事。《笨花》的叙述者无所不知，无所不能，可是与这个村庄没有任何关系，是一个隐蔽的叙述者。然而，这个叙述者却对村庄有着一种踏实温暖的情感。铁凝以质朴坚实的乡村情感俯瞰着整个笨花村以及村庄中的人和事，让整个小说氤氲着温暖之情。因此，"深情，对人物的深情，对某个故事的深情，实为铁凝这部小说文学创作的一大要素，从一草一木直到一人一事，皆莫不如此"①。

## 三　课后习题

1. 阅读铁凝 80 年代的小说创作，分析小说中的女性人物形象塑造的艺术特色。

2. 以《〈笨花〉的风俗书写》为题，写一篇小论文。

---

① 苗变丽：《整体时空下的宏阔追求——铁凝〈笨花〉论》，《平顶山学院学报》2011 年第 3 期。

# 第十五章　路遥的小说

## 一　作者介绍

李建军曾经深情地回忆路遥："十年里，我常常想起他，想起这个像别林斯基所说的那样'把写作和生活、生活和写作视为同一件事'的、'直到最后一息都忠于神圣天职的人'。我之念想他，不仅仅因为我们都是黄土高原的儿子，也不仅仅因为我们都在'亲爱的'延安大学母校走进了托尔斯泰和雨果的世界，更主要的原因，是因为他的作品给我留下了温暖而美好的记忆。"①事实上，路遥的作品不仅给予评论家这样的感受，他的许多作品都持续影响着几代人的思想、情感，迄今为止，他的长篇小说《平凡的世界》依然是最受大学生欢迎的作品之一。对于这样一个已经离我们远去却依然被惦念、被追忆的作家，我们需要了解他的成长经历，走进他的内心世界。

路遥，原名王卫国，1949年12月出生于陕西榆林市清涧县一个贫困农民家庭，是这家的长子，7岁时因为家里困难被过继给延川县农村的伯父。伯父家也非常困难，路遥整个的童年、少年都在贫困中度过。1961年，路遥初小毕业后进入延川县城上高小，两年后进入县立中学学习，1966年初中毕业，"文化大革命"开始。1968年到1972年，路遥当过农民、文艺宣传队的创作员，并逐步开始文学创作。1973年，他以工农兵学员的身份，进入延安大学学习，其间在《延河》发表了他的短篇小说《优胜红旗》，这

---

① 李建军：《文学写作的诸问题——为纪念路遥逝世十周年而作》，《南方文坛》2002年第6期。

是他公开发表的第一篇小说。10 月，路遥到西安，参加了《延河》编辑部召集的创作座谈会。路遥认识了柳青、杜鹏程、王汶石等作家，得到他们的直接教诲，《姐姐》《雪中红梅》《月夜》等一批短篇小说相继发表。1980 年他在《当代》发表成名作《惊心动魄的一幕》，获得 1977～1980 年全国优秀中篇小说奖。1982 年成为陕西省作家协会的专业作家，推出了中篇小说《人生》，引起强烈反响。同年，加入中国作家协会。1983 年，《人生》获 1981～1982 年全国优秀中篇小说奖。此后，他陆续发表了《在困难的日子里》《黄叶在秋风中飘落》《你怎么也想不到》等中篇小说。

1984 年始，路遥为长篇小说《平凡的世界》准备素材。1985 年 1 月，成为中国作协陕西分会党组成员，7 月，成为中国作协陕西分会副主席。1989 年，三部 6 卷 100 万字的长篇小说《平凡的世界》问世，1991 年，《平凡的世界》获得了第三届茅盾文学奖。1992 年 11 月 17 日，路遥因病逝世，年仅 43 岁。①

路遥的一生，"深刻的苦难和深刻的乐观像两支并蒂莲，开放在人生的涟漪中"②。路遥面对人生中的种种苦难，没有退缩，这些苦难反而激起了他面对苦难的乐观和勇气，这种乐观和勇气，裹挟着黄土高原上风的气息、土的气息、阳光的气息，被他写进了自己的文学创作，进入了当代文学的视野。这位从陕北贫瘠的高原中走来的汉子，用他的作品，让我们认识了他，记住了他，他也在自己的作品中得到了永生。

## 二　作品导读

### 《人生》

《人生》是路遥创作的中篇小说，原载《收获》1982 年第 3 期，后被改编成同名电影，获第八届大众电影百花奖最佳故事片奖，在全国引起强烈

---

① 参见王刚编著《路遥年谱》，北京时代华文书局，2016。
② 肖云儒：《路遥的意识世界》，《延安文学》1993 年第 1 期。

反响。

《人生》以高加林的人生经历为主线展开叙述。高中毕业生高加林高考落榜后回到家乡双水村，成为一名小学代课教师，他很喜欢自己的职业，干得非常出色。然而好景不长，他很快就被有权有势的大队书记高明楼的儿子顶替了，他只好回归黄土地。正当他失意、无奈，甚至有些绝望之时，一直暗恋他的农村姑娘巧珍勇敢地向他告白，高加林也爱上了这个美丽善良的姑娘。一次偶然的机遇，让高加林有了进城的机会，他来到了城里，成为一名文化干事。他在城里如鱼得水，大显身手，他的才华让本来就对他有好感的城里姑娘黄亚萍倾心，黄亚萍的追求让高加林左右为难，权衡利弊之下他放弃了巧珍，选择了黄亚萍。然而，生活的打击再一次降临到高加林头上，他通过"走后门"得到的工作被人发现，被告发以后他失去了工作，只能再次回到家乡。当高加林带着满心的伤痕、疲惫、羞愧回到家乡时，虽然巧珍再嫁了，可是她还是一如既往地爱着、诚心实意地帮助着高加林，黄土地也以博大的胸怀，接纳着高加林。

高加林的形象是路遥小说中"高考落榜者"形象中的一员。在80年代初的中国社会，能够在堪称惨烈的高考中成功跨过"农门"进入大学的人可谓人中龙凤，但这并不意味着"落榜者"就是平庸之辈。《人生》中的高加林，不但长相英俊，而且才华斐然。这是一个处于人生岔路口的农村青年，作为农民的儿子，他从未鄙视过农民，但是他也没有做好当农民的心理准备。他鄙视那些以权谋私的农村干部，可是，当遇到可以利用权势为自己争取机会时，他又心安理得地享用权势带来的便利。他真心爱着巧珍，可是当他发现巧珍可能会成为他未来发展的障碍时，他又抛弃了巧珍。路遥真实地将高加林充满矛盾的性格特征清晰地还原，虽然他对高加林的这种舍弃故土的个人奋斗行为有所批判，但对他追求中的合理因素，依然止不住地肯定和欣赏。路遥的矛盾，也反映了80年代初期在"城与乡"中进行选择的大多数青年的心路历程，有着非常强烈的现实意义。

《人生》最显著的艺术特色，是小说中鲜明的黄土地风情和强烈的情感。小说中用大量的篇幅描写黄土地上粗犷的风景，高亢嘹亮的信天游，形成了当代文学浓郁的"大西北风情"。另外，小说之所以长久地拥有生命力和感染力的原因，是路遥在小说中倾注的情感。从来没有哪一位作家，能够像路遥这样，毫无保留地赞美黄土地，歌颂黄土地上具有人格美的劳动人民。在语言上，他娴熟地运用陕北的方言、歌谣、俚语，这些元素的融入让他深沉质朴的艺术世界更加引人入胜。

## 《平凡的世界》

《平凡的世界》是路遥创作的长篇小说，共分三部，由中国文联出版社于1986年12月、1988年4月、1989年10月先后出版，是第三届茅盾文学奖获奖作品。小说在广阔的现实背景上对中国当代城乡社会生活进行了全景式的展现，以孙少平、孙少安的人生经历为主线，刻画了70年代中期到80年代中期各行各业普通劳动者的形象，写他们在劳动与爱情、追求与幻灭、欢乐与痛苦、社会冲突与日常生活等诸多纷繁复杂的矛盾中走过的曲折道路与复杂的精神历程。这是平民的史诗，也是时代的交响曲。

小说故事情节大致如下。

1975年初，农家子弟孙少平来到原西县高中读书，因为贫穷，他非常自卑。他喜欢上了与其境遇相同的女同学郝红梅，但是郝红梅喜欢顾养民，孙少平的初恋无疾而终。高中毕业后，孙少平回家乡成为一名教师。他与县革委副主任田福军的女儿田晓霞建立了深厚的友谊，在她的鼓励下，孙少平一直读书并关注着外面的世界。孙少平的哥哥孙少安在家劳动，他与村支书田福堂的女儿田润叶青梅竹马，两人互相爱慕。但是孙少安意识到两人之间的差距后，与山西姑娘秀莲结婚。润叶在痛苦中选择了一直追求她的汽车司机李向前。田福堂好大喜功，在与上游村子抢水的过程中闹出了人命。

小说的第二部写党的十一届三中全会后，农村社会发生了翻天覆地的变化。田福堂连夜召开支部会准备抵制责任制，孙少安却领导生产队率先实行，并且在全村推广了责任制。少安又进城拉砖，用赚的钱建窑烧砖，摆脱了贫困，成了公社的"冒尖户"。孙少平离开了家乡去外面的世界闯荡，从揽工汉到建筑工人，最后在女友田晓霞的帮助下成为煤矿工人，一步步实现着自己的梦想。润叶和向前的婚姻并不幸福，但在向前受伤成为残疾人后，润叶内疚，在照顾向前的过程中爱上了向前。田福堂的儿子润生长大成人，他遇到了命运坎坷的郝红梅，善良的润生经常帮助郝红梅。二人结婚。昔日主宰全村命运的强人田福堂，不仅抵制新时期的变革，同时也为女儿、儿子的婚事窝火，加上病魔缠身，弄得焦头烂额。

1982 年，孙少平到了煤矿，成长为一名优秀的煤矿工人，与田晓霞的恋情也日渐甜蜜。可是，在一次抗洪救灾的采访中，晓霞为了抢救灾民，被洪水夺去了生命。孙少平得到消息，悲伤不已。少安的砖窑不断发展，他贷款买了机器，准备扩建，不料因技师不懂技术，砖窑蒙受很大损失。后来在朋友和县长的帮助下再度奋起，通过几番努力，终于成了当地经济建设的带头人，但是少安的妻子秀莲却得了不治之症。孙少平在一次煤矿事故中为了救人受了重伤，脸上留下难看的伤疤。但是，面对生活的种种不幸，他们都没有被压倒，而是挺直腰杆面对磨难。这些黄土地上走出来的男子汉，他们承受苦难，享受苦难并超越苦难。

作家"早晨从中午开始"的孜孜不倦，甚至以生命为代价的艰苦写作，小说鲜明的时代意识、深沉的历史感以及真实的人物形象的塑造，都是《平凡的世界》成功的原因。与此相适应的，是路遥选择的质朴的现实主义写作方法。路遥能够在 80 年代风起云涌的艺术思潮中坚持现实主义创作，立足黄土地，用温暖的笔触表现城乡社会的变迁，讴歌普通劳动者，书写劳动人民美好的友情、亲情、爱情，尤其是小说中的"苦难书写"，常常给予人一种前行的动力。时至今日，这位用生命写作的作家和他的作品，依然有让我们热泪盈眶的冲动。

# 三　课后习题

1. 有人将司汤达《红与黑》中于连的形象与《人生》中的高加林做对比，认为二者有很多相似之处，你认可这种观点吗？谈谈自己的理解。

2. 路遥在其许多小说中都引入了陕北民歌"信天游"，联系 20 世纪中国小说中的民俗书写，说说你对这种文学现象的认识。

# 第十六章　陈忠实的小说

## 一　作者介绍

有这样一位作家，在他进入中年之际，他听到了来自生命深处的警钟。他突然意识到，自己马上就要 50 岁了，如果再没有一部长篇小说问世，他死后连一本可以当枕头的书都没有。于是，在强烈的创作热望的驱使下，经过异常艰辛的写作，他人生中的第一部长篇小说问世。小说一经发表，好评如潮，获得了第四届茅盾文学奖。何西来认为："《白鹿原》是 20 世纪 90 年代，中国长篇小说创作的重要收获之一，能够反映那一时期小说艺术所达到的最高水平，把这部作品放在整个 20 世纪中国文学的大格局里考量，无论其思想内容还是审美境界而言，都有其独特的、无可取代的地位。"[1] 这位作家就是陈忠实。

1942 年 8 月，陈忠实出生于陕西西安市灞桥区霸陵乡西蒋村一个世代农耕家庭，父亲是一个农民，是村子里少数能够打算盘写字的人。1950 年，陈忠实进入西蒋村小学读书。1953 年，进入蓝田县华胥镇油坊街高级小学就读。1956 年到 1962 年，他在西安市第三十四中学上学，1962 年 9 月中学毕业后，一直到 1968 年，他先后在西安市灞桥区霸陵乡蒋村小学和毛西农业中学任教。1968 年到 1972 年，陈忠实先在立新公社东李八年制学校任初中教师，后又借调立新公社。1972 年到 1978 年，先后任西安市郊区毛西公

---

① 何西来：《关于〈白鹿原〉及其评论——评〈白鹿原〉评论集》，《小说评论》2000 年第 5 期。

社党委副书记、革委会副主任等职。1978 年，陈忠实调至西安郊区文化馆，任副馆长。

陈忠实有长达十六年的农村生活经历，这段经历对他以后的写作大有裨益。1973 年，他开始在《陕西文艺》发表短篇小说《接班以后》。1976 年，在刚复刊的《人民文学》第 3 期上发表短篇小说《无畏》。凭借小说《信任》荣获 1979 年全国优秀短篇小说奖。1982 年 11 月，成为陕西省作协专业作家。这期间他创作了中篇小说《康家小院》《初夏》《蓝袍先生》《四妹子》《地窖》，出版文集《陈忠实自选集》。1993 年，陈忠实当选为陕西省作协主席。

90 年代开始，来自生命深处的召唤让他潜心沉思，搜集素材，开始了他长篇创作的艰辛旅程，1993 年《白鹿原》出版后，受到广泛好评。1997 年，《白鹿原》获得第四届茅盾文学奖。①

21 世纪以来，他继续创作，短篇小说、散文都获得了不同的奖项。散文《原下的日子》获 2004 年《人民文学》优秀作品奖，短篇小说《李十三推磨》获 2007 年茅台杯人民文学奖，《日子》获 2007 年首届蒲松龄小说奖。② 2010 年出版了散文集《俯仰关中》。2015 年出版短篇小说集《白鹿原纪事》。2016 年 4 月 29 日，他因病在西安去世。

写作永远是心灵和精神的事业，陈忠实钟爱着这项事业并为此付出全部的心血和热情。这位从灞川平原上一步一个脚印走出来的从小痴迷文学的关中汉子，虽然他已去往另一个世界，但是他令人瞩目的文学成就，足以成为一个分量极重的枕头，让他可以安心枕着上路。

# 二 作品导读

## 《四妹子》

《四妹子》是陈忠实 1986 年创作的中篇小说，是陈忠实早期小说的代

---

① 参见邢小利《陈忠实传》，陕西人民出版社，2015。
② 《陈忠实基本资料》，凤凰网，http：//www.ifeng.com，引用日期：2011 年 9 月 7 日。

表作。小说塑造了一个自由、浪漫、充满野性的女性形象。四妹子成长于陕北地区，结婚后来到关中平原，异质文化的冲突，让四妹子与公婆、妯娌、丈夫矛盾不断。四妹子以自己的方式，化解着这些矛盾，并逐步走向人生的佳境。小说借四妹子的命运，展开了对关中传统文化压抑人性的批判。

小说开始，为着一个卑微的人生目的，四妹子从陕北高原来到了富庶的关中平原，想找一个婆家，从此告别吃糠饼子的日子。她来到关中二姑家之后，顺利地出嫁了，但是结婚以后却冲突不断。四妹子来自陕北高原，独特的环境造就了她活泼、乐观的性格特征，她喜欢唱"信天游"，喜欢蹦蹦跳跳地走路，喜欢与人交往。但是，长期浸染在方正、压抑的关中文化中的公公却不允许，他从关中文化的传统礼仪、禁忌说起，禁止四妹子的"越轨"行为。压抑的氛围，让四妹子痛苦。四妹子开始反抗。她装病，利用公公给的看病钱美餐一顿，她的"奢侈"行为引来了妯娌之间的战争。为了争取经济独立，她开始贩卖鸡蛋，为此被批斗。她的大胆让循规蹈矩、胆小怕事的公公惊惧万分，公公决定分家。四妹子被分出大家庭之后，凭借自己的经济头脑，在买卖粮食中赚了一大笔钱，她开办了自己的养鸡场，红红火火地过起了日子，虽然四妹子的养鸡场在她丈夫的两个哥哥的算计下倒闭了，但是，四妹子很快振作。小说的结尾，四妹子走在自己承包的果园之中。阳光灿烂，属于四妹子的新生活已然开始。

《四妹子》从现实出发叙事，根本却指向了对压抑人性的文化的批判。"一种古老的文化，不仅要尊重并满足人的物质需求，还必须尊重人的精神生活，保护人的个性的自由舒展和情感生活的充分展开。"① 无疑，在小说中，四妹子是不自在的，她的个性和情感都遭到压制，因此，她的反抗是必然的。这篇小说与《蓝袍先生》一起成为陈忠实批判关中保守、封闭的文化心理结构的力作，它们的出现，意味着陈忠实已经进入了《白鹿原》创作的先期准备阶段。

---

① 李建军：《廊庑渐大——陈忠实过渡期小说创作状况》，《海南师范学院学报》（社会科学版）2003 年第 1 期。

## 《白鹿原》

《白鹿原》是陈忠实创作的长篇小说，1993 年由人民文学出版社出版，1997 年获得第四届茅盾文学奖。小说展现了中国近现代历史风云中波澜壮阔的乡土人生，在复杂的矛盾冲突中塑造了几十位性格丰富的人物形象。小说在表现手法上，注重原生态与典型化、文化审视与社会概括、现实主义与现代主义方法的整合，从而对整个中华民族赖以生存的精神和文化进行了全面审视。

《白鹿原》内容非常丰富，可以说是包罗万象，具体而言，主要有以下几个方面。

一是村落史与民族史的互相映现。小说主要讲述了关中平原白鹿村发展的历史，从白鹿村的父辈白嘉轩、鹿子霖写到子辈白孝文、鹿兆鹏、鹿兆海、白灵等人，讲述他们在中国近现代历史中的错综复杂的人生选择与情爱矛盾，以一部村落的历史，展现出整个中华民族发展的历史。

二是文化冲突与人性矛盾。这是整部小说用意最深、最具表现力的部分。小说中贯穿始终的人物形象，是儒家文化的载体白嘉轩，作家主要将他放置在与长工鹿三、与儿女、与对手的关系中塑造其仁义、伟岸的形象。他与长工鹿三，不仅是雇佣与被雇佣的关系，还是朋友，尤其是鹿三去世后白嘉轩的表现，极大地凸显了儒家文化所特有的侠肝义胆与浓情厚谊。除此之外，他对儿女的严苛，对对手的宽容，都可看出白嘉轩是完美的儒家道德的体现者。然而，小说同样以白嘉轩为核心，写出了儒家文化的复杂性。小说中白家在历史的风云中屹立不倒的原因，是小说开头白嘉轩充满着奇幻色彩的"换地"之举，在生存的大利面前，义变得无足轻重。除此之外，在面对田小娥这样一个异常美丽、充满着生命强力的女性时，白嘉轩的种种表现，都体现出儒家文化以贞洁妇道为核心的女性观保守与迂腐的一面。

三是家国情感的传达。关中农耕自然经济延续不断的生活方式，产生了长久影响其生活方式的家族和家族文化。"家族不仅体现为具体的生存场所与人伦关系，它同时也表现为一种价值的终极关怀，人们对家的感情既表现为对具体家庭的眷恋，同时也把它视为精神的家园与情感的归宿。"①《白鹿原》通过描写白孝文和黑娃两个"逆子"的出走与回归，表现出一种对家的复杂感情：天生的依恋亲和之情与后天的理性批判之思。情是血脉的联系，是生命的赋予；思是灵魂的启迪，是精神的闪光。陈忠实将二者有机结合起来表现在自己的创作中，揭示出家族对关中人乃至整个中华民族的支撑哺养作用。

在艺术上，《白鹿原》侧重以史诗创作的手法，在巨幅的历史画卷中书写小人物的喜怒哀乐、悲欢离合，在个人史、家族史、文化史中呈现民族历史。同时，大量借鉴潜意识、非理性、魔幻、死亡意识、性本能等现代主义手法，从而使小说情节愈显曲折，突出了人物命运的不可臆测，营造出小说神秘与空灵的气氛。作家在创作中融入了大量的情感，以悲天悯人的情怀，对中国传统文化的出路做了深刻的思考。

## 三　课后习题

1. 陈忠实在《白鹿原》中塑造了白嘉轩这一关中儒者的形象，试从理想人格的角度，对其形象进行分析。

2. 谈谈你对《白鹿原》艺术构思的看法。

---

① 曹书文：《家族文化与中国现代文学》，中国社会科学出版社，2002，第9页。

# 第十七章　贾平凹的小说

## 一　作者介绍

　　他从陕南大山中走出，带着商州山的峻伟和丹江水的灵气，他并不高大的身躯似乎蕴含着无穷的能量，从大学在报刊上发表第一篇散文至今，他出版了 17 部长篇小说，30 多部中短篇小说集，多部散文集，多次获得国内外的各种文学奖项。如今的他，虽已年近古稀，却依然笔耕不辍，新作不断，他对文学的热爱与追求，让人动容，他就是贾平凹。

　　贾平凹，原名贾平娃，1953 年出生于陕西丹凤棣花镇，他的童年和少年时期都是在陕西南部的山区中度过的。1967 年初中毕业后在家务农。1972 年被推荐到西北大学中文系学习。1975 年毕业后，被分配到陕西人民出版社从事文学编辑工作。1978 年，他的《满月儿》发表之后，获得了1978 年全国优秀短篇小说奖，开始引起文坛的注目。1980 年调往《长安》文学月刊任编辑，1984 年起成为陕西省作协专业作家，同年，担任陕西省和西安市作协副主席。1986 年到 1989 年，任中国作家协会理事。1987 年，他出版了长篇小说《浮躁》，以此部长篇小说为标志，他开启了自己的长篇小说创作。1992 年创办了刊物《美文》，提出了"大散文"概念。整个 90年代，是贾平凹创作的高峰期，他先后创作了《废都》《白夜》《土门》《高老庄》等作品。2003 年，他担任西安建筑大学文学院院长。2005 年，出版长篇小说《秦腔》，2007 年，出版长篇小说《高兴》，2010 年以后，他陆续创作了《古炉》《极花》《老生》《带灯》《山本》等作品，小说写作的视域逐渐扩大，艺术手法也日臻完善。坚实的文学创作，获得了国内外广泛的认可，中篇小说《腊月·正月》获 1983~1984 年全国优秀中篇小说奖，长篇小说《浮躁》获美国第八届美孚飞马文学奖铜奖，长篇小说《废都》获法国费米娜文学奖，长篇小说《秦腔》获第七届茅盾文学奖，《古炉》获首届施耐庵文学奖。2016 年 12 月，贾平凹任中国作家协会第九届全国委员会副主席。①

贾平凹的小说创作，从内容上而言，大致可以分为两种：乡土社会与城市生活。前者的代表作是 20 世纪 80 年代后期的《浮躁》和 21 世纪的《秦腔》。前期的乡土小说主要书写社会变迁所引起的乡土变迁，他敏锐地感知到 80 年代乡村变革在精神和观念中留下的烙印和裂变，通过现实主义的笔法将其忠实地还原，力图探讨乡村的出路和可能性。后期以《秦腔》为代表，作家力图为即将消逝的乡村和乡土文明树碑立传，希望故乡能在自己的小说中永存，实际上是在都市化、现代化进程中唱给乡村的一首凄美的挽歌。表现都市生活的作品，反响最大的莫过于《废都》，对于这部作品的评价，一直以来都是毁誉参半。小说通过对西京文化乱象的叙述，讲述了以主人公庄之蝶为代表的某些知识分子从物质表象到精神内在的沦落，继而完成了对 90 年代初期人文困境的立体展示。2021 年出版的《暂坐》，以西京城内十几个都市女性的生活、情感经历为蓝本，讲述当代女性的人生故事，其中弥漫着"是非成败转头空"的沧桑感。

在中国当代文学发展的过程中，一批作家经历了文学观念的痛苦蜕变，每个作家都在自我奋斗，自我塑造，自我完善。贾平凹就是其中的一员，这个从陕南大山中走出的作家，一个致力于"以中国传统的美的方法，真实地表现现代中国人的生活和情绪的作家"②，从商州出发，足迹遍布秦岭山脉，走向了更为辽阔的天地。

---

① 参见郜元宝《贾平凹文学年谱》（上·续），《东吴学术》2016 年第 3 期，第 4 期。

② 李星、谢有顺：《贾平凹评传》，郑州大学出版社，2005，第 215 页。

# 二　作品导读

## 《秦腔》

2005 年，贾平凹出版了 50 万字的长篇小说《秦腔》，这是作家试图为故乡"树碑立传"的一部作品。小说中的清风街，实指贾平凹的故乡棣花街。小说采用"密实的流年式"的叙述方式，围绕着著名的秦腔演员白雪与夏风的婚姻，将清风街一年多时间里鸡零狗碎的日常生活和生老病死呈现于文本之中。小说写出了现代化、城市化进程中清风街发生的种种变化，以及变化背后暗流涌动的欲望、失序的乡村现实、混乱的人心。小说中弥漫着作家浓重的文化没落情绪，贾平凹借清风街为自己的故乡棣花镇唱响了一曲挽歌。

小说从变化入手写清风街。312 国道的改造，使得清风街损失了半个屹甲岭，四十多亩耕地和十多亩果园，也让原来从土地改革到改革开放期间一直担任清风街村委会主任的夏天义下了台。夏天义辞职以后，夏君亭成了新任村主任。新主任在清风街修建了农贸市场，农贸市场的建立的确给清风街带来一定的经济效益，但是，经济发展的同时，清风街的乡土人情、伦理秩序都发生了改变。清风镇上，决定着人与人之间关系的变成了权力与金钱。小说中的村支书秦安与村主任夏君亭在是否修建农贸市场的问题上存在分歧，夏君亭使出"阴招"，在秦安等人在文化站玩牌时，他举报他们赌博，派出所因而抓了秦安。秦安被抓后，颜面扫地，请辞村支书一职，君亭如愿以偿地建起了农贸市场。除了干部之间为了政绩而发生的钩心斗角，小说还描写了为了完成抓超生工作的指标，妇女干部金莲等带人入户抓捕超生的改改这样一个事件，由此表明乡土社会淳朴的人情已荡然无存了。曾经因为地畔，改改与当存吵过架，当存因而举报改改藏在白雪家。金莲为了到白雪家抓人，不惜向以前的好友施行缓兵之计。不管是因为私仇而举报他人的乡民，还是置情谊不顾、施行计策的金莲，无不让人觉得寒心。除此之外，为了钱，原本纯情的翠翠与恋人陈星分道扬镳，在省城出卖肉体；羊娃因偷盗 200 元而杀人；庆玉与黑娥、三踅与白娥因金钱而存在苟且关系；武进捉奸、李英民赔钱；等等，不一而足。由此可见，乡土社会本来应该拥有的美好恬静、古道热肠一去不复返，原本安详的清风街，开始蜕变为一个嘈杂的商业型的村镇。

在写作《秦腔》的过程中，贾平凹曾坦言自己遇到的困惑："农村的变化我比较熟悉，但这几年回去发现，变化太大了，按原来的写法已经没办法描绘，……起码记忆中的那个故乡的形状在现实中没有了，消亡了。"[1] 因此，《秦腔》采用了一种"密实的流年式"的叙述方式，以日常生活之流入小说，大量富有生活质感的细节充盈于整部小说中，日常生活之流的融入使小说的文本结构看似松散，实际却拥有内在的节奏和韵律，有一种形散而神不散的独特美感。语言上，《秦腔》有效地接续中国民间文化血脉，不仅有秦腔戏文入小说，而且戏文式语言在小说中比比皆是。《秦腔》中戏曲语言的融入，增强了小说的节奏感和韵律，使小说充满了陕西地区独特的韵味，极大增强了小说的可读性。

## 三　课后习题

1. 请以《贾平凹的城市书写》为题，结合具体文本，写一篇小论文。

2. 21 世纪以来，有不少作家为乡村唱响了意味深长的挽歌，试分析这种创作潮流产生的现实原因。

---

① 贾平凹、郜元宝：《关于〈秦腔〉和乡土文学的对谈》，《上海文学》2005 年第 7 期。

# 第十八章　余华的小说

## 一　作者介绍

从起步于文坛的《十八岁出门远行》，到 2021 年出版的新作《文城》，余华在创作中不断寻求新的突破。早期"先锋小说"的写作，以对人性尖锐而冷酷的审视引人注目，在文学观念、审美姿态、叙述方式上都对传统文学形态构成了巨大的冲击与挑战。转型之后的"现实主义"写作，鲜明的苦难意识让余华的创作成为 90 年代风格各异的长篇小说中独特的"这一个"。新作《文城》，在叙事策略、语言风格和审美意趣上都体现出一种向"传统"的回归，小说在历史大变动中关于人的情义书写让人心生温暖。

余华，1960 年 4 月 3 日生于浙江杭州。2 岁时，因父亲工作调动，全家迁至海盐县。1967 年至 1977 年，他先后就读于海盐县向阳小学、海盐中学，在此期间，海盐县图书馆和街道上的大字报培养了他对文学的兴趣。"文化大革命"后首次参加高考，落榜，第二年进入海盐县武原镇卫生院当牙医。19 岁开始，余华怀着对文学的憧憬开始创作。1983 年 1 月，在《西湖》杂志第 1 期发表短篇小说《第一宿舍》，同年在《青春》杂志发表短篇小说《鸽子，鸽子》，随后借调到海盐县文化馆工作。1984 年，在《北京文学》发表短篇小说《星星》《竹女》《月亮照着你，月亮照着我》等短篇小说，其中《星星》获得当年的《北京文学》奖。1987 年，在《北京文学》发表短篇小说《十八岁出门远行》和《西北风呼啸的中午》，同时又在《收获》杂志发表《四月三日事件》和《一九八六年》，这些作品奠定了他在中国先锋作家中的地位。同年 2 月，赴北京鲁迅文学院参加文学讲习班的学习。1988 年，发表《现实一种》《世事如烟》等短篇小说；同年 9 月，进入鲁迅文学院和北京师范大学联合举办的创作研究生班学习，广泛阅读马尔克斯、威廉·福克纳、胡安·鲁尔福等现代作家的作品，并陆续发表了《此文献给少女杨柳》《往事与刑罚》《鲜血梅花》等中短篇小说；1989 年底，调入嘉兴市文学艺术界联合会，成为杂志《烟雨楼》的编辑。

90 年代，他先后创作了长篇小说《在细雨中呼喊》《活着》《许三观卖血记》。《在细雨中呼喊》的童年视角、死亡叙事、典雅抒情的语言为其赢得了极高的赞誉。《活着》《许三观卖血记》标志着余华由"先锋写作"向"现实写作"的转型。1998 年，《活着》获意大利格林扎纳·卡佛文学奖。

进入 21 世纪之后，2004 年，余华获法兰西文学和艺术骑士勋章。2005 年，余华推出长篇小说《兄弟》的上半部，获得首届中华图书特殊贡献奖。2006 年，推出小说《兄弟》的下半部，《兄弟》在国内产生过比较大的争议。2008 年，《兄弟》获得第一届法国国际信使外国小说奖。2013 年，发表长篇小说《第七天》，2014 年，《第七天》获得第十二届华语文学传媒大奖年度杰出作家奖。[1] 2019 年，余华受聘为北京师范大学教授。2021 年出版长篇小说《文城》。2021 年 12 月 16 日，当选中国作家协会第十届全国委员会委员。

余华说："我觉得所有的创作，都是在努力更加接近真实，我的这个真实，不是生活里的那样真实。我觉得生活实际上是不真实的，生活是一种真假参半的，鱼目混珠的事物。我觉得真实是对个人而言的。"[2] 余华无疑始终践行着"个人真实"的创作观，因此，他的作品，常常有直视人心的深度，这种深度，应该值得我们尊敬。

---

① 参见刘琳、王侃编著《余华文学年谱》，复旦大学出版社，2015。
② 余华：《我的真实》，《人民文学》1989 年第 3 期。

## 二 作品导读

### 《活着》

《活着》是余华创作的长篇小说，1992 年刊载于《收获》，1993 年正式出版，是余华的代表作。小说出版后，引起强烈反响。1998 年，该小说荣获意大利格林扎纳·卡佛文学奖，2004 年，余华凭借此小说获得"法兰西文学和艺术骑士勋章"，2005 年，《活着》被改编为电视剧《福贵》。《活着》在广阔的历史背景中展开对一个叫福贵的老人一生的叙述，福贵的一生不断地在苦难中挣扎，父母、儿子、女儿、妻子由于种种原因离他而去，最后，垂垂老矣的他只能与一头老牛相依为命。小说中鲜明的苦难意识、惨烈的生存图景，具有逼视人心的力量。

《活着》是一部平民悲剧的史诗。小说中主人公福贵的一生，苦难如影随形。他少年时好赌成性，败光了家产。随母亲看病的路上被抓壮丁，后被解放军俘虏，解放后归家，母亲已去世，妻子含辛茹苦拉扯一双儿女长大，但女儿不幸变成了哑巴。相较于家道中落、九死一生的战争经历和贫困如洗的生活，福贵后半生遭受的苦难更让人触目惊心。先是儿子为了救县长夫人，失血过多而死。接着是女儿难产而死，妻子生病去世，女婿在工地上因事故而亡。唯一留下来的外孙，也因吃豆子被撑死，亲人不断的离去给福贵难以言喻的痛苦。小说的结尾，福贵只能把牛当作亲人，与它交流，在孤独寂寞中了此残生。《活着》在现实生活的苦难之外，更侧重描绘精神的苦难，体现出作家对人生存境遇一以贯之的关注，同时也流露出对造成人的苦难的社会与时代的反思与批判。

苦难意识之外，《活着》中同样表现出了对生命的哲理思考。小说借一个充满苦难的老人的一生，向我们展示生存之艰难，也从另一个侧面折射出生命之可贵。所谓活着，就是一种面对死亡的态度，一种面对苦难的承受力，活着本身比任何事都要重要。因此《活着》向我们昭示出一种向死而生的乐观力量。

在艺术表现上，余华摒弃了早期先锋小说中种种令人眼花缭乱的"炫技"，回归生活的本身，以现实主义的笔触，真实、冷静地书写福贵的一生，客观中立的叙事立场、温情深沉的情感基调在文本中的运用，使得《活着》成为余华风格转型的标志。而死亡事件一次又一次在小说中的上演，尤其是死亡在日常琐碎生活中的发生，消解了"死亡"的神秘与神圣，放大了"苦难"的深度与广度，使渺小的人与巨大的苦难形成鲜明对比，从而使小说产生了一种强烈的命运感，整部作品因而充满了艺术张力。

## 三　课后习题

1. 阎连科认为："当所有的中国作家都不正面去面对中国现实的时候，是余华在正面面对。仅此一点，我们所有人对余华都应该保持一种尊敬的态度。"根据余华的创作，谈谈对阎连科评价的认识。

2. 以《余华小说的苦难意识》为题，写一篇小论文。

# 第十九章　阿来的小说

## 一　作者介绍

作为一个用汉语写作的藏族作家，阿来自如地穿行于汉藏两种文化之间。博大精深的汉文化赋予他缜密的思维和开阔的视野，通过汉语阅读，他汲取各国优秀的文学名著中的营养，将对故土的思考放置在人类命运的大格局中。同时，母族文化中绚丽多彩的神话传说、史诗又赋予他自由驰骋的想象力和写作资源。因此，他的文学创作在中国当代少数民族作家中，既有与之相似的文学价值，又有别具一格的个性特征。

阿来，1959 年出生在四川西北部的马尔康县。1965 年，阿来开始上学，在预备班学习汉语。1976 年，在卓克基公社中学初中毕业回乡务农，后到阿坝州水利建筑工程队当合同工，先后任拖拉机手与机修工。高考恢复之后，进入马尔康师范学校学习，毕业后调入马尔康县第二中学教初中。1980 年，调到县中学教高中，做中学教师近五年。1982 年，开始诗歌创作。20 世纪 80 年代中期以后，逐渐转向小说写作，并调到阿坝州文化局所属的文学杂志《草地》当编辑。1989 年在作家出版社出版小说集《旧年的血迹》，获中国作协第四届少数民族文学奖。1998 年，出版了长篇小说《尘埃落定》。1999 年，长江文艺出版社出版中短篇小说集《月光下的银匠》。2000 年，《尘埃落定》获得第五届茅盾文学奖。[①] 2009 年起，阿来任四川省作协

---

① 参见彭岚嘉主编《西部作家的文化姿态》，民族出版社，2013，第 295 页。

主席。6月，他的长篇小说《格萨尔王》完稿，同年，出版长篇小说三部曲《空山》。2014年以后，他相继出版了长篇非虚构作品《瞻对》、散文集《语自在》。2016年12月，当选中国作家协会第九届全国委员会委员。2017年12月8日，凭借中篇小说《三只虫草》与散文《士与绅的最后遭逢》获得第十七届百花文学奖小说奖与散文奖。2018年8月，《蘑菇圈》获得第七届鲁迅文学奖全国优秀中篇小说奖。2019年，出版长篇小说《云中记》，该部小说主要以汶川大地震中的人和事为题材进行写作。2021年4月，小说《云中记》获得第十六届十月文学奖长篇小说奖。2021年12月16日，当选中国作协副主席、中国作家协会第十届全国委员会委员。

阿来是幸运的，当他穿行于汉藏两种文化之间时，它们同时给予他丰厚的养料；阿来也是独特的，独特的创作视角、创作资源让他成为中国当代文学中的"这一个"；阿来又是广阔的，他从藏族文化的天地中走出，他的作品拥有多样阐释的可能性，因而，他的文学世界丰富而绚烂。

# 二 作品导读

## 《尘埃落定》

《尘埃落定》是阿来创作的长篇小说，1998年由人民文学出版社出版，2000年获得第五届茅盾文学奖，是阿来的代表作。小说以"傻子二少爷"的独特视角，用写实与象征两种艺术手法，将川西北地区藏族土司制度的社会组织形式、政治经济生活、宗教观念、文化习俗乃至各种关系都囊括笔下，揭示出藏地上层社会与下层民众、上层社会之间种种复杂的矛盾冲突，在对各色人物命运的展示中呈现了土司制度走向衰亡的必然性。借《尘埃落定》的写作，阿来深刻反思民族文化。

《尘埃落定》的主题意蕴丰富，在对土司制度、家族、村落的书写中，折射出作家对人类命运、欲望的寓言化呈现。

小说在对土司制度的历史、部落历史、家族历史以及村落历史的书写中，将对人及人的命运的观照渗入字里行间，这种观照，并没有局限于狭隘的民族，而是一种在更广阔的价值观中的观照。《尘埃落定》主要以藏族嘉绒部落的土司制度为核心叙述历史。小说中的"我"——傻子二少爷的父亲麦其土司，是一个在辖区内拥有无上权力的人。他拥有三百多个寨子、两千多百姓，他通过土地、百姓、僧侣乃至部队，在民族内部结成了一个政治生活的实体。土司制度作为一种民族生活与政治生活的复合物，在嘉绒部族流行了数百年，在某种程度上集中反映了藏族的历史生存样态。小说通过土司制度的衰亡，反映了藏族的历史。在对民族历史的审视中，《尘埃落定》力图从普遍人性的角度把握历史深处的文化秘密。

在《尘埃落定》中，这种普遍人性被理解为人类的欲望。小说非常真实地描写了各类人物对欲望的追求。上自土司，下至家奴，人人都对权力充满渴求。麦其土司为了土地不惜发动战争来巩固自己的地盘，壮大自己的势力。哥哥旦真贡布为了土司之位，不惜将"傻子"弟弟的妻子作为俘获的目标。而"我"，即便是个"傻子"，也认为成为土司是一件非常美好的事情。这种对于权力的欲望，最终导致了人的异化。

阿来认为："小说要具有超越性，以追求寓言般的空灵为归旨。"① 《尘埃落定》讲述了一个人类共同命运的寓言："人是尘埃，人生是尘埃，战争是尘埃，情欲是尘埃，财富是尘埃，而历史进程中的每一个环节，也同样是尘埃。像尘埃那样升腾、飞扬、散落，始于大地而归于大地，寂静后又响起新的旋律。"② 在看似超然物外的叙述中，其实包含着作家对母族文化与历史命运的感伤与迷茫。

在艺术手法上，阿来能够以充满诗意的语言，叙述民族历史与现实，他的小说能够将藏地充满异域风情的民俗民情、瑰丽多彩的神话传说、气势恢宏的史诗融进小说，形成浓郁的民族特色和地域特征。同时，带有神秘色彩的叙述，又使其小说在"寓言"之外多了些许魔幻的意味。

① 徐其超：《尘埃落定"圆形研究"》，《民族文学研究》2004 年第 2 期。
② 杨霞：《"阿来作品研讨会"综述》，《民族文学研究》2002 年第 3 期。

# 三　课后习题

1. 阿来最先以诗歌创作起步，然后开始小说创作，以《尘埃落定》为例，谈谈小说的诗性特质。

# 第二十章　迟子建的小说

## 一　作者介绍

她说："当我童年在故乡北极村生活的时候，我认定世界就北极村那么大；当我成年以后，到过许多地方，见到了更多的人和更绚丽的风景之后，我回过头来一想，世界其实还是那么大，它只是一个小小的北极村。"① 她的文学创作，从冰雪北国起步，赋予故乡的原野山川、汤汤流水、草木四季以新的生命。她就是迟子建。

迟子建，1964 年 2 月 27 日出生于黑龙江省大兴安岭地区漠河市北极村。1981 年，她考入大兴安岭师范学校中文专业学习，在大学读书期间开始文学创作。1984 年大学毕业后，开始在黑龙江塔河县第二中学担任教师。1985 年，在大兴安岭师范学校担任教师。1987 年，进入北京师范大学与鲁迅文学院合办的创作进修班学习，结业后转入西北大学首届作家班学习。1988 年，她开始在北京师范大学文学创作研究生班学习，毕业后到黑龙江省作家协会工作。

1990 年底在日本访问期间，她有感于伪满洲国的历史，回国后开始构思长篇小说《伪满洲国》。1991 年，她开始担任黑龙江省作家协会兼职副主席、专业作家。同年，出版长篇小说《茫茫前程》。1993 年，迟子建获得第

---

① 张同道：《回到莫言贾平凹迟子建等的故乡，看文学如何起航》，光明网，https://baijiahao.baidu.com/，引用日期：2020 年 7 月 29 日。

六届庄重文学奖。1998 年，凭借《雾月牛栏》获得了首届鲁迅文学奖全国优秀短篇小说奖。

2000 年，她出访挪威，同年，她的短篇小说《清水洗尘》再次获得第二届鲁迅文学奖全国优秀短篇小说奖，并出版长篇小说《伪满洲国》。2001 年，她开始根据中俄边境一个老人的讲述构思长篇小说《群山之巅》。2015 年，该小说由人民文学出版社出版。2004 年，她从鄂温克画家柳芭的故事中获得灵感，决定书写鄂温克族的历史。2005 年，长篇小说《额尔古纳河右岸》出版，2008 年，此部小说获得第七届茅盾文学奖。2007 年，中篇小说《世界上所有的夜晚》获得第四届鲁迅文学奖全国优秀中篇小说奖，这是迟子建第三次获得此奖项。同年，她的散文《光明在低头的一瞬》获得第三届冰心散文奖。

2010 年，迟子建以瘟疫为题材写作的长篇小说《白雪乌鸦》，获得人民文学奖长篇小说奖。同年，担任黑龙江省作家协会主席。2016 年，当选中国作家协会第九届全国委员会委员。2016 年，凭借中篇小说《空色林澡屋》获得第十七届百花文学奖。2018 年，小说《候鸟的勇敢》由人民文学出版社出版发行。同年，《候鸟的勇敢》获得第十八届百花文学奖。2019 年，短篇小说《炖马靴》摘得收获文学排行榜短篇小说榜第一，同年，凭借《炖马靴》获得第十届"茅台杯"《小说选刊》年度短篇小说奖。2020 年 1 月，迟子建当选黑龙江作家协会第七届委员会主席，政协黑龙江省第十二届委员会副主席。8 月，长篇小说《烟火漫卷》由人民文学出版社出版。① 2021 年 12 月 16 日，当选中国作家协会第十届全国委员会委员。

## 二 作品导读

### 《额尔古纳河右岸》

《额尔古纳河右岸》是迟子建创作的长篇小说，2005 年 12 月由北京

---

① 参见刘明真《迟子建文学年谱》，《东吴学术》2022 年第 1 期。

十月文艺出版社出版，2008年获得第七届茅盾文学奖，是迟子建的代表作。小说的叙事节奏非常紧凑，以清晨、正午、黄昏、半个月亮为线索讲述鄂温克族兴衰起落的整个过程，将鄂温克族百年的历史变迁娓娓道来，史诗性的笔触、浓郁的挽歌情怀，构成了《额尔古纳河右岸》的诗意特征。

《额尔古纳河右岸》的开篇，以一个90岁老奶奶的口吻诉说，这是鄂温克族最后一个部落酋长的妻子，她说："我是雨和雪的老熟人了，我有九十岁了。雨雪看老了我，我也把它们给看老了。"① 小说一开篇，苍凉、忧伤的气息扑面而来。"我"回顾民族的历史，在美丽的贝加尔湖畔，生活着"我们"的祖先。由于俄军的入侵，"我们"只能迁居到额尔古纳河。"我们"住在用松木搭建成的、夜晚能够看见满天星星的希楞柱里；喝的是驯鹿奶和桦树汁；男人负责狩猎，在灰鼠繁盛的季节捕猎灰鼠，在合适的时候给驯鹿锯茸；女人在家熟皮子，制肉干，缝制衣服鞋子，烙格列巴饼。"我们"相信万物有灵，相信大自然中有各种各样的神灵。猎人狩猎时，要祈求山神保佑。这是一种自由、和谐、美好的自然生命状态和生活方式。

迟子建不仅以饱含诗意的笔触呈现了鄂温克族人的生活方式，还对他们充满仪式感的风俗民情进行了浓墨重彩的书写。在小说中，最令人震撼的是关于萨满跳神场景的描述，这种带有神秘宗教仪式的舞蹈为濒死的生灵而舞，萨满身披神衣，尽情狂舞，祈求神灵赐予他（她）超自然的力量。仪式的背后，不仅让我们感受到鄂温克人对生命轮回的理解，更让我们为一种悲壮的诗意而深深感动。

然而，现代文明以各种方式入侵鄂温克族人的生活，他们延传了数百年的传统生活方式被修剪与切割，伐木声取代了鸟鸣，炊烟取代了云朵，山风却越来越大了，驯鹿所食的苔藓也逐年减少。鄂温克族人只能搬到山下的房子中，他们由原来的游牧生活变成定居生活，需要很长的一段时间适应。

---

① 迟子建：《额尔古纳河右岸》，人民文学出版社，2010，第1页。

《额尔古纳河右岸》最典型的艺术特征就是诗意的抒情与理性的叙事并存。小说在呈现鄂温克族人与大自然共融共存的生活状态时，笔触温婉而诗意。当作者审视现代化给鄂温克族人带来的改变时，她理性而冷静。所以，这部小说能够"表达对尊重生命、敬畏自然、坚持信仰、爱憎分明等等被现代人性所遮蔽的人类理想精神的张扬"。[①]

## 三　课后习题

1. 有人说："每位作家都背负着自己的大地河山、草木四季，故乡是作家出发的原点。"对比萧红与迟子建的小说创作，谈谈"故乡"在她们创作中的作用。

---

[①]　仲余：《第七届茅盾文学奖授奖奖词及获奖感言》，《中学语文：读写新空间（中旬）》2008年第 11 期。

# 第二十一章　麦家的小说

## 一　作者介绍

在中国当代文学中，麦家无疑是极其特殊的一位。他以"谍战"和"特情"小说的创作成名，《暗算》《风声》等小说不仅获得许多奖项，而且改编为影视剧后也大获成功。他的《解密》迄今已卖出三十四种版权，俨然成为中国文学走向世界的代表。可以说，自20世纪90年代以来，在市场经济与消费文化兴起影响下的中国文坛，他的创作，在雅俗之间找到了很好的平衡。

1964年，麦家出生于浙江省富阳县大源镇蒋家门口村一个农民家庭，受到父辈们的牵连，麦家从小就受歧视，在村子里抬不起头，没有伙伴，在孤独中度过了整个童年。1981年，高中毕业的麦家考取了解放军工程技术学院，在那里，麦家开始了自己长达17年的军旅生涯，这段经历为他以后的创作奠定了基础。1986年，麦家将以自己的日记为素材写作的小说《私人笔记本》投稿到《昆仑》，后经编辑改名为《变调》发表于1988年《昆仑》第1期。同年，他又在《昆仑》第5期上发表了中篇小说《人生百慕大》。这两篇小说的发表，让麦家开始走上了文学之路并考取解放军艺术学院。1995年，解放军文艺出版社出版了他的第一本小说集《紫密黑密》。

1997年，麦家从部队转业，进入成都电视台电视剧部当编剧，进入创作的高峰期。2002年，他出版了第一部长篇小说《解密》，小说写作历经

11 年，经过 17 次的退稿后最终得以问世，出版后斩获了中国国家图书奖、第六届茅盾文学奖提名等 8 项文学奖，可以说，《解密》让麦家一举成名。紧接着，他创作了《暗算》《风声》《风语》等长篇小说，这些小说先后被改编为影视剧上映，引发了收视狂潮，2011 年被称为影视剧的"麦家年"。① 2019 年，麦家出版了长篇小说《人生海海》，获得第四届施耐庵文学奖。此部小说标志着麦家从书写"谍战""特情"向纯文学之路的转变。2021 年 12 月 16 日，当选中国作家协会第十届全国委员会委员，中国作协副主席。

塑造英雄、书写英雄的传奇历史一直是中国当代文学中浓墨重彩的一笔。但是麦家笔下的英雄，是无名英雄，是可能湮没于历史尘埃的英雄。诚如麦家所言，虽然他们没有奢望被人记住，但是历史和现实都需要这样的英雄。因此，麦家以魔术般的方式再现他们的故事。在一个没有英雄的年代，麦家借助小说，向我们展示了他和我们所期待和想象的孤胆英雄，小说充盈的浪漫主义的史诗色彩让我们感动。

## 二　作品导读

### 《暗算》

《暗算》是麦家创作的长篇小说，2003 年由世界知识出版社出版，2008 年获得第七届茅盾文学奖。《暗算》是中国第一部直接描写反间谍部门核心机关 701 工作的人与事的小说，时空跨度大，由三部看似相对独立实则紧密关联的《听风者》《看风者》《捕风者》穿插勾勒起五个迥然不同的谍报传奇。小说借助于"我"的人生奇遇，为读者创设了一个神秘而隔离的世界，将谍报领域的几个天才人物置于惊心动魄的悬疑故事情节中，描绘出其生命历程中的无常命运轨迹。

---

① 参见徐忠友《麦家：谍战小说名家》，《文化交流》2010 年第 6 期。

阅读《暗算》，让人有一种欲罢不能的快感。而这种快感主要来源于三个方面：小说取材的新异性，人物形象的传奇性，以及内容与结构的完美契合。

首先，《暗算》是麦家对庸常题材的一次有益的反拨与尝试，是对读者追新求奇心理的一次颇具诱惑性的测试。题材的新异和神秘，是《暗算》成功的一个重要原因。《暗算》涉足了一个相当特殊的文学领地：隐蔽战线。此前，尽管我们通过《永不消逝的电波》《潘汉年》《特殊使命》等影视作品，对情报工作者和地下工作者有所了解，但那些故事发生的背景多是抗战时期，离我们比较遥远。然而，麦家的《暗算》描写的是共和国成立前后情报领域的神秘故事。这一特殊题材在此前的当代文学中属于作家们写作的天然"禁区"，未获得全面生动的艺术表现，因此，在文学表达上有自由、深入的空间。

其次，《暗算》中出现了形形色色的天才、奇才和怪才，在书写他们生活和工作的过程中，麦家也完成了其性格和命运的塑造。他们是拥有超人天赋和才能的无名英雄。小说第一部分《听风者》中的瞎子阿炳，双目失明，却拥有异常敏锐的听觉。阿炳凭着神奇的"耳力"，洞悉了全村的秘密，也因此被701发现后招纳为破译人员。来到701之后，他凭借天赋的才能，在十天内，破译了异国军事系统107部秘密电台，共1861套频率。《看风者》中，被特招进701且有天才般数学推理能力和多次的婚姻经历的留洋博士黄依依，才能与美貌兼具，在追求爱情的过程中特立独行，我行我素，是别人眼中的疯子。然而，她能在27分钟内解出无人能解的难题，最终破译了美蒋的"光复一号"密码，使潜伏在大陆的大批美蒋特务纷纷落网，打破了蒋介石要打回南京过大寿的愿望，确保了国家安全。出现在《暗算》中的此类人物，有着鲜明的传奇色彩。然而，隐藏在他们熠熠闪光的传奇人生背面的，却是他们的悲剧命运。阿炳触电身亡，风情万种的黄依依死于偶然，前夫的老婆本意并不是想让她死，可她却那么轻易地香消玉殒。天才人物的庸常毁灭使得故事情节具备了戛然而止却予人惋惜的哲理之思，犹珠玉错碾石中，这无疑展示了天才生命的脆弱一面与命运的偶然瞬间，也将谍报战线的残酷与冰冷一现无余。

最后，《暗算》的成功之处还在于其小说"档案柜"式的结构与内容的完美契合。所谓"档案柜"或"抽屉柜"的结构，即分开看，每一部分都是独立的、完整的，可以单独成立，合在一起又是一个整体。这种结构恰是小说中的那个特别单位701的"结构"，小说中五个篇章互为独立，正是对此的暗喻和隐喻。也可以说，这种结构形式就是内容本身，是701这种单位特别性的反映。

麦家以其独特奇异的想象力，精巧、诡异多变的构思，有力而简洁的文字，将我们引向一个无限宽广的世界。他的小说，能让我们有独享秘密的欣喜。

## 三　课后习题

1. 麦家说："要讲一个惊悚故事，藏一个谜底并不难，但给一个惊悚悬疑的故事赋予一个人的情怀，甚至是一种国家主义的情怀，这是有点难的。"阅读小说《暗算》，谈谈对这句话的认知。

2. 观看电影《听风者》，比较小说与改编影视剧的差异性。

# 后　记

　　每次写到后记的时候，总有一种如释重负的感觉，专著如此，这本薄薄的教材亦是如此。

　　为什么执意要写这样一本教材，大概与这十几年来的教学工作有关吧。十年前，我承担了我们学院大二学生中国现代文学的授课工作。在教学中我发现，课堂上学生无论是对文学史轨迹的勾勒，还是对作家生平与创作经历、文学流派、文学思潮等理论知识的掌握，都没有太大问题。但是，一旦遇到具体的作品分析，大家全都抓瞎。有时候讲完一个作家，如果我要求同学们就作家的具体作品写一篇赏析文章，往往能够看到同学们各种为难的表情。检查作业时，会发现同学们写的评论文章，千篇一律，有明显的"百度"痕迹。期末考试的时候，相同的情况再次出现，但凡遇到文本分析题，大家抓耳挠腮，痛苦万状。一般要求写五百字左右的赏析，很多同学写到二三百字就无话可说。这种情况会一直延续到写毕业论文，很多同学在确定选题、开题的阶段都能豪情万丈，侃侃而谈。可是，等真正到了写作阶段时，就发现难于上青天，交上来的初稿论文，往往是老师不满意，学生自己也痛苦。我一直在想，是什么原因造成了这种情况呢？教学时间长了，我发现，事实上本科阶段的同学，他们因为课业比较繁重，再加上课外的活动较多，很难沉下心来读学术文章。读的少，思考的少，所以下笔就非常困难。

　　于是，我常常想，有没有那么一本小册子，没有深奥晦涩的理论，能够从最直观的阅读感受和体验出发，对作品进行细致的审美分析？这样，学生在宏观地对文学史的背景和史料掌握的基础上，可以通过作品的鉴赏和分析，获得初步的写作经验，为以后写作毕业论文打下基础。这个念头一经产生，时不时就会冒出来"骚扰"我一下，可是，因为种种个人原因，一直被我搁置。直到去年年底，我终于下定决心开始做这件事。

本来想写一本《20世纪中国文学经典导读》的教材，包括诗歌、小说、散文、戏剧四个部分，体例与本书一样，也是设置作者介绍、作品导读、课后习题三个栏目。但是在写作的过程中，发现内容太多，实在非一人之力可以驾驭。也曾想过求助教研室的其他老师，但每位老师都已有各自繁重的科研、教学任务，实在不好叨扰。无奈之下，只好从我自己的研究专长——小说出发，大概经过两个多月的准备时间，我正式投入写作。写作的过程很顺利，在网络如此发达的今天，查找资料非常便捷。而且，书中涉及的小说我基本都读过，有些作品是我自己非常喜欢的，曾经带给我深深的感动，因此下笔有行云流水的感觉，相较于学术著作，这本教材的编写让我重温了很多美好与快乐！

本书最后得以付梓，需要感谢很多人！感谢西北民族大学甘肃省双一流学科"中国语言文学"负责人多洛肯先生，感谢中国语言文学学部的党委书记马巍巍先生、副主任文英女士、副主任杨德明先生以及西北民族大学教务处的各位老师，感谢你们为此书付出的辛劳！

感谢中国语言文学学部中国现当代文学教研室的李冬梅女士、张雨先生、陈一军先生，自从入职西北民大，我们如同家人一样相处，让我倍感温暖。感谢我的导师——兰州大学文学院彭岚嘉教授，谢谢您数十年如一日对我的培养。

最重要的是，我希望这本教材能够为同学们的学习带来一些帮助，让大家真正学会在阅读中鉴赏，将鉴赏的体会用恰当的语言表达出来。当然，以一己之力完成的写作，纰漏之处在所难免，希望能够得到同行专家、老师及同学们的批评指正，更希望有机会可以修订使之臻于完善。

李小红

2022 年 3 月 12 日

于金城兰州

**图书在版编目（CIP）数据**

中国现当代小说经典导读／李小红著. --北京：
社会科学文献出版社，2023.1（2023.9重印）
　　ISBN 978-7-5228-0977-9

　　Ⅰ.①中…　Ⅱ.①李…　Ⅲ.①小说-文学欣赏-中国
-现代-高等学校-教材②小说-文学欣赏-中国-当代
-高等学校-教材　Ⅳ.①I207.42

　　中国版本图书馆 CIP 数据核字（2022）第 200459 号

## 中国现当代小说经典导读

著　　　者／李小红

出 版 人／冀祥德
责任编辑／杜文婕
责任印制／王京美

出　　版／社会科学文献出版社·人文分社（010）59367215
　　　　　地址：北京市北三环中路甲29号院华龙大厦　邮编：100029
　　　　　网址：www.ssap.com.cn
发　　行／社会科学文献出版社（010）59367028
印　　装／北京虎彩文化传播有限公司

规　　格／开 本：787mm×1092mm　1/16
　　　　　印 张：14.5　字 数：220 千字
版　　次／2023 年 1 月第 1 版　2023 年 9 月第 2 次印刷
书　　号／ISBN 978-7-5228-0977-9
定　　价／128.00 元

读者服务电话：4008918866